诗心与佛心

周啸天诗学话语

周啸天 著

四川人民出版社

图书在版编目（CIP）数据

诗心与佛心：周啸天诗学话语／周啸天著. —成都：
四川人民出版社，2021.11
ISBN 978-7-220-12473-0

Ⅰ. ①诗… Ⅱ. ①周… Ⅲ. ①诗词-诗歌创作-中国
Ⅳ. ①I207. 2

中国版本图书馆 CIP 数据核字（2021）第 213435 号

SHIXIN YU FOXIN ZHOUXIAOTIAN SHIXUEHUAYU

诗心与佛心：周啸天诗学话语

周啸天　著

出品人	黄立新
责任编辑	刘姣娇
装帧设计	张迪茗
责任校对	刘　静
责任印制	许　茜

出版发行	四川人民出版社（成都槐树街2号）
网　址	http://www.scpph.com
E-mail	scrmcbs@sina.com
新浪微博	@四川人民出版社
微信公众号	四川人民出版社
发行部业务电话	（028）86259624　86259453
防盗版举报电话	（028）86259624
照　排	四川胜翔数码印务设计有限公司
印　刷	成都东江印务有限公司
成品尺寸	134mm×210mm
印　张	11.5
字　数	260 千
版　次	2021 年 11 月第 1 版
印　次	2021 年 11 月第 1 次印刷
书　号	ISBN 978-7-220-12473-0
定　价	68.00 元

诗心与佛心

周啸天诗学话语

目 次

诗心与佛心

《普陀山文化》主笔方牧兄来电话说："到普陀山来做一次讲座吧，题目都给你想好了——'诗心与佛心'。"我就想起美国诗人佛洛斯特一句话："诗始于喜悦，止于智慧。"觉得这句话便是对"诗心与佛心"这个题目的高度概括，精要诠释。

在通常情况下，诗心归诗心，佛心归佛心，无须混为一谈。诗的立场是执着人生的，满足人们的精神需求；而佛的态度是通向彼岸的，满足人们的灵魂需要——风马牛不相及。不过，唐诗高处往往通禅。或者说，诗心深处，往往契合佛心。这又是为什么呢？

白居易论诗之为用，一曰"补察时政"，二曰"泄导人情"（《与元九书》）。"补察时政"，固无涉于佛心，"泄导人情"则不同。诗者，释也。人秉七情，应物斯感，或为之苦恼，或为之困惑，或为之激动，或为之神往，"心有千千结"。须释而放之，才能复归宁静，复归圆融。通过戒定来释放，得到的结果是悟，是慧；通过语言来释放，得到的结果则是诗。释放即放下，放下即般若。以此观之，诗心之深契佛心，非偶然矣。

诗心所以深契佛心，第一关键词曰"喜悦"，佛语谓之欢喜。《金刚经》云："皆大欢喜，信守奉行。"皆大欢喜即人人喜悦。佛经中有一个很著名的故事，叫"拈花一笑"。"世尊于灵山会上，拈花示众。是时众皆默然，唯迦叶尊者破颜微笑。世尊曰：'吾有正法眼藏，涅盘妙心，实相无相，微妙法门，不立文字，教外别传，付嘱摩诃迦叶。'"（宋·释普济《五灯会元·七佛·释迦牟尼佛》卷一）作为禅宗以心传心的第一宗典故之"拈花一笑"包含两层意思：一是指对禅理有了透彻的理解；二是指彼此默契、心领神会、心心相印。释迦牟尼为什么要以摩诃迦叶为传人呢，因为当众皆默然时，迦叶已破颜微笑，说明他已心领神会，所以欢喜。

佛祖认为，人生的烦恼来自贪、嗔、痴及对死亡的恐惧，所谓苦海无边。佛教的目的，就是要帮助众生脱离苦海。脱离苦海之结果，就是得到欢喜。而诗的态度是审美态度，诗的方式是审美方式，所以它注定是超越利害、超越自我，以欣赏态度审视世界，以审美方式把握世界，其结果是使人得到审美愉悦，与佛教的追求并无二致。我们不妨把这种态度称为庄严，就像我们把佛的法相称为庄严一样，其实任何庄严的法相，都有一丝看不见的笑容。

所谓喜悦，从诗歌创作的角度，又称兴会、灵感、兴趣、创造性情绪，这是创作的原动力。陈衍《石遗室诗话》云："东坡兴趣佳，不论何题，必有一二佳句。"便是说东坡常怀喜悦，故每作一诗必有佳句。那么，东坡又何以能够常怀喜悦？答案是，东坡慧根很深，能看破，能放下。所以，他即使是流放岭南、海南，亦能兴趣不减，故能写出"为报先生春睡美，道人轻打五更钟"（《纵笔》）、"日啖荔枝三百颗，不辞长作岭南人"（《食荔支》）、"九死南荒吾不恨，兹游奇绝冠平生"（《六月二十日夜渡海》）之类佳句。

贪生怕死是人之常情。诗能实现对死亡的超越。陶渊明的《挽歌诗》和《自祭文》将诗人面对生死的情怀说得自自在在，其深契佛心，甚至超过一般禅偈："有生必有死，早终非命促。"（《拟挽歌辞三首》）"茫茫大块，悠悠高旻。是生万物，余得为人。……冬曝其日，夏濯其泉。勤靡余劳，心有常闲。乐天委分，以至百年。……余今斯化，可以无恨。"（《自祭文》）诗人也悲凉，但不止于悲凉。他的人生命题是"欣慨交心"（《时运》）。弘一法师写作"悲欣交集"。我看"悲欣"也好，"欣慨"也好，"欣"都是主导的方面。

有一种观点认为，欣、喜悦，会影响诗的深度。王蒙说："我二十二岁以前也是这样想的。而我后来的经验与修养是'泪尽则喜'。喜是深刻，是过来人，是盈甲也是盾牌……请问，是'为赋新诗强说愁'深刻，还是'却道天凉好个秋'深刻呢？是泪眼婆娑深刻呢，还是淡淡一笑深刻呢？"（《王蒙自传第二部·大块文章》）又说："年轻时我其实喜欢哀愁，作为审美范畴的哀愁。后来就喜欢坚强远见和无法摧毁的乐观了。"（同上）

泰戈尔对死亡有一些思考。姚茫父译《五言飞鸟集》，其一云："独觉黑夜美，其美无人知。恰如所欢来，正当灯灭时。"这是一首绝妙的五绝，唐音宋调所无。诗中对"黑夜"即死亡持审美的态度。《吉檀迦利》则写道："当死神来叩你门的时候，你将以什么贡献他呢？呵，我要在我客人面前，摆上我的满斟的生命之杯——我决不让他空手回去。"面对死亡，诗人持平常心、满足感，甚至是感恩之心。

同一诗集的另一首诗写道："让我所有的诗歌，聚集起不同的调子，在我向你合十膜拜之中，成为一股洪流，倾注入静寂的大海。像一群思乡的鹤鸟，日夜飞向他们的山巢，在我向你合十膜拜之中，让我全部的生命，启程回到它永久的家乡。"更持一种礼赞的态度。

这是人生大境界，自然之极，自在之极。是诗心，也是佛心。能写之复能行之，陶渊明是，泰戈尔也是。

在巴比伦花园的墙头，曾经出现过这样一首诗："我已不知道我是谁/不知道我是天使还是魔鬼/是强大还是弱小/是英雄还是无赖……/如果你以人类的名义把我毁灭/我只会无奈地叩谢命运的眷顾。"

诗就可以这样地超越生死，这样地震撼人的心灵，这样地深契佛心。

说到诗心与佛心，不能不提到赵朴初。他在遗嘱里说：遗体除眼球归同仁医院眼库，其他部分，凡可以移作救治伤病者，请医生尽量取用，用后，以旧床单包好火化。不留骨灰，不要骨灰盒，不搞遗体告别，不要说安息吧。遗诗云："生固欣然，死亦无憾。花落花开，水流不断。我兮何有，谁欤安息。明月清风，不劳寻觅。"我最欣赏他的"四不"和"我兮何有，谁欤安息"八个字的偈语，觉得这也是诗心深契佛心的一个颠扑不破的例子。

这样的诗，能令读者共领禅悦，同沾法喜。

禅悦在唐诗是一种常见的内容："清晨入古寺，初日照高林。曲径通幽处，禅房花木深。山光悦鸟性，潭影空人心。万籁此俱寂，惟余钟磬音。"（常建《题破山寺后禅院》）"独坐幽篁里，弹琴复长啸。深林人不知，明月来相照。"（王维《竹里馆》）"人闲桂花落，夜静春山空。月出惊山鸟，时鸣春涧中。"（王维《鸟鸣涧》）

喜悦来自何处？来自回归自然，与自然和谐相处；来自放下俗念，找回一颗朴素的心。空山之中，万籁无声，使人由戒入定；突然皓月当空，光明洞彻，山谷时有鸟鸣，使人喜悦，因而生慧。《鸟鸣涧》就是禅的最好象征。你便说它以禅为内容，也不为过。

不仅如此，就连诗的方法，也通于禅。司空图说："不著一字，尽得风流。"（《诗品·含蓄》）禅宗则说："不立文字，教外别传。"严羽说："大抵禅道惟在妙悟，诗道亦在妙悟也。且孟襄阳学力下韩退之远甚，而其诗独出退之之上者，一味妙悟故也。"（《沧浪诗话·诗辨》）又说："盛唐诗人惟在兴趣，羚羊挂角，无迹可求。故其妙处透彻玲珑，不可凑泊，如空中之音，相中之色，水中之月，镜中之象，言有尽而意无穷。""羚羊挂角"语出佛典："道膺禅师谓众曰：如好猎狗，只解寻得有踪迹的；忽遇羚羊挂角，莫道迹，气亦不识。"（《传灯录》卷十六）意思是羚羊没有气味，挂角于树，地上又没有痕迹，好猎狗也寻它不着。"水中之月"亦出佛典："应物现形，如水中月。"（《五灯会元》）

王士禛倡为"神韵说"，说："唐人五言绝句，往往入神，有得意忘言之妙。"（《带经堂诗话》卷三）"神韵说"的影响非常深远，很多人都同意它。但说到什么是神韵，大都不甚了了。可意会而不可言传。季羡林参照印度文论，阐释说：词汇有三重功能，能表达三重意义：其一，表示功能（本义）；其二，指示功能（引申义）；其三，暗示功能（领会义）。这三项可以分为两大类：第一类，说出来的，包括一和二；第二类，没有说出来的，包括三。在一和二也就是表示功能和指示功能耗尽了表达能力之后，暗示功能发挥作用。又说，"不著一字，尽得风流"。字是说出来的东西，不著一字就是没有说出来，因此才尽得风流。"羚羊挂角，无迹可求。"羚羊挂角，地上没有痕迹，意味着什么也没有说出。"空中之音，相中之色，水中之月，镜中之象。"每一句包含着两种东西，前者是具体的，说出来的，后者是抽象的，没有说出来的，捉摸不定的，后者美于前者，后者是神韵之所在。"言有尽而意无穷。"言是说出来的，意是没有说出来的。比如"兴阑啼鸟尽，坐久落花多"（王维《从岐王过杨氏别业应教》）等，当然表达出一种情景，但妙处不在这情景本身，而在这情景所暗示的东西，比如境界的幽静，物我的浑然一体，等等。这些都是没有说出来的东西，这就叫神韵。（见《关于神韵》）

严羽之所以"以禅喻诗"，就是因为一方面几乎所有禅宗大师在说法和行动中，都不直接地把想要说的意思表达出来，而是用一声断喝、当头一棒或答非所问的方式来暗示，让对方自己去参悟。如："问：如何是佛法大意？答：春来草自青。"（《云门文偃禅师语录》）说出来的是介于可解不可解的一句话，没有说出来的才是核心，是精神，有赖于接受一方的感悟。很有诗味。

另一方面，诗人名句如陶渊明"此中有真意，欲辨已忘言"（《饮酒》）、杜甫"水流心不竞，云在意俱迟"（《江亭》）、王维"君问穷通理，渔歌入浦深"（《酬张

*少府》）*等，也很有禅味。

于是读者看到，所谓禅诗，与大自然、与山水有着非常密切的关系。梁代诗人吴均说："鸢飞戾天者，望峰息心。经纶世务者，窥谷忘反。"就是说山水能涤荡人的心胸，能启迪人的智慧，使之觉悟。所谓"得江山之助"。山水诗是中国诗的一大宗，正是在这一宗诗里，诗心与佛心之契合，达到无与伦比的深度。山水诗之深契佛心，往往不亚于僧侣之赞颂。

诗心所以深契佛心，第二关键词曰"智慧"，佛语谓之"般若"，即正见，即看破放下，即缘起性空。佛语的空，并非无，而是放下，所以能容。日本明治时代有一位禅师叫南隐，来客向他问禅，他将茶水注入来客的杯中，直到杯满，而后继续注入，茶水溢出杯外。南隐的意思是，来客不先把先入为主的看法忘掉，就像一个装满水的杯子，是不能有所容受的。

当人完全放下的时候，他就有了容受的兴趣，可以独具只眼，目击道存，从平常事物中看到不平常的意思，在有意无意之间作见道语，发人所未发。这便是佳句，也便是"止于智慧"。

东坡在颖州时，一个正月的夜晚，夫人王氏说："春月胜如秋月色，秋月令人惨凄，春月令人和悦，何不召赵德麟辈饮此花下？"东坡大喜道："此真诗家语耳。"所谓诗家语，就是怀着兴趣而有所发现、有所发明之语。

"问君何能尔，心远地自偏"（陶渊明《饮酒》）、"觉来眄庭前，一鸟花间鸣"（李白《春日醉起言志》）、"今夜偏知春气暖，虫声新透绿窗纱"（刘方平《月夜》）、"最是一年春好处，绝胜烟柳满皇都"（韩愈《早春呈水部张十八员外》）、"竹外桃花三两枝，春江水暖鸭先知"（苏轼《题惠崇春江晓景》）、"不识庐山真面目，只缘身在此山中"（苏轼《题西林壁》）、"竹深树密虫鸣处，时有微凉不是风"（杨万里《夏夜追凉》）、"小荷才露尖尖角，早有蜻蜓立上头"（杨万里《小池》），等等，无一不是见道语，无一不是美的发现、真的发明。所谓"一花一世界，一叶一菩提"（《华严经要义》）——佛无处不在。泰戈尔说，大自然是他亲密的同伴，她手里藏了许多东西，要他去猜。而他没有不一猜就中的。所谓"悠然心会，妙处难与君说"（张孝祥）。也便是"止于智慧"。

诗心所以深契佛心，还有第三个关键词，曰"慈悲"。"慈悲"本为佛语：愿给一切众生安乐叫作慈，愿拔一切众生痛苦叫作悲。也就是普世价值中的博爱和人文关怀。"诗者，持也，持人情性。"（刘勰《文心雕龙·明诗》）真的诗人，无不具有悲悯之心。陶渊明为彭泽令，雇人回家干活，在给儿子的信中说："今遣此力，助汝薪水之劳。亦人子也，可善遇之。"可见诗人的慈悲。董桥说："艺术刻画国破家亡的哀思，并非一定扣人心弦。谢皋羽、郑所南在南宋覆亡之后恸哭西台，坐必向南，时刻缅怀故国，所作文字都带泪带恨，结果流传后世者并不脍炙人口。陶渊明的作品没有直写东晋灭亡之痛，笔下反而处处追摹人与大自然的和谐关系，婉转表现虚无而温馨的恕道，其感染力竟然世世代代缕缕不尽。"所谓"恕道"，正深通于慈悲。

王国维说："尼采谓：'一切文学，余爱以血书者。'后主之词，真所谓以血书者也……俨有释迦、基督担荷人类罪恶之意。"作为一介亡国之君，李后主怎能担荷人类罪恶呢？按，王国维这里不是说后主其人，而是说"后主之词"。西方诗人奥登说："诗的功用无非是帮我们更能欣赏人生，反过来说，帮助我们承担人生的痛苦。"普陀山的普济寺有一块匾额曰"与乐拔苦"，就像是这话的缩本。后主之词超越词人一己之利害，将亡国的深哀剧痛和宇宙人生的感慨结合起来，把一切众生伤逝的悲哀都写出来，也就帮助众生承担了人生的痛苦。这是一种很大的慈悲。

宋人称白居易为"广大教化主"，因为他的诗心是广大的。佛心也是广大的。我有个主张——就是写个人经历，从自己跳出来；写社会题材，把自己放进去。否则比较狭隘。政治无情，政治家却有情。他只要是诗人，必有慈悲的一面。王安石《别鄞女》是为一个夭折的稚女写的诗："行年三十已衰翁，满眼忧伤只自攻。今夜扁舟来诀汝，死生从此各西东。"表现出王安石的慈悲。曹操《蒿里行》是伤时念乱的诗："白骨露于野，千里无鸡鸣。生民百遗一，念之断人肠。"表现出曹操的慈悲。明人谭元春说："此老诗中有霸气，而不必王；有菩萨气，而不必佛。"钟惺又说："一味惨毒人，不能道此，声响中亦有热肠，吟者察之。"（《古诗归》）

"有菩萨气，而不必佛。"也便是诗心深契佛心的一转语。

孔子说："小子何莫学乎诗！诗可以兴，可以观，可以群，可以怨。"（《论语·阳货》）什么是兴？兴就是兴会，就是喜悦。什么是观？观就是正见，就是般若。什么是群？群就是博爱，就是慈悲。唯有这个怨字，需要再说几句话。在孔子看来，怨只是诗的四个作用中的一个，而且是排在最后的一个。司马迁受宫刑，著《报任安书》，提出"诗三百篇，大抵圣贤发愤之所为作也"的偏激命题，后来被发展为"欢愉之辞难工，而穷苦之言易好"（韩愈《荆潭唱和诗序》）的创作论。

对这个问题怎么看？苦乐是人生的两面。"尘世难逢开口笑"（杜牧《九日齐山登高》），人生之苦总和，较人生之乐为多，是不言而喻的。所以钱锺书说："虽然在质量上'穷苦之言'的诗未必就比'欢愉之辞'的诗来得好，但是在数量上'穷苦之言'的好诗的确比'欢愉之辞'的好诗来得多。"（《诗可以怨》）

依奥登之说，"欢愉之辞"可以帮助我们更能欣赏人生，"穷苦之言"则帮助我们承担人生的痛苦，这是一块金币的两面，缺一而不可。所以陶渊明说"欣慨交心"，弘一法师说"悲欣交集"，王蒙说"泪尽则喜"。因而钱锺书又说："因为'穷苦之言'的好诗比较多，从而断言只有'穷苦之言'才构成好诗，这在推理上有问题，韩愈犯了一点儿逻辑错误。"（同上）

朱光潜说"和平静穆"是诗的极境。鲁迅抬杠说，举凡诗人，都不免有"金刚怒目"的时候。西方也有"愤怒出诗人"之说。什么是金刚怒目？"尽道丰年瑞，丰年事若何？长安有贫者，为瑞不宜多！"（罗隐《雪》）是金刚怒目。"陶尽门前土，屋上无片瓦。十指不沾泥，鳞鳞居大厦。"（梅尧臣《陶者》）也是金刚怒目。

"金刚怒目"，亦涉佛语。原作："金刚努（怒）目，所以降伏四魔（指恼害众生的四种魔——烦恼魔、蕴魔、死魔、天子魔）；菩萨低眉，所以慈悲六道。"（《太平广记》卷一七四引《谈薮》）可见"金刚怒目"与"菩萨低眉"，也是一块金币的两面。所以，"诗可以怨"，其于佛心，虽不中亦不远矣。

故曰：诗心深处，往往契合佛心。

敬畏新诗

题记：2010 年《诗刊》首届年度诗歌奖（后更名为"陈子昂诗歌奖"），诗词奖的馅饼砸到我的头上，于是到江苏省昆山市张浦镇去领奖。餐桌上，我和身边的一位朋友说起当代诗词写作要向新诗学习，时任《诗刊》主编的李小雨闻言一愣，径直问我："向新诗学什么？"我答道："第一是创作意识，第二是……"李小雨说："等等，我记一下。"说罢便要找纸笔，我说："小雨主编你别记，我回家后写成个书面的东西寄你罢。"是为此文之写作缘起。

"敬畏新诗"，这个题目的意思是，作为传统诗词的写作者，本人对新诗持敬畏态度。

诗体之新与旧，本来是个相对的概念，并无绝对的界定。中国古代即有"新体诗"，乃是指南朝宋永明年间兴起的讲究调声的一种五言诗，或称"永明体"，也就是诗词中近体诗的前身。唐代诗人即将绝句、律诗称为近体，把另一类诗称作古体或古风，两者并存不悖。包括李白、杜甫在内的唐代诗人既写近体，也写古体，都留下传世之作。

"人事有代谢，往来成古今"（孟浩然《与诸子登岘山》），今日之旧，原来新过。今日之新，又焉能长新不旧？我们将"五四"以来的白话诗称为"新诗"，仍是一种权宜之计。几百年后，人们是否还这样称呼，那就很难说了。

一部诗词史，是格律化的诗史。而"新诗迅速普及，制胜之因，全在自由。一，抛掉旧体诗词的格律，诗人获得形式的自由。二，舍弃典雅陈古的文辞，诗人获得语言的自由。三，放逐曲达婉喻的传统，诗人获得意趣的自由。那时的新诗又叫自由诗。新体灿然而光，旧体黯然而晦"（流沙河《流沙河近作》）。新诗经过最初的尝试，迅速发煌，大放异彩，虽为汉语诗歌，却与外来的影响（如惠特曼、泰戈尔、凡尔哈仑等）具有很深的渊源关系，与纯属本土的诗词形同两物，各不相能。

有人爱新诗。有人爱诗词。事关趣味，无可争辩。然而，近百年来，成就较大的新诗人，从郭沫若、闻一多到余光中、洛夫，大体都有深厚的国学基础与文化修养，他们写作的新诗兼具古典的风雅与现代的风流。郭沫若《湘累》、闻一多《李白之死》、余光中《大江东去》、洛夫《与李贺共饮》，完全是新诗。然而仅从取材，即可看出他们对诗词的熟稔与对古典的敬意。

诗词的某些意境"如冲淡，如沉着，如典雅高古，如含蓄，如疏野清奇，如委曲、飘逸、流动之类的神趣，新诗里要少得多"（郁达夫《谈诗》）。把诗词看作是旧文化、与新诗新文化完全对立的人，写新诗而不看诗词、不懂诗词、不爱诗词的人，其结果只能是局限自己。理由很简单，在同属汉语诗歌这一点上，新诗与诗词仍属一江之水，新诗从诗词那里，应该是有所借鉴、有所汲取，而不必弃之如敝屣。

话说回来，诗词作者对新诗，也不能无知。"不薄新诗爱旧诗"（陈毅），依我之见，"不薄"还不够，还应关注，还应敬畏。柳亚子曾经说：作诗词难，作新诗更难。何以言之？知堂说，诗词"是已经长成了的东西，自有它的姿色与性情，虽然不能尽一切的美，但其自己的美可以说是大抵完成了"（周作人《论人境庐诗草》）。这个"大抵完成了"的美，主要指诗词的形式美，如格律、技法、藻绘等。所谓"完成"，是指在艺术上形成惯例，当这些惯例被绝对化，形成某种模式和美学判断的标准，后来作者便会走捷径，滋生惰性，训练出"创造性模仿"。其负面作用很明显，那就是"抑制勇于创新的诗人，扶助缺乏创见的诗人，把天才拉平，把庸才抬高"（斯蒂芬·欧文《初唐诗》）。初唐的宫廷诗对于南朝新体诗，明诗对于唐诗，就是如此。

新诗的情况则不同，由于是自由体，它的美（形式美）只能处于不断的探寻中。唯其如此，便没有惯例可循。第一个把女人比作花的是天才，第二个把女人比作花的就是庸才。新诗较诗词，更深入生活细节，更重视思维深度，对想象、对构思、对措语、对内在韵律，要求更高，因而更难以藏拙，更需要原创性，更需要天才。

有一些新诗人，最后退回来写诗词，与其说是表明诗词较新诗为优越，不如说是因为新诗较诗词难弄。

新诗发煌之初，废名（冯文炳）有一个意见，未必所有人都能同意，却是不应忽略的，因为他试图说明新诗与诗词在本质上的不同——"旧诗（即诗词）的内容是散文的，其诗的价值正因为它是散文的。新诗的内容则要是诗的，若同旧诗一样是散文的内容，徒徒用白话来写，名之曰新诗，反不成其为诗。"（废名《新诗十二讲》）此论令人耳目一新，可惜的是，什么是诗的内容，什么是散文的内容，他却讲得有些含混。

为什么会含混呢？我认为是由于"内容"一语不准确——应该提出一个概念来代替它，这就是诗思。所谓诗思，就是诗歌的思维。由于任何思维都是语言的思维，新诗与诗词之诗思的不同，首先表现在思维语言的不同。

新诗的思维语言是白话（现代汉语），诗词的思维语言是文言（古代汉语）。文言基本上是书面语言，它是典雅的、自足的、不断被重复（语有出处）的。白话基本上是生活语言，它是活泼的、开放的、日新月异的。在语汇上，白话比文言更丰富；在表达上，白话比文言更具张力。

> 时间开始了
>
> ——胡风《时间开始了》

> 让所有的日子都来吧
>
> 让我编织你们
>
> ——王蒙《青春万岁》序诗

胡风的一句诗写在新中国诞生之日，表达一种"历史从我开始"的、几乎一代人的自恋感。后两句诗表达迎来新中国诞生的一代青年的激动和自我陶醉。语汇很新颖，表达很有张力，很到位。王蒙诗中的"编织你们"，意思是为时代而写作。很难想象同样的意思，用文言纳入五七言句式，还会同样精彩。多少会削足适履吧。多少会逊色吧。

> 这样一个女人令我们爱戴
>
> 这样一个女人我们允许她变坏
>
> ——西川《献给玛丽莲·梦露的五行诗》

我已不知道我是谁

不知道我是天使还是魔鬼

是强大还是弱小

是英雄还是无赖……

如果你以人类的名义把我毁灭

我只会无奈地叩谢命运的眷顾

——无名氏《巴比伦花园墙头诗》

这样的新诗，令人过目不忘。同样的诗思，如果运用文言，写成律句，是否有同样的效果，也难以想象。

其次，新诗的诗思无所桎梏，容易做到应有尽有，应无尽无。诗词的句式、句数固定，却不免凑字、凑句、凑韵（趁韵）。

笔走龙蛇二十年，分明非梦亦非烟。

文章满纸书生累，风雨同舟战友贤。

屈指当知功与过，关心最是后争先。

平生赢得豪情在，举国高潮望接天。

——邓拓《留别〈人民日报〉诸同志》

王蒙说，这首七律真正的内容只有三句。一句是"笔走龙蛇二十年"，是说做革命文字工作已经二十年了；"分明非梦亦非烟"，可以不要，是用来凑韵的。二句是"文章满纸书生累"，是诗中关键的一句，是说自己写的东西太多了，变成了一个累赘、一个负担、一个麻烦——居然一语成谶。"风雨同舟战友贤"也可以不要，是为了对仗，是为了表达一些积极的思想，但总觉得别扭——从哪出来这么正确、这么好听的一句呀？三句是"屈指当知功与过"，这话任何人都可以说，但在作者却特别沉痛，因为他编《人民日报》老受批评，他感到很沉重，很悲伤。"屈指功过"这话太消极了，所以又加了一句"关心最是后争先"（同时也是为了对仗和凑韵）。然而，就凭这三句，这首诗就非常好。（王蒙《门外谈诗词》）

新诗力求醇化、净化，没有字数、句数的限制，故无须凑字、凑句；没韵脚也能成诗，故无须凑韵。

听见了面包发霉之后的咳嗽

麦子们放慢了生长的脚步

————严力《多味诗句口香糖》

亲爱的维纳斯啊

在战乱时期人类不得不挣脱你的拥抱

你留在人类肩上的两条断臂

也许再也无法被和平接上了

————同上

在这里，联想、通感非常活跃，字句的语言关系十分密切，无缝的连接，没有多余的话，感觉特别自然。诗词则不然，只为形式需要，有多余的话，然亦无伤大雅。前人说杜甫七律"如'童稚情亲'篇，只须前半首，诗意已完，后四句以兴足之。去后四句，于义不缺，然不可以其无意而竟去之者"（吴乔《答万季埜诗问》）。其道理也不过如此。

第三，新诗较之诗词，在诗思上更有意识地追求陌生化，非散文化。"少无适俗韵，性本爱丘山，误落尘网中，一去三十年"（陶渊明《归园田居》），其诗思完全是散文的（照废名的说法），其所以为诗，乃在于形式——五古的形式。新诗则不然：

那个小男孩

已提前三十年出发

我如何才能赶上他？

——张应中《童年》

"那个小男孩"，便是童年的"我"。对于现在的"我"，又是"非我"——是"他"。三十年过去了，教"我"如何去找回"他"？"我"非"我"，"非我"即"我"——不说沧桑，却含三十年沧桑；不说惆怅，却含太多惆怅。语言是平易的、散文化的，诗思却是陌生的、非散文化的。可见，艾青口口声声追求的"散文美"，只是语言的散文化，绝不是诗思的散文化。

你站在桥上看风景

看风景的人在楼上看你

明月装饰了你的窗子

你装饰了别人的梦

——卞之琳《断章》

这首四行的新诗相当于一首绝句（绝句曾经被称为断句）。令人联想到一首唐人绝句：

南陵水面漫悠悠，风紧云轻欲变秋。

正是客心孤迥处，谁家红袖凭江楼？

——杜牧《南陵道中》

这首绝句的后二句不就是你（客）在船上看风景，看风景的人（红袖）在楼上看你吗？不过，就诗思而论，杜牧绝句是散文化的，而卞之琳《断章》是诗的——这首诗的前两句和后两句情景忽然切换，彼此既搭界（句式同构）又不搭界，这种衔接方式更感性，更超常，更陌生化，更具跳跃性——是纯诗的思维方式。在诗词，这样的思维方式并非没有，如：

夜凉吹笛千山月，路暗迷人百种花。

棋罢不知人换世，酒阑无奈客思家。

——欧阳修《梦中作》

四句各为一事，不相贯穿，然为绝妙之语，又切题。

李白《静夜思》（床前明月光）在中国家喻户晓。见月怀乡，因而成为一个现成的思路。但在川大的一次校园诗歌赛上，读到一位学生的新诗，是这样写的："看月的方式有许多种／我看月亮如一个陷阱／有人一抬头就掉了进去／今夜月色如水／我将对故乡的思念融入月色／挂在家乡门口的小树上"——作者想象独到，比喻（陷阱）奇特，不落窠臼，而且令人一读难忘，是好诗。

袁枚诗写村学云：

　　漆黑茅庐屋半间，猪窝牛圈与锅连。

　　牧童八九纵横坐，天地玄黄吼一年。

旧时村学宛如画出，"吼"字尤有风趣——学童读"望天书"的情态如见。不过，其诗思实与散文无异，语译下来就是一段记叙的段子。

几乎是同样的内容，新诗却要这样写：

　　蛋，蛋，鸡蛋的蛋

　　调皮蛋的蛋，乖蛋蛋的蛋

　　红脸蛋的蛋

张狗蛋的蛋
马铁蛋的蛋

花，花，花骨朵的花
桃花的花，杏花的花
花蝴蝶的花，花衫衫的花
王梅花的花
曹爱花的花

黑，黑，黑白的黑
黑板的黑，黑毛笔的黑
黑手手的黑
黑窑洞的黑
黑眼睛的黑

外，外，外面的外
意外的外，山外的外，外国的外
谁在门外喊报到的外
外，外——
外就是那个外

飞，飞，飞上天的飞
飞机的飞，宇宙飞船的飞
想飞的飞，抬翅膀的飞

笨鸟先飞的飞

飞呀飞的飞……

——高凯《村小识字课》

这首新诗，比袁枚那首绝句还要活泼、还要好。作者不再简单地叙述为"天地玄黄吼一年"，而是具体在表现如何"吼"了——这一串儿飞出村学的琅琅书声，是多么熟悉的声音，怎么就叫这位作者捡了个现成，捡了个便宜呢？

然而不然。这首诗的韵律节奏虽然可遇而不可求，铸词造句却并不现成。在琅琅书声的背后，是鲜活的人——张狗蛋、马铁蛋、王梅花、曹爱花……土得掉渣的名字，半土半洋的组词，有乡土气息，有时代感，有太多的信息：是山里孩子的写真——调皮蛋、乖蛋蛋、红脸蛋、黑手手、花衫衫；是一些生活细节——一个孩子迟到了在门外喊报到；村童思想短路，一时词穷（外就是那个外）；山里孩子对"山外"的憧憬，对"飞"的向往……总之，俯拾即是率意中有追琢，模仿中有创造，似随机实经心；还有，它的形式无可效仿。在传统诗词中，很难看到这样的作品。

其四，内在韵律，新诗与诗词皆有。作者每以为可意会不可言传，郭沫若认为"不曾达到诗的堂奥的人简直不会懂"，进而指出"内在韵律便是'情绪的自然消涨'"，这就说到点子上了。

内在韵律主宰着诗的结构，你就说它是结构也可以。王蒙说："有一次我去听好像是萧斯塔柯维奇的一部新的交响乐。我突然发现，这就是结构……第一主题，小提琴和双簧管，第二主题，大提琴和大号，变奏，和声，不谐和音，突如其来的天外绝响，打击乐开始发疯，欢快的小鼓，独奏，游离和回归，衔接和中断，遥相呼应和渐行渐远，淡出，重振雄风，威严与震颤……什么地方应该再现，什么地方应该暗转，什么地方应该配合呼应，什么地方应该异军突起，什么地方应该紧锣密鼓，什么地方应该悠闲踱步，什么地方应该欲擒故纵，什么地方应该稀里哗啦……全靠一己的感觉。"（《王蒙自传第一部·半生多事》）他所说的结构，不就是内在韵律吗？

曹操《短歌行》一面写人生的无常，一面写永恒的渴望；一面写人生的忧患，一面写人生的欢乐——"读者只觉得卷在悲哀与欢乐的漩涡中，不知道什么时候悲哀没有了，变成欢乐，也不知道什么时候欢乐没有了，又变成悲哀。"（林庚语）这就是内韵之妙。不过一般说来，传统诗词的内韵是有规定性的，如绝句的第三句和第四句要一呼一吸，形成唱叹，就是一种规定性。而新诗的内在韵律，来自对生活自身的内模仿，"全靠一己的感觉"。郭老的俳句《鸣蝉》：

声声不息的鸣蝉呀！

秋哟！时浪之波音哟！

一声声长此逝了……

　　前两句是涨，后一句是消，完全传达出秋日鸣蝉的听觉之美和逝者如斯的内心感受，这是秋声，你就说它是大自然的音乐也可以。又如艾青的《礁石》：

一个浪，一个浪，

无休止地扑过来，

每一个浪都在它脚下

被打成碎沫、散开……

　　前两句是涨，后两句是消，写出了浪对礁石无情的冲击和礁石对浪的不动声色的抗争和回击。朗诵这首诗，读到"被打成碎沫"时，应该停顿一下，然后缓缓读出最后两个字——"散开"，才能充分传达这首诗的内韵之美。正因为新诗的内韵是对生活的内模仿，没有程式的规定，因此它更是无所不在，更是不可方物的。

　　其五，一般说来，传统诗词是以真实经验为基础的诗歌，即如李白的"白发三千丈""燕山雪花大如席"来说吧，"燕山究竟有雪花，就含着一点诚实在里面，使我们立刻知道燕山原来有这么冷。如果说'广州雪花大如席'，那可就变成笑话了"（鲁迅《且介亭杂文二集·漫谈"漫画"》)。中唐李贺则更多地运用了通感之类的写法，写出了"月午树立影，一山惟白晓""昆山玉碎凤凰叫，芙蓉泣露香兰笑"一类怪而美的诗句，在传统诗词这是少数派，而在新诗中则是多数派。可以说，李贺、李商隐之作是旧诗中的新诗。时人李子诗词有"花儿疼痛，日子围观""隐约一坡青果讲方言"之句，就接轨李贺，而被某些评论者指为新诗。

对诗的见识有多大，境界才能有多大。上海诗人杨逸明说："我不写新诗，只写旧体诗词，但是我多年来一直自费订阅《诗刊》《诗选刊》《星星》这些新诗刊物，学习新诗新颖大胆的意象塑造和语言错位手法，获益匪浅。新诗和旧诗这对难兄难弟，在被世人看不起的情况下依然互相看不起对方。新诗的作者看不上旧诗的形式，有酒不愿意装进旧瓶，宁可将好酒散装，让人闻到酒香，却难以永久储藏，成了'散装酒'。旧诗的作者却收藏旧瓶成癖，瓶中注满水以为已经有了好酒，成了'瓶装水'。"这是明白人说明白话。

总之，有不好的新诗，却不是新诗的不好。不可以从门缝里瞧扁新诗。多读新诗，多读译诗，拓展眼界，触类旁通，广泛吸取其陌生化的手法，实有百利而无一弊。有些创调就是这样来的。

南风吹动岭头云，春色若红唇。草虫晴野鸣空寂，在西郊，独坐黄昏。种子推翻泥土，溪流洗亮星辰。……

——李子《风入松》

天空流白海流蓝，血脉自循环。泥巴植物多欢笑，太阳是、某种遗传。果实互相寻觅，石头放弃交谈。……

——同上

"春色若红唇""种子推翻泥土，溪流洗亮星辰""太阳是、某种遗传。果实互相寻觅，石头放弃交谈"，诗词中见过这样的句子吗？何其新人耳目。如果不是有爱于新诗，何来这等语言，这等妙思！这样的句子放在新诗中，能见惯不惊。放在这首词中，因为陌生，转觉漂亮。这是一种颠覆，也是一种创新。虽然只是苗头，未尝不预示方向。

当代诗词作者如一辈子困守传统，拒不接受新诗熏陶，不会有太大出息。

论毛泽东诗词

题记：2010 年，上海辞书出版社拟编辑出版《毛泽东诗词鉴赏辞典》，文学编室的刘小明电话相约为此书写一篇序言，我不假思索就答应了。因为我们那一代人，对公开发表的三十七首毛泽东诗词倒背如流，不算是稀奇的事。刘小明接着说："你能否请王蒙先生也写一篇？"我应声道："可以的。不过如果王蒙先生答应写了，我就不写了。因为一本书只能有一篇序言，就像一个人只能戴一顶帽子。"于是他说："那就算了。还是请你写吧。"是为此文之写作缘起。

谈到当代诗词，有一个绕不开的话题，就是毛泽东诗词。

在新中国建立后的近半个世纪中，旧体诗坛几乎完全为毛泽东诗词的光芒所笼罩。在新诗大获全胜，旧体诗词边缘化生存的时代，这一现象显得尤为奇特。乃至在一段时间内，人们认为，这就是传统诗词最后的辉煌。

然而，"毛主席诗词"垄断诗坛，并不是毛泽东的初衷。《沁园春·雪》是最早发表的一首毛泽东诗词。这首词的写作在1936年，发表在1945年。它并不是由中共党报刊登，而是为重庆一家民营报纸《新民报晚刊》所披露。该报编者收集到两个文本，拼成全豹，未经毛泽东本人授权，就自作主张地发表了。

毛泽东诗词的成批发表，是在1957年初。先是，臧克家致信毛泽东，要求在《诗刊》创刊号上发表老人家的诗词。毛泽东将记得起来的旧作，加上臧克家寄去的八首，一共十八首，寄去，附信说："这些东西，我历来不愿意正式发表，因为是旧体，怕谬种流传，贻误青年；再则诗味不多，没有什么特色。既然你们以为可以刊载，又可为已经传抄的几首改正错字，那末，就照你们的意见办吧。"你看，这完全是被动的口气。

虽然毛泽东称之"谬种"，认为"不宜在青年中提倡"，但毛泽东诗词的发表和广传，则无异于讽一而劝百。20世纪的成年人，随口背上十来首毛泽东诗词，大约是不成问题的。能背诵三十来首毛泽东诗词的人，比能背诵三十来首李、杜诗篇的人多得多，这也是事实。眼下五六十岁的人，对于诗词的爱好，大抵不是从《唐诗三百首》开始，而是从《毛主席诗词十八首》（或三十七首）开始的。不少人在最初写作诗词时，都或多或少受到过影响。要说老人家沾溉了一代，也不为过。

爱好古典诗歌并写作旧体诗词，本是毛泽东精神生活的一部分——虽然并非主要，却是不容忽视的一部分。郭沫若谓之"经纶外，诗词余事，泰山北斗"（《满江红·读毛主席诗词》）。中共老一辈革命家会写旧体诗词的人不少，但真正形成个人风格而足以名家者不多。毛泽东诗词远出侪辈之上，是当之无愧的第一人。

毛泽东诗词以兴会为宗，不作无病呻吟，没有客气假象，是真诗。自序云："这些词是在一九二九年至一九三一年在马背上哼成的。年深日久，通忘记了。《人民文学》编辑部搜集起来，要求发表，因以付之。"（《词六首引言》）"读六月三十日《人民日报》，余江县消灭了血吸虫。浮想联翩，夜不能寐。微风拂煦，旭日临窗。遥望南天，欣然命笔。"（《送瘟神诗序》）——又是"马背上哼成"，又是"浮想联翩，夜不能寐"，又是"遥望南天，欣然命笔"，这是何等的兴会。吟过了，就放下了，就"通忘记了"。好事者"搜集起来，要求发表"，才"因以付之"。这种平常心，就让人佩服不已。比起那些写得一两首仿古的诗词就自恋不已的文人，真不知高明到哪里去了。

郭沫若啧啧称叹："充实光辉，大而化，空前未有。"（《满江红·读毛主席诗词》）"大而化"本是前人对杜诗的评价。毛泽东本人对"化"字就有个解释，说是"彻头彻尾彻里彻外之谓也"，杜诗"上薄风骚，下该沈宋，言傍苏李，气夺曹刘，掩颜谢之孤高，杂徐庾之流丽，尽得古今之体势，而兼人人之所独专"（元稹《唐故工部员外郎杜君墓系铭并序》），始谓之"化"。而毛泽东诗词并不以风格多样见长，所以这个"化"字是有待商榷的。

而一个"大"字，确实能概括毛泽东诗词给人的总体感受。

论者经常谈到毛泽东诗词的史诗气概。而史诗是与叙事性和宏伟规模相联系的。毛泽东所擅长的词体和七律，都是篇幅短小之作，根本不具备史诗的规模，何以给人以史诗的感受呢？原来，毛泽东诗词有一个非常显著、足以和最辉煌的史诗比美的特点，就是主题重大。

毛泽东诗词所反映和表现的，是中国有史以来最伟大最深刻的一场历史变革，即中国共产党领导下的工农革命——从武装割据到夺取全中国的历史过程和革命豪情。写于第一次国内革命战争期间的有《沁园春·长沙》《菩萨蛮·黄鹤楼》等；写于中央苏区革命根据地的有《西江月·井冈山》《清平乐·会昌》等；反映长征的有《忆秦娥·娄山关》《清平乐·六盘山》等；写于抗日战争期间的有《沁园春·雪》等；写于解放战争胜利时刻的有《七律·人民解放军攻占南京》等。虽然没有展开叙事，但将其诗词标题中的地名串联起来，就是一串历史足迹：长沙——黄鹤楼——井冈山——广昌路上——大柏地——会昌——娄山关——昆仑——六盘山——南京等，足以引起深远的联想，使读者窥斑见豹地重温历史，仿佛看到这位伟大战略家，怀揣"以农村包围城市"的锦囊妙计，胸有成竹地带领在黑暗中盘旋的中国共产党和红军走出迷津，在抗日战争中发展壮大，最后把蒋介石撵到一个海岛上去。这段历史风云，实在令人神往。毛泽东诗词津津有味地歌咏着的，就是这一伟大的历史事实及其延续。"我自欲为江海客，更不为昵昵儿女语""天若有情天亦老，人间正道是沧桑"——这便是作者的自白。

毛泽东的人生哲学十分明快地包含在他青年时代的座右铭中："与天奋斗，其乐无穷。与地奋斗，其乐无穷。与人奋斗，其乐无穷。"这个喜欢吃辣椒的大个子湖南人，是个天生的叛逆者。我们都背诵过他的名言："革命不是请客吃饭，不是做文章，不是绘画绣花，不能那样雅致，那样从容不迫，文质彬彬，那样温良恭俭让。革命是暴动，是一个阶级推翻一个阶级的暴烈的行动。"（《湖南农民运动考察报告》）当他成为领袖的时候，把共产党的哲学概括为斗争哲学。

而毛泽东诗词另外一大，就是抒情主人公形象高大。这个形象一出场就是那样自信——"自信人生二百年，会当水击三千里"（《七古·残句》）。如果说这还有点个人英雄主义色彩的话，往后就不一样了——"怅寥廓，问苍茫大地，谁主沉浮？"（《沁园春·长沙》）词中人已在思考更为重大的问题——革命领导权的问题，当然，这里还包含着宇宙人生的思考——"看万山红遍，层林尽染；漫江碧透，百舸争流。鹰击长空，鱼翔浅底，万类霜天竞自由。"（同上）这是诗的《天演论》，这里达到了诗情、历史与哲理融合。往后，这抒情主人公形象逐渐成为一个大我，较之"独立寒秋"的形象又进了一步——"敌军围困万千重，我自岿然不动""红旗跃过汀江，直下龙岩上杭。收拾金瓯一片，分田分地真忙""此行何去？赣江风雪迷漫处。命令昨颁，十万工农下吉安""百万工农齐踊跃，席卷江西直捣湘和鄂""唤起工农千百万，同心干，不周山下红旗乱"，等等，句中的"我"，是与百万工农结合的大我。

江西苏区岁月是毛泽东生命中最够味的时期之一，也是他诗词创作最活跃的时期之一。"此行何去""今日向何方"等关于方向、路线的诗句，使人联想起作者本人说过，这些诗词原是"在马背上哼成的"。这很有意思——人在马背上，没有徒步奔波之苦，而面对广阔天地，各种新鲜印象纷至沓来，应接不暇，这正是灵感的温床、诗思的摇篮。无怪唐代的郑綮在别人问他"相国近为新诗否"时，应声答道："诗思在灞桥风雪中驴子背上，此处何以得之！"

在中央党校一个理论研讨会上，有人曾经指出，毛泽东的主体观，概括起来就是：人作为革命者，以阶级、革命群体及其政党为主要载体；作为实践者，则具有改造世界的主观能动性。而毛泽东诗词的抒情主人公的形象高大，实植根于他的这种哲学的主体观。影片《开国大典》中有一段对话，在中南海，毛泽东对程潜说："'数风流人物，还看今朝'，并非就指毛某人嘛。"无论现实生活中的毛泽东说过还是没有说过这样的话，这一细节的艺术真实性是无可怀疑的。

毛泽东诗词还有一大，就是气象大。曹丕说"文以气为主"，韩愈说"气盛言宜"，明人谢榛论诗，有堂上语、堂下语之说。堂上语，即上官对下官，动有昂扬气象。气象这东西，关乎个人气质、抱负、经历、学养和地位，不可力强而致。帕瓦罗蒂就是帕瓦罗蒂。腾格尔就是腾格尔。正如风起云扬之歌的雄盼英风和草泽之气只能出自刘邦一样，大气磅礴的毛泽东诗词也只能由毛泽东本人写出。明人谭元春评曹操诗，说："此老诗中有霸气，而不必王；有菩萨气，而不必佛。"钟惺说："一味惨毒人，不能道此，声响中亦有热肠，吟者察之。"余谓毛泽东诗词亦然。

毛泽东诗词想象飞动，喜欢运用古代神话、民间传说的材料，常有超现实的瑰丽色彩。如"黄鹤知何去，剩有游人处""赤橙黄绿青蓝紫，谁持彩练当空舞""惊回首，离天三尺三""飞起玉龙三百万，搅得周天寒彻""今日长缨在手，何时缚住苍龙""问讯吴刚何所有？吴刚捧出桂花酒。寂寞嫦娥舒广袖，万里长空且为忠魂舞""牛郎欲问瘟神事，一样悲欢逐逝波""借问瘟君欲何往，纸船明烛照天烧""神女应无恙，当惊世界殊"等，而"九嶷山上白云飞"一律，更是达到极致。

毛泽东写景大笔如椽，挥洒于广阔的时空之中，善于展示鸟瞰的、全景式的壮丽场面——"茫茫九派流中国，沉沉一线穿南北""北国风光，千里冰封，万里雪飘。望长城内外，惟余莽莽；大河上下，顿失滔滔。山舞银蛇，原驰蜡象，欲与天公试比高""五岭逶迤腾细浪，乌蒙磅礴走泥丸""山，倒海翻江卷巨澜""一唱雄鸡天下白，万方乐奏有于阗""大雨落幽燕，白浪滔天。秦皇岛外打鱼船，一片汪洋都不见，知向谁边？""天连五岭银锄落，地动三河铁臂摇""高天滚滚寒流急，大地微微暖气吹"。毛泽东诗词以挥斥而不以追琢见长，其中精心推敲细致之处，如"腊象"改作"蜡象"、"浪击悬崖暖"改作"水拍云崖暖"、"有心——无意"改作"随心——着意"，等等，多是采纳了别人建议，他很尊重这样的"一字之师"，有一种山不厌高、海不厌深的雅量。

在语言上，毛泽东诗词有一种大气。其措语伐材于古典诗词和民歌，一面是"沉浸秾郁，含英咀华"，一面是"清水出芙蓉，天然去雕饰"。他曾说，朱自清文章不神气，鲁迅文章神气。他自己的文章也神气，所以有很强的阅读快感，如"国际悲歌歌一曲，狂飙为我从天落""雨后复斜阳，关山阵阵苍""东方欲晓，莫道君行早""不到长城非好汉，屈指行程二万""我失骄杨君失柳，杨柳轻飏、直上重霄九"等，成如容易，岂容易哉！

毛泽东词最为人津津乐道者，是1936年陕北观雪之作即《沁园春·雪》。这首词先大笔驰骋全景式描绘北国雪景，上片煞拍处"须晴日"三句突发奇想，将江山比作美人。作者抛开"逐鹿中原"那个现行譬喻，而把政权的更迭比作情场角逐，《离骚》之"求女"，是其依据。过片后一笔勾掉了五个皇帝，却不流于叫嚣——只用"略输文采""稍逊风骚""只识弯弓射大雕"等形象化语言轻描淡写。这是一首豪放词，人们喜欢它的不可一世，也喜欢它于壮采中寓妩媚之姿。这首词的和词有那么多，赞的有，骂的也有，就是没有一首在艺术上可与之颉颃的，即使是柳亚子、郭沫若的和词，和原词相比，也是高下立见。说句玩笑话，柳亚子一笔才勾掉三个词人，怎么比呢。人们说李白诗不可学，这首词也是不可学的。

毛泽东与陈毅论诗说："诗要用形象思维，不能像散文那样直说。"《忆秦娥·娄山关》的大背景是第五次反"围剿"以后到遵义会议那一段历史，小背景是娄山关之战——长征中打的第一个胜仗，它使红军摆脱了长时间的乌云压顶的沉闷情绪，又只是万里长征第一步，摆在眼前的困难不知比顺利大多少倍。作者没有事件过程的实录，也没有一句概念化的议论，纯以兴会为宗，用两组景色和两句抒情，就形象地概括了红军在当时的心境。"苍山如海，残阳如血"，据作者自己说，这是在战争中积累了多年的景物观察，到娄山关大捷时，这样的景物就与作者的心情突然遇合了。这首词很雄浑，也很悲凉，是形象思维的典范。

遍览毛泽东诗词，却又并非"吟看首首是琼琚"。有人说毛泽东诗词有戾气，甚至有俗笔，这是事实。有一些诗词流于粗豪，也是事实。毛泽东自己就明确说某一首不好，或不满意，或不愿意发表，这并不是出以谦虚。然而，衡量一个诗人的成就，要看他能够写到多好。俄国有句谚语："鹰有时飞得比鸡还低，但鸡永远也飞不到鹰那么高。"

哲人已云逝。毛泽东诗词作为一份文化遗产，还会长久地流传下去。人们会不时吟诵和谈论他的诗词，一如毛泽东生前不时吟诵和谈论唐宋名家诗词一样。后人读到毛泽东那些气壮山河的作品时，也不免会产生无尽的感慨和缅怀之情——

　　横空出世，莽昆仑、阅尽人间春色。飞起玉龙三百万，搅得周天寒彻。夏日消溶，江河横溢，人或为鱼鳖。千秋功罪，谁人曾与评说？

　　江山如此多娇，引无数英雄竞折腰。惜秦皇汉武，略输文采；唐宗宋祖，稍逊风骚。一代天骄，成吉思汗，只识弯弓射大雕。俱往矣，数风流人物，还看今朝！

论《沁园春·雪》

　　无论从何种角度着眼，《沁园春·雪》都说得上是毛泽东诗词的压卷之作。这绝不是个人的意见，而是几乎所有评论家的共识。假若来一个读者投票，可以预见，这首词一定会高票当选的。

　　这首词的写作背景不同寻常。据作者于1945年给柳亚子的一封信中，称此词为"初到陕北看见大雪时"之作。人民文学出版社和文物出版社刊印的《毛主席诗词三十七首》注明这首词的写作时间是1936年2月，也就是红军完成二万五千里长征，到达陕北两个月后。那时中共中央刚制定了建立抗日民族统一战线的政策，毛泽东即于当年1月亲率红军东征，于2月初，也就是西安事变发生前十个月，到达陕北清涧县袁家沟一带，准备东渡黄河抗日，扩大红军力量。毛泽东本来就喜欢雪天，在袁家沟居住期间，正遇上一场平生罕见的大雪——也就是他对柳亚子提到的那场大雪。放眼秦晋高原白雪皑皑，长城内外冰封雪盖，九曲黄河顿失滔滔，此情此景一时凑泊，不禁逸兴遄飞，欣然命笔，几乎是一气呵成了这首独步古今的咏雪抒怀之作。

毛泽东写作诗词，一向是以兴会为宗的——这正是诗词之所以为诗词者。这首词之所以为人津津乐道，原因之一，就在于读这首词，你能体会到作者在写作时所达到的那种巅峰状态。"北国风光，千里冰封，万里雪飘"，一起就是椽笔驰骛，全景式描绘北国雪景。毛泽东性格"好大"，在写景上比较近似李白。李白偏爱名山大川，钟情的景物是黄河、长江、庐山瀑布、横江风浪，而把鸟鸣涧、鹿柴一类的景色，留给王维去写。毛泽东喜欢的咏雪名句是"燕山雪花大如席"（李白）、"战罢玉龙三百万，败鳞残甲满天飞"（民谣）等奇句，而不是"未若柳絮因风起"（谢道韫）那样的妙语。这首词中的看雪，可不是芦雪庵赏雪，甚至也不是终南山望积雪，而是昂首天外，鸟瞰、俯瞰整个的北国雪景，其间加入了词人的想象。"望长城内外，惟余莽莽；大河上下，顿失滔滔"，寥寥数语，写出了漫天大雪所造成的江山一笼统的奇妙感觉。"长城""大河"（黄河）在词中，既是宏大的自然意象，又是象征符号——与"江山""无数英雄""风流人物"等自然和社会意象相呼应，是与中华民族这一概念紧紧联系在一起的，从而赋予了这首词以非同寻常的意义。"惟余""顿失"的措辞，具有一种张力——漫天大雪转瞬之间改观了山河，词人在登高壮观天地间的同时，心中涌起的是怎样的一种激情呢？这令人想起作者同调词作中的"怅寥廓，问苍茫大地，谁主沉浮？"接下来的三句——"山舞银蛇，原驰蜡象，欲与天公试比高"，写积雪。静态的积雪，却写出了动感。蜿蜒崎岖的山脉，其边缘、其轮廓、其走向在积雪中亮度较高，使人产生一种视幻感觉——银蛇飞舞的感觉，与"飞起玉龙三百万"在想象上有异曲同工之妙。大大小小、绵亘起伏的山峦，由于蒙上了积雪，又使人产生出另一种视幻感觉——象群奔腾的感觉，试想一下，整个原野上奔腾着无数的白象，这又是何等壮观的一种情景。顺便说，最初的措辞是"腊象"，腊即真腊（**古代国名，即柬埔寨**），后来作者采纳臧克家的建议，改为"蜡象"，与"银蛇"作对，更加工稳。绵亘的雪山和无垠的雪原，使天空显得低矮，反言之，即雪山和雪原在与天公比高。"欲与天公试比高"，这一句有拟人的意味，使人想到毛泽东生平爱说的一句话："我是和尚打伞，无法无天。"这种无法无天或与天比高的精神，就是革命精神，就是造反有理。唐人杜牧《长安秋望》就有"南山与秋色，气势两相高"的名句，在气势上，还分让此词三分。总而言之，上片咏雪，词人做到了视通万里，眼光所及，几半中国，真说得上是前无古人了。

插说一下，《沁园春》这个词牌以东汉窦宪仗势夺取沁水公主园林，后人作诗咏其事而得名，全词一百一十四字，属于双调的慢词。上下片除换头而外，结构大体相同，具备从三字句到八字句的所有句式，各有一组由一字领起的句群，适合铺叙，保持着一气贯注到韵脚（一韵或两韵）的势头，饶有抑扬顿挫之致。毛泽东此词上片咏雪，以"北国风光"三字总冒，紧接用一个"望"字顶住上文，领起四句，其势头直贯两韵，到"欲与天公试比高"为止，对北国雪景作了大笔挥洒而又淋漓尽致的描绘。再用"须"字顶住上文，以三句写想象放晴之后，艳阳高照的雪景："须晴日，看红装素裹，分外妖娆。"红日与白雪交相辉映，该有多么艳丽！换头处意脉不断，以"江山如此多娇"收住上片之写景，复以"引无数英雄竞折腰"过渡到下片之咏史抒怀，是全词的一大关纽。紧接一个"惜"字顶住上文，领起四句，其势头又是直贯两韵，到"只识弯弓射大雕"为止，可谓大气盘旋。其思想内容，有人说，是"一笔勾掉五个皇帝"。这个说法不一定确切，但富于文学性，是一句妙语。在词中，毛泽东的确评点了五个皇帝——依次为秦始皇、汉武帝、唐太宗、宋太祖、成吉思汗，他们中有的是完成统一大业的雄才，有的是达到天下大治的君主。从这个意义上讲，都算得上民族的英雄。词中称之"英雄"，绝非反语，有肯定的意思。就拿秦始皇来说吧，尽管历代读书人骂声不断，毛泽东却不以为然："劝君少骂秦始皇，焚坑事件要商量。"（《读〈封建论〉呈郭老》）所以，绝不是一笔抹杀，只是一揽子批点。"略输""稍逊""只识"这些带有贬抑性的措辞，意味着这些帝王又都有历史的局限性，因为他们只代表少数人即剥削阶级的利益。词中不能采用这种理论的话语，却用了"文采""风骚"这样的字面，好像是在谈论这几个人的文学修养。真要说文学修养，这几个人其实是有等差的：汉武帝有《秋风辞》，是名篇；唐太宗有几句诗，如"昔乘匹马去，今驱万乘来""一朝辞此地，四海遂为家"等，是名句，这两人的"文采"要好一些。宋太祖是个粗人，有歌咏日月的大话诗，是古代的"丘八体"，不过，"未离海底千山暗，才到天中万国明"两句，还是为人称道的；成吉思汗的"文采"更差一些，说他"只识弯弓射大雕"，一点也不冤枉；秦始皇焚书坑儒，那就不是"略输文采"的问题，而是革文化的命。不过，这里的"文采""风骚"，宜从广义上加以理解，那就是这些人的贡献，不在思想文化方面。在思想文化方面做出贡献的，另有一条线，那就是从孔夫子到孙中山，应该另作总结的。总之，读这首词让人浮想联翩。当毛泽东面对如此江山、如此雪景时，心中激起的，是怎样一种豪情壮怀啊。他一定有这样的感觉——我们正在做着前人从来没有做过的事业；而我们所做的一切，对人类将有更大的贡献；我们所做的一切，将要比一切古人的业绩更加辉煌地载入历史。换言之，这是一种横绝六合、扫空万古、慷慨纵横、不可一世的感觉。

于是，作者以"俱往矣"三字顶住上文，曲终奏雅——"数风流人物，还看今朝。""今朝"是对"俱往"的一个呼应，"风流人物"是对"无数英雄"的一个呼应，这个结尾是水到渠成的。那么，词中"风流人物"与"无数英雄"是一个什么关系呢？是平列关系，还是对立关系呢？毛泽东自注——"雪：反封建主义，批判二千年封建主义的一个反动侧面。"（中央文献研究室编：《毛泽东诗词集》，中央文献出版社，1996年，第70页）他在自书此词时，也曾署题为："反封建沁园春。"这是一种贴标签的做法，是对那些批评他"有帝王思想"的人们的一个回敬。然而，作品一经发表，其解释权就不再专属于作者。贴标签的做法既无必要，也不可取，它会制约读者的审美感受，很煞风景。要回答前面提出的问题，还须提到一首宋词，那就是苏轼的《念奴娇·赤壁怀古》。苏词开篇为"大江东去，浪淘尽、千古风流人物"。在这里，我们找到了毛泽东措辞的语源——毛词中的"无数英雄"，不就是苏词中的"千古风流人物"么？"风流人物"与"英雄"，只是一转语（同义语）。换言之，毛词中的"风流人物"是处在"无数英雄"的延长线上的，彼此的关系不是对立，而是递进。当然，递进中也包含着否定，否定之否定，那也是符合辩证逻辑的。词中"俱往矣"三字，措语很重，毛泽东说："阶级斗争，一些阶级胜利了，一些阶级消灭了。这就是历史，这就是几千年的文明史。"

（《丢掉幻想，准备斗争》，《毛泽东选集》第四卷第1419页）"俱往矣"三字，又意味深长——秦皇、汉武、唐宗、宋祖、成吉思汗，等等，虽然是英雄，但已是过去式，是翻过的几页历史。"人民，只有人民，才是创造世界历史的动力。"（《论联合政府》，《毛泽东选集》第三卷第1031页）唐人岑参诗云："古来青史谁不见，今见功名胜古人。""数风流人物，还看今朝"，也有这样的意味。

词中"风流人物"何指，一直众说纷纭。作者自注为"无产阶级"，注家则说是"今朝的革命英雄"，或"当代人民群众中涌现的英雄人物"，或"无产阶级杰出人物"，或"无产阶级先锋战士"，或"无产阶级革命领袖"，等等，不一而足。其实，这个涉及文艺理论、诗论上的一个问题——抒情主人公的问题。简言之，抒情主人公有三种情况：一种情况，抒情主人公为"我"，即作者本人，如陆游《钗头凤》的抒情主人公就是陆游本人。另一种情况，抒情主人公为"非我"，即不是作者本人，诗词中的代言体就是如此，如《新婚别》的抒情主人公就不是杜甫。第三种情况，抒情主人公为"非常我"，即包含我，却不等于我，如唐王梵志诗中的"我"，就是泛指的我。毛泽东诗词主题重大，其绝大部分所反映和表现的，是中国有史以来最伟大、最深刻的一场历史变革，中国共产党领导下的工农革命，从武装割据到夺取全中国的扭转乾坤的历史过程和革命豪情。其抒情主人公往往是一个大我，一个群体，如"敌军围困万千重，我自岿然不动"(《西江月·井冈山》)、"命令昨颁，十万工农下吉安"(《减字木兰花·广昌路上》)、"百万工农齐踊跃，席卷江西直捣湘和鄂。国际悲歌歌一曲，狂飙为我从天落"(《蝶恋花·从汀州向长沙》)等，句中的"我"便是与百万工农结合的大我，都不等同毛泽东本人，但一定包含他本人。同样地，这首词中的"风流人物"即当代英雄，也不等同于毛泽东本人，但一定包含他本人。影片《开国大典》中有一个细节，毛泽东在中南海对程潜说："'数风流人物，还看今朝'，并非就指毛某人嘛。"无论现实生活中的毛泽东是否说过这样的话，这一细节的艺术真实性是不容怀疑的。

这首词写壮景，抒豪情，发绝大议论，在艺术上本来是有风险的。因为豪，容易流于粗；大，容易流于空。但这首词并不给人以粗豪和空洞的感觉，相反，读者觉得非常充实，非常光辉。这与作者的形象思维和艺术处理是分不开的。词的开始，作者就运其如椽大笔，驰骋于广阔的时空之中，对北国风光作鸟瞰式、全局性的描写，令人心旷神怡。匪夷所思的是煞拍的"须晴日，看红装素裹，分外妖娆"，突发奇想，将壮丽河山比作妖娆的妇人。自古以来，人们把统一中国的群雄角逐比作猎手角逐，"逐鹿中原"是流行的譬喻。可毛泽东却别出心裁，把它比作情场角逐。这个举措风流的比喻偏偏能不失于纤巧，其奥妙大可深究。原来在古人的观念中，江山与美人本是差距很大的对象，清人诗云"福王少小风流惯，不爱江山爱美人"就是具体的例证。而比喻之中，比体和本体的差异越大，效果越显著，将江山比作美人正是如此。尽管诗人运用了"妖娆"一类倩语，读者想到的只是山河的迷人，而不会联及男女之事。远在《离骚》就有以求女比喻政治追求的传统，是其成立的依据。把重大的主题寓于如此轻松的表述，使此词既雍容大度，又轻灵洒脱。描写男女情爱从来是词体所长，产生过"柔情似水，佳期如梦，忍顾鹊桥归路。两情若是久长时，又岂在朝朝暮暮"（秦观）那样一类杰作。但从毛泽东的传记材料看，他不是一个儿女情长的人。就连"我失骄杨君失柳"一词，所表现的革命的同志之爱也高于燕婉之私。可以说，毛泽东的爱情更多地钟于华夏山河，"江山如此多娇，引无数英雄竞折腰"，这才是毛泽东的爱情词！在词中，作者就像是在替一位公主择婿，运用严格的眼光打量着秦皇、汉武、唐宗、宋祖、成吉思汗等，这些似乎次第而来的求婚者，结果都未入选。"数风流人物，还看今朝！"

　　这首词的上片在自然的、地理的、空间的大跨度上自由驰骋，下片在社会的、历史的、时间的大跨度上自由驰骋。本来，秦皇汉武等古代帝王与当代英雄，各不同时，并非竞争的对手，而词中并举之，就填平了时间跨度，冶古今于一炉，而对于现实中真正的敌手，则未措一辞，足见大气。其间加入"看红装素裹，分外妖娆""江山如此多娇"这样婉约的因子，使得全词于豪放之中饶有风流妩媚之姿，达到了豪放与婉约的绝妙平衡。作者曾说："我的兴趣偏于豪放，不废婉约。"（《毛泽东诗词集·读范仲淹两首词的批语》，第210页）这种做法，也借鉴了苏轼的《念奴娇·赤壁怀古》。苏词以"大江东去"开篇，然后就联想到赤壁大战，历史上的英雄。"乱石穿空"几句，写抒情主人公的心灵感应，以至风起水涌。说到"江山如画"，忽然引出个绝代佳人——小乔，来衬托谈笑破敌的周郎之儒雅、潇洒。有词话说，一位苏门幕士认为柳永词适合十七八女儿执红牙板歌"杨柳岸，晓风残月"，苏轼词适合关西大汉绰铁板唱"大江东去"。殊不知"小乔初嫁"，非十七八女儿而何？在豪放词中加入这样一点婉约的因子，确实能够达成一种绝妙的平衡。在毛词中，除"红装素裹""江山多娇"而外，"略输""稍逊""只识"这样委婉的措语，也有折中作用。虽然毛泽东从苏词借用了"风流人物"一语，虽然他的"红装素裹，分外妖娆"对应着苏词的"小乔初嫁了，雄姿英发"，他的"江山如此多娇，引无数英雄竞折腰"又对应着苏词的"江山如画，一时多少豪杰"，但必须指出，这一切并非刻意而为，而是有意无意中得之，是读书受用的结果，绝无模仿雷同之感，倒是后来居上。可以说，这首词在苏轼《念奴娇·赤壁怀古》之后，为豪放词树立了另一座丰碑。

前人对唐诗《春江花月夜》有一句点评——"以孤篇压全唐"，措语可能夸张一些，然不夸张不足以为名言。《沁园春·雪》给人的感觉也是这样的。即使是毛泽东别的诗词都失传了，只要有这一首在，毛泽东诗词还是毛泽东诗词。或以为这样的词好写，或以为这首词不如《沁园春·长沙》。其实不然。这首词的和词有那么多，赞的有，骂的也有，就是没有一首可与之颉颃的，即使是柳亚子和词，和原作相比，也是高下立见。比一比吧，柳词全文："廿载重逢，一阕新词，意共云飘。叹青梅酒滞，余怀惘惘；黄河流浊，举世滔滔。邻笛山阳，伯仁由我，拔剑难平块垒高。伤心甚：哭无双国士，绝代妖娆。才华信美多娇，看千古词人共折腰。算黄州太守，犹输气概；稼轩居士，只解牢骚。更笑胡儿，纳兰容若，艳想秾情着意雕。君与我，要上天入地，把握今朝。"这也是当行本色之作，但与毛词相比，不足为堂上语。它的上片让人记不住，撇开这个不说，说句笑话，人家一笔勾掉五个皇帝，你一笔才勾掉三个词人，可以同日而语吗？就是辛弃疾的"看君才未数，曹刘敌手；风骚合受，屈宋降旗；谁识相如，平生自许，慷慨须乘驷马归"（《沁园春·答杨世长》），也不过尔尔。其实，如果换一个人，再多勾几个皇帝也不济事，人们只能认为他是疯子。"君与我，要上天入地，把握今朝"，就很危险。恰如《大风歌》只能出自刘邦，大气磅礴的《沁园春·雪》也只能出自毛泽东之手。《新民报晚刊》的主编吴祖光看到这首词时，第一个想法就是："只有这一个人才能写出这一首词。"就是这个道理。坊间有一些喊喊喳喳，都是错的。

赏析一件伟大作品，有时需要节外生枝。写到这里，突然想起唐人林宽的诗句："莫言马上得天下，自古英雄尽解诗。"诗题为《歌风台》，是对刘邦《大风歌》的感慨。毛泽东似乎更赏曹操："往事越千年，魏武挥鞭，东临碣石有遗篇。"（《浪淘沙·北戴河》）说句笑话，他"一笔勾掉五个皇帝"，却放了曹操一马。曹操生前并未称帝，以谥号"魏武"呼之，与秦皇、汉武、唐宗、宋祖的称谓相垺。根据口述历史，毛泽东在 1954 年曾对身边人大发议论说：曹操是一个英雄，曹操诗是男儿诗、大手笔！(这句话引出了郭沫若《为曹操翻案》的长篇大论) 可见在毛泽东心中，曹操是具有文采、引领风骚的英雄人物。明人评曹操诗云："此老诗中有霸气，而不必王；有菩萨气，而不必佛。""一味惨毒人，不能道此，声响中亦有热肠，吟者察之。"（谭元春、钟惺）"霸气""菩萨气""热肠"这些关键词，也可移评毛泽东诗词。真是千古同调！鲁迅对曹操也抱好感。想起鲁迅对曹操的评说——为什么他的行动和议论会有一些矛盾呢？鲁迅说："此无他，因曹操是个办事的人，不得不这样做"，"我们倘若去问他，恐怕他把我们也杀了"（《魏晋风度及文章与药及酒的关系》）。话虽如此，鲁迅还是说：曹操毕竟是一个英雄！

《沁园春·雪》还有一个不同寻常之处——它是最早发表的一首毛泽东诗词，而且发表在历史的重大转折时期（1945年重庆谈判期间）。它发表时所引起的冲击波，是古今任何一首诗词都不能比拟的。不谈一谈这方面的情况，对这首词的解读就不算完整。

1945年8月的时局变化之快，出乎一切人的意料：日本宣布投降（8月15日）。蒋介石不准共产党的军队受降。毛泽东宣布"针锋相对，寸土必争"。全面内战一触即发。举国人心渴望和平。美、英、苏三国在《雅尔塔协定》的框架下出于本国的利益，力促国共和谈。蒋介石做出姿态，接二连三电邀毛泽东。毛泽东于8月28日飞赴重庆谈判。毛泽东在重庆除了谈判，一直忙于会客——蒋介石就做不到这一点。早在毛到重庆的第三天（8月30日），柳亚子就赴曾家岩拜会，而呈七律一首，并按中国文人的积习向毛索句。10月7日，协定即将签订，毛泽东才忙里偷闲，予以回应。他并没有照文人规矩步韵奉和，只是将这一首写成近十年的《沁园春·雪》抄写给柳亚子。毛泽东为柳亚子抄这首词，先后抄过两次，后一次是题在柳的纪念册上。这个做法也不同寻常。因为毛泽东写作诗词，从来是不打算发表的。多年以后，他给《诗刊》编辑部臧克家等人写信和为《人民文学》发表词六首写作引言，还一再表达过这样的意思。可在当时，毛泽东明知道柳亚子筹备着一个书画联展，展品中将有尹瘦石为自己所画的一幅肖像，却偏偏在这样的时候，把《沁园春·雪》一而再地抄给柳亚子，真是意味深长。而毛泽东前脚才踏回延安，柳亚子的和词赓即就在《新华日报》上发表了，虽然不见毛泽东的原作，却吊起读者的胃口。紧接着，这首词就被一家民营报纸——吴祖光主编的《新民报晚刊》抢先披露。此举犹如在山城上空投下一颗重磅炸弹，立刻引起了剧烈的震动，冲击波迅速从重庆传遍全国。形形色色的人们，或为之折服，或对其反感，引得不少人技痒，大和而特和。据统计，仅1946年上半年重庆各大报刊所发表的唱和词，就有三十余首之多，形成一个高潮。反对派给这首词贴了一个标签——"有帝王思想"。有还是没有呢？这要看话怎么说。如果说是"天上没有玉皇，地下没有龙王，我就是玉皇，我就是龙王"（《红旗歌谣》）、"我们要做天下的主人"（《国际歌》）那一类的意思，其谁曰不然耶！——"我们"和"我"，都是大我。如果说是某某人想当皇帝，那便是皮相之谈，白日说梦了。推崇这首词的人把写作时间搞错了，郢书燕说也有——如郭沫若就揣测词中的咏雪，是说北国被白色的力量所封锁，像秦皇汉武、唐宗宋祖甚至成吉思汗那样一些"有帝王思想"的英雄，依然在争夺江山，单凭武力一味蛮干，但他们迟早会和冰雪一样完全消失。这是把词的写作时间，误以为是重庆谈判的当时了。

这首词无疑是毛泽东的得意之作。在今存毛泽东墨迹中，《沁园春·雪》的写本竟然达到十余种之多，这是任何一首别的毛泽东诗词所不能比拟的。在北京人民大会堂迎宾厅的墙壁上，有国画大师傅抱石和关山月合作的壁画，画面上白雪红日上下辉映、高原长城互相轩邈，"江山如此多娇"几个擘窠大字，为毛泽东亲笔所题写。这是《沁园春·雪》的诗意画，非壁画不能见其大。

朱德与诗

1962年春夏之交，诗刊社举办了一个高规格的诗歌座谈会，与会者第一是朱德，依次有陈毅、郭沫若、周扬、柯仲平、萧三、谢冰心、袁水拍、冯至、卞之琳、田间、张光年、阮章竞、李季、林庚、赵朴初、俞平伯、徐迟、闻捷、臧克家等五十多位诗人和诸多负责人。这种高规格的诗歌座谈会在新中国建立后是仅有的一次。

朱德在会上第一个发言，讲了两点。一点是"要写真事、真相、真话；写真事，说真话，我看写出来的东西就很漂亮了"。另一点是"现代诗歌应该从民族传统中吸取营养。返古复旧的想法是不对的，但是有些东西现在还是很需要，可以继承"。接下来陈毅、郭沫若相继发言。陈毅说了文从字顺的问题。郭沫若说："在文学艺术中，诗歌是最费功夫的。陈总说要文从字顺，要做到文从字顺还容易，但既要文从字顺，同时又是好诗，总要经过险境，才能到平易。""杜甫诗句'文章千古事，得失寸心知'，这寸心靠得住靠不住都难说。有些文章自己觉得蛮不错，但别人不买账；有时自己觉得无所谓的，人家倒觉得蛮好。这是个什么道理，我还说不出来。"

朱德是当代伟人，并不靠诗传世。但他有传世之作，他的某些诗作，是可以像陈毅《梅岭三章》那样，入选中小学课本。假如要编一个推荐给青少年的《当代诗词一百首》，朱德的好几首诗均有资格入选。

仗马太行侧，十月雪飞白。
战士仍衣单，夜夜杀倭贼。
——《寄语蜀中父老》，1939 年

北华收复赖群雄，猛士如云唱大风。
自信挥戈能退日，河山依旧战旗红。
——《赠友人》，1941 年

群峰壁立太行头，天险黄河一望收。
两岸烽烟红似火，此行当可慰同仇。
——《出太行》，1940 年

七星降人间，仙姿实可攀。
久居高要地，仍是发冲冠。

开心才见胆，破腹任人钻。

腹中天地阔，常有渡人船。

——《游七星岩》，1959 年

特别值得一提的，是《赠友人》那首诗，本是一首和诗。而和诗是难于出彩的。原唱为杨朔《寿朱德将军》（1939 年），诗云："立马太行旌旗红，雪云漠漠飒天风。将军自有臂如铁，力挽狂澜万古雄。"你看，和诗居然似原唱，而原唱反而似和作。"挥戈退日"这个典故，在诗中是双关抗日的，信手拈来，即成妙谛。朱德还有一首和诗，是和郭沫若《登尔雅台怀人》的七言律诗，作于 1944 年，也胜于郭老原作。那首诗的开篇很漂亮："回顾西南满战云，台高尔雅旧情殷。"

朱德诗好在哪里呢？可以讲两点。

一点是他的童子功。恰如郭沫若在那次座谈会上说到的："学诗还得趁早，跟学钢琴一样。音乐家老了听觉就迟钝。"朱德是念过私塾的人，诗是他的真爱，书法也是，诗的基本功非常好，书法的功夫也很深，完全上得厅堂。这一点在老一辈无产阶级革命家中，董必武与他很相似，董的字好，作诗也文从字顺，就像《读王杰同志日记》那样的题目，都作得很好，前四句是："共向雷锋学，如君体会多。一心为革命，三载保无讹。"我手写我口，又很动情，绝不是"老干体"（"老干体"即标语口号体，以作者多退休干部而得名）。但董老诗词中，想不起可以与朱德《赠友人》《出太行》比美之作。

另一点是朱德的非凡阅历，博大胸襟。前面提到那两首七绝，完全是正气歌、大风歌，没有大英雄身份，就写不到那个份上。此外，像"腹中天地阔，常有渡人船"那样的山水诗，既是即目所见，又写出了元帅肚量，所以不可及。

不过，有一点不容讳言，就是朱德作诗未尽其才。过去我们讨论古人的历史局限性，常常以为今人不会犯那样的毛病。事实证明，并不是这样的。朱德说"写真事，说真话，我看写出来的东西就很漂亮了"，这是一个很朴素的诗观，但说来容易做来难。李白诗云："危楼高百尺，手可摘星辰。不敢高声语，恐惊天上人。"（《夜宿山寺》）身处高位的人，讲真话有时甚至比普通人更难。1959 年朱德写过一首和毛泽东《登庐山》原韵的诗："庐山挺秀大江边，牯岭乾坤已转旋。细雨和风经白鹿，拨云开雾见青天。林园培植多桃李，路线深通贯顶巅。此地召开团结会，交心献胆实空前。"最后两句，是很敷衍的话，不用说作者的意愿是善良的。而在新中国成立后的朱德诗词中，像《游七星岩》那样可圈可点的诗太少，这是一件令人惋惜的事。

赵朴初的诗词曲

赵朴初（1907—2000），安庆市太湖县人。早年就读于江苏东吴大学，倾心佛教。1945年参与发起组建中国民主促进会。1953年后，任中国佛教协会副会长兼秘书长、中日友好协会副会长等职。1980年后，任中国佛教协会会长、中国佛学院院长、全国政协副主席等职。一身兼有政要、社会活动家、佛教界人士等多重身份，又是著名书法家和诗人。

在中国，各大寺庙都能看到赵朴初的墨迹。20世纪六七十年代，全国重要报刊常常刊登他的诗词，毋庸讳言，这是一种特殊的待遇。20世纪的下半叶，赵朴初诗名之大，湖海罕有其匹。

赵朴初一生探索真理，追求进步，受知于毛泽东、周恩来。1951年"三反"运动，赵朴初因膺救济部门要职，被重点核查。核查结果，他所经手的巨款和物资来龙去脉一清二楚。周恩来知道后十分高兴，称他"国宝"。

1958年赵朴初陪同毛泽东主席接见外宾，毛问："你们佛教有没有这么一个公式啊，赵朴初即非赵朴初。"又说："那么就很奇怪了……先肯定后否定。"赵答："不是先肯定后否定，是同时肯定同时否定。"毛即指着他对旁人说："这个'和尚'懂得辩证法。"中苏论战期间，赵朴初写《某公三哭》，康生从时任中宣部副部长的姚溱处看到曲子，送到毛处。毛一看喜欢，说："这个曲子归我了。"竟交两报一刊发表，天下争相传诵。毋庸讳言，赵朴初对毛、周，实怀感恩之心。所作挽诗甚多，一字一句，俱自肺腑流出。《周总理挽诗》是一首代表作：

> 大星落中天，四海波洞。终断一线望，永成千载痛。艰难尽瘁身，忧勤损龄梦。相业史谁俦？丹心日许共。无私功自高，不矜威益重。云鹏自风抟，蓬雀徒目送。我惭驽骀姿，期效铅刀用。长思教诲恩，恒居惟自讼。非敢哭其私，直为天下恸。
>
> 1976年

一起一结，语语沉痛。"无私功自高，不矜威益重"是此诗的主题句。高度概括，恰如其分，活画出周的形象。国人一读成诵，洵挽诗之佳作也。

上自党和国家领导人，下至普通民众，以及外国人士，赵朴初可谓广结善缘，朋友遍天下。交游之际，颇有吟咏。他与陈毅元帅于诗书有同嗜焉，尝以文为诗云："十二年前春尚寒，陈总一日招我谈，谈及主席曾有言，文艺改革诗最难，大约需时五十年。我于诗国时偶探，乍闻此语震心弦，其后屡试复屡颠，稍识其中苦与甜。……"（《毛主席致〈诗刊〉函发表二十周年纪念座谈会献词》）

又有《清平乐·围棋赠陈将军》云：

> 纹枰坐对，谁究棋中味？胜固欣然输可喜，落子古松流水。将军偶试豪情，当年百战风云。多少天人学业，从容席上谈兵。

> 1952 年

以兵喻棋，自是妙喻。"胜败乃兵家常事"，棋亦如之。"落子古松流水"，既写棋院环境，又写人的心境，颇富意蕴。"多少天人学业"，棋道有通于天人之际，亦妙语也。作者就这样从一个小小的角度，生动地再现了儒将陈毅的风度。

1964 年，赵朴初作为国务活动家，陪日本佛教界人士西川景文、大河内隆弘二位长老雨中游西湖，赋《应转曲》二首云：

> 好友。好友。隔海飞来携手。不辞湿透毡鞋。

花港苏堤去来。来去。来去。更赏一盘春雨。

　　闲望。闲望。何似琵琶湖上。轻舟伴着山神。岸上樱花笑人。人笑。人笑。冲破云罗雾罩。

　　《应转曲》一名《调笑令》，原本是一种游戏的歌词，词中作为转折的二言句，起着和声的作用。日本人称"唐粉"（食品粉丝）为"春雨"，当日席上有此菜，"更赏一盘春雨"，措语双关，又指湖上春雨。"山神"是日本人对妻子的谑称，如汉语之"河东狮"，寓又爱又畏之意。作者信手拈来，作入词中，使人感到亲切、有趣，再书写出来，是很好的赠品。

　　赵诗多随兴而为，以自然为宗，古诗多于律诗，五言工于七言。然七律亦有可称者，如《赠潘受先生》：

　　我居北海君南海，万里何曾隔一尘。
　　入蜀诗篇忧国泪，校书生死故人心。
　　不期天外中秋节，相见楼高七十层。
　　广宇雄都凭俯仰，炎黄应庆有儿孙。

　　潘是华裔新加坡人，抗日战争中曾寓居重庆，集杜诗数十首，传诵一时。后又校印出版《潘伯鹰选集》。有人评此诗："即景生情，就友我之实，写离合之际，今昔之感。襟怀洒脱，词语超旷，对仗灵活。结句炎黄

儿孙之思，亦有自然生发之妙。"（杨嘉仁）

白居易尝云："文章合为时而著，歌诗合为事而作。"（《新乐府序》）赵朴初一生不离政治，故多时事诗，集中如《庆祝中国佛教协会成立》《黄鹤来谣为武汉大桥作》《满庭芳·为人民大会堂作》《普天乐·中缅边界条约签订志庆》《满江红·悼卢蒙巴》《四海欢·十届三中全会新闻公报发布之夕喜作》，等等，以及为数甚多的挽诗，皆是。虽应时而作，亦挟兴会为之。如《报载柯受良驾车飞越黄河，以庆香港回归。中央人民广播电台索诗，立书付之》。"立书付之"，即见兴会。

> 雄心驾重车，一跃过黄河。
>
> 不徒惊技艺，忠勇实足多。
>
> 东岸晋人舞，西岸秦人歌。
>
> 香港庆回归，盛事如星罗。

自明人倡言"读万卷书，行万里路"以来，中国文人大都把这两句话作为自己的人生追求，20世纪下半叶的中国，"读万卷书"固然不易，"行万里路"尤其难得。赵朴初得天独厚，这两"万"，他都做到了。他的饱学，从诗词自注，即可见一斑。《故乡行杂咏》"可能空地狱"自注云："'我不入地狱，谁入地狱？''地狱未空，誓不成佛。'地藏菩萨之大誓愿也。"

《读〈石头记〉》"人情僧梦虎"自注云："藕益《灵峰别录》：僧梦虎，惊寤，喜曰：'非梦，几为虎所食。'既悔曰：'知是梦，何不做个人情。'"《读〈庄子〉》"外史先河大小儒"自注云："(《外物》)篇中儒生盗墓故事：儒以诗礼发冢。……如此短篇小说，仅七十余字耳，而其描写之生动、讽刺之尖锐，后世之《儒林外史》无以过之。"《太虚法师挽诗》自注云："闻人言：师数日前告人，将往无锡、常州。初未知其暗示无常也。"等等。可谓多见多闻，信手拈出，即益人心智。

韩愈《答李翊书》云："根之茂者其实遂，膏之沃者其光晔。仁义之人，其言蔼如也。"读赵朴初诗，每令人作此想。《友人赠玫瑰花》诗云：

> 感君相赠意，甘馨满床前。
> 而我忽不乐，思彼英格兰。
> 如何为此花，流血一百年。

> 1968 年

作者不从"赠人玫瑰，手有余香"着想——虽然那样写不是不可以，而别有怀抱。自注云："指十五世纪至十六世纪英国长达百年之玫瑰战争。其时内战之一方以红玫瑰为徽记，另一方以白玫瑰为徽记，甚至一家人中有佩不同颜色之玫瑰者。"留意此诗的写作年代，可谓如火如荼，中国的每一个屋顶下，都有派性之争，则知作者之用意深矣。

赵朴初因公去过东方很多国家，或以诗词纪历，颇有佳作。如《骑骆驼过人狮像》：

> 头巾飞舞骋明驼，扬臂惊沙扑面多。
> 我欲与君商一谜，田畴大漠待如何。
>
> 1957 年

骑着骆驼在沙化的世界里行走，作者突发奇想，希望沙漠变成良田。"我欲与君商一谜"，妙。作者面对人面狮身像，想起斯芬克斯之谜，或许还有德尔菲神庙前"认识你自己"那句话。诗人并没有直接说出他心中的"谜"，他把这个"谜"留给了自己的同类。

赵朴初与中国历代诗人一样，热爱祖国的山河。其诗得江山之助者，杰作首推《自西安至成都车中作》：

> 石栈天梯史迹看，车如流水走盘盘。
> 穿岩破壁风雷过，一页轻翻蜀道难。

从西安至成都，是蜀道全程，李白称为"难于上青天"者。宝成铁路工程打通上百座大山，填平上百道深谷，全线隧道三百余，桥梁千余座。火车过秦岭，得不停地钻洞。洞与洞间，或可窥见"去天三百"之武当山、太白山，还可以看见所乘火车的后半段从洞间掠过的情景，令人震惊。此诗三四两句，一张一弛，得绝句法。举重若轻，洵称杰作。郭沫若同期所作的《蜀道奇》，洋洋洒洒八百余字，极尽铺张之能事，读后印象殊浅。而赵朴初此诗，却令人过目不忘。顺便说，十年之后，作者还有一首《成昆铁路》云："李白咨嗟蜀道难，梦魂飞不到吴天。人间奇迹今朝现，蜀道平平八表宽。"大不如前诗，可以不作。作了，可以不选。选家（《无尽意斋诗词选》）竟录后诗而弃前诗，殊失察也，殊可慨也。

赵朴初《滴水集》序引释迦牟尼语："要使一滴水永远不干，不如把它放进大海里去""尝一滴水而知大海之味"，接着说："这两句话是有关联的。一滴水，只有放进大海里去，然后取出来才有大海之味。我的作品，如果比作一滴水的话，它是不是已经放进了人民大海里去，而有了大海之味呢？我自己不敢说，但是我是这样用以自勉的。"难怪他语言浅近，贴近生活，"欲见之者易喻也"（白居易）。也难怪他对散曲情有独钟。

他说："曲，这一体裁，和四、五、七言的诗以及长短句的词相比，灵活性较大，易于吸取群众性语言，也能容纳更广泛的内容，对于摹写新的事物，可以提供较多的方便。同时，曲的音乐性强，在形式和格律上，我觉得它对于民歌和新体诗的发展，可能有所帮助。这是我试学写曲的一个缘由。"早期之作多清新，如观演《蔡文姬》（调寄《快活三带过朝天子、四换头》）：

左贤王拔剑砍地，镇日价女哭儿啼。进门来惨惨凄凄，出门去寻寻觅觅。千里，万里，处处是伤心地。胡笳做弄蔡文姬，怨绪哀弦难理。遣使何为？赎身何意？我道曹公差矣！谓中郎有遗书，有女儿能诵记，只消得寄个纸笔。睦邻大计，更要将心比他意。常通声气，频传消息，何如认个亲戚？和吐蕃的唐太宗，和乌孙的汉武帝，都比你，有主意。

1959 年

此曲以新思想作翻案文章，涉笔成趣，持论正大而曲尽人情，在语言雅驯的同时，做到了到口即消。又如《鹦鹉曲·过巫峡望神女峰》：

巫山巫峡萧森处，果然有一个神女。没来由独立高峰，终日为云为雨。【幺篇】亿万年绝壁巉岩，想拦住大江东去。看明天涨出平湖，烟波里再来寻汝。

1960 年

首曲如上场诗，以开场白的口气，交代出巫山神女石。幺篇如下场诗，船上人对巫山神女石匆匆丢下了一句话，而"轻舟已过万重山"矣。曲中不著一"过"

字，却传神地写出了题目中的那个"过"的感觉。又表现了作者对三峡大坝的待望，是对毛泽东《水调歌头·游泳》的响应。难得如此生动活泼。

《某公三哭》是赵朴初在"反修"年代写的三支套曲，转为豪辣。"某公"指尼基塔·赫鲁晓夫，"西尼"指肯尼迪，"东尼"指尼赫鲁。三支曲指点风云，激扬文字。1965年初苏联部长会议主席柯西金将访华，毛泽东说：柯西金来了，把这组散曲公开发表，给他当见面礼。于是《人民日报》予以发表，电台全文朗诵，待遇之隆如此。时过境迁，这一段历史的是是非非，自当重新评价。但这一组作品，记录了中国人的一段心路历程，故不妨立此存照。

在"文革"后期，赵朴初沿着"三哭"路数，写了一系列讽刺之作，传播之快，流传之广，影响之大，不逊于今日之名人微博。如《反听曲》：

听话听反话，不会当傻瓜。可爱唤作"可憎"，亲人唤作"冤家"。夜里演戏叫做"旦"，叫做"净"的恰是满脸大黑花。高贵的王侯偏偏要称"孤"道"寡"，你说他是谦虚还是自夸？君不见"小小小小的老百姓"，却是大大大大的野心家，哈哈。

1971年

作于林彪事件发生之后，滑稽突梯，可与元人小令比美。"我是小小老百姓"是"林彪集团"中地位显赫的某人经常挂在嘴上的一句口头禅，时人厌之。此曲不啻为人出一口恶气，是以不胫而走。

"文革"中佛教人士遭遇厄运，赵朴初得到周总理的保护，幸而渡过一劫。1976 年"四人帮"倒台，赵朴初去故宫参观慈禧罪行展览，归而作《故宫惊梦·江青取经》，首曲《字字双》云：

> 宫门骑马带伙计，四匹。红旗车队后跟随，神气。向来佩服武阿姨，皇帝。无奈乾陵还封在山沟里，可惜。且图就近访慈禧，有理。早安排包管称心的见面礼，表意。送您一副假牙好啃童子鸡，补气。送您一副假发好和姑娘比，美丽。送您一套特制布拉吉，换季。送您一架莱卡照相机，拍戏。有人劝我把文艺大旗也送你，放屁。老娘少了它怎能混下去，哎咦！这分明是反革命的坏主意，可气。赶快给我拉出去，枪毙！

散曲是从民间勾栏产生的一种新兴诗体，其当行本色，一在插科打诨的笔墨，二在出人意表的构思，三在漫画化手法，四在揭示现象与本质的不谐调，即喜剧性手法。赵朴初的这套曲，绘声绘色，为江青画像，足抵一出小品。所谓蒜酪味与蛤蜊味，指的就是这个。这种作品，冬烘先生是做不出来的。

《毛诗序》云："上以风化下，下以风刺上。"赵朴初的诗词曲从内容上反映世道人心，在艺术上走的是大众化道路，正是继承《诗经》传统。又精研佛理，五言诗深契禅机。有绝句，以序作题云："或问'您何以有如此好精神'，答云'我的精神是打起来的'，有诗为证"：

> 打起井中水，喜见生波澜。
> 不惟自饮濯，亦可溉良田。
> 1995 年

诗与题有机整合，置之禅宗公案，亦上乘之作。又有古诗，题云："置白菜心一枚于碗中盛水养之，渐舒展转绿，挺生茎秆高尺余，着叶开花，有轩昂之态。"诗曰：

> 花如金伞盖，叶作飞檐上。俨然七级塔，意欲逼纬象。珍此碗中春，骋我天外想。……北国冬庭空，赖兹寄神赏。所遇虽万殊，自足初无两。静观悟物理，更生得善养。永怀欣欣意，寒暑任来往。呼吸通寥廓，随心斗室广。

把一颗白菜心，水仙似的养起来，"欣欣此生意，自尔为佳节"（张九龄）。作者看了，心中欢喜，此之谓世法平等，诗心即佛心也。

赵朴初临终遗嘱是：遗体除眼球归同仁医院眼库，其他部分，凡可以移作救治伤病者，请医生尽量取用，用后，以旧床单包好火化。不留骨灰，不要骨灰盒，不搞遗体告别，不说安息吧。附诗偈一首：

> 生固欣然，死亦无憾。
> 花落还开，水流不断。
> 我今何有，谁欤安息。
> 明月清风，不劳寻觅。
> **1996 年**

此偈与前二诗的精神，完全是相通的。最值得欣赏的就是他的"四不"和"我兮何有，谁欤安息"八个字。

不设灵堂，可以为活人省钱省心。资源是有限的，不要堆砌那么多的花圈。不要放哀乐干扰邻居。不留骨灰好，植树葬也不错，有益于环保。不搞遗体告别，真的想念了，可以看看生前的照片。不要以为这是小事。葬俗观念的改变，事关环保，事关世道人心，做好了，可以移风易俗，太平世界的到来也会快一些。这和很多的事一样，需要从上面的人做起。

有这样一首诗偈作结，赵朴老真是功德圆满了。

论田汉抗战期间的诗词

田汉在中国现代文学史上的地位，是由戏剧奠定的。他被定位为现代著名剧作家和现代戏剧运动的组织者和领导者。然而他最具生命力，至今仍然活在大众口头的作品，则当推20世纪中国抗日战争时期创作的歌词。首屈一指者为《义勇军进行曲》，这本是电影《风云儿女》的主题歌，电影上映后，此歌迅速传遍祖国大地，被誉为"中华民族解放的号角"，后来又成为中华人民共和国国歌。此外如《毕业歌》《黄河之恋》（电影《夜半歌声》主题歌之一），尤其是《天涯歌女》和《四季歌》（电影《马路天使》主题歌），都是传唱不衰的名歌。

作为创作的多面手，田汉在同一时期还写作了大量的新诗和"旧诗"。他写的新诗，除前面提到的那些歌词，多属急就章，为宣传鼓动而作，措语直白，有不少口号诗。时过境迁，这些新诗仅具史料价值而已。而他这一时期所写的诗词却不乏经得起时间考验的佳作，这是因为体裁凝练，而作者在写作时，又下过锤炼的功夫。

> 午夜呻吟杂啸歌，南冠何幸近名河。
>
> 养花恨我闲情少，谈鬼输君霸气多。
>
> 中夏十年成血债，赵轩一击止颓波。
>
> 乾坤硬骨余多少，莫作顽铜一例磨。
>
> ——《狱中赠陈侬非》，1935 年 3 月

1935 年 2 月，中共江苏省委及上海文化工作委员会遭敌破坏，田汉被捕。此诗即写于狱中。诗中既用古典（如"南冠"），语言又接地气，狱中情境毕现纸上。诗风沉郁顿挫，而又极其挥斥，在抒写愤懑的同时，流露出很强的革命信念和乐观主义精神。"中夏"指邓中夏，盖邓曾囚禁于此，壁上原有"养晦十年"的题字。"赵轩"为同志名，其人曾枪击叛徒，自谓"心准则手准"。这首诗曾于 1956 年重新发表于《北京日报》，而为人传诵，算得上作者的代表作之一。

诗词称"旧体"，是"五四"新文化运动以来流行的观念。毛泽东说："旧诗可以写一些，但是不宜在青年中提倡，因为这种体裁束缚思想，又不易学。"（《致臧克家等》，1957 年）郭沫若说："旧诗和文言文真正要做到通人的地步，是很难的事。作为雅致的消遣是可

以的，但要作为正规的创作是已经过时了。"（《沸羹集》，1952 年）田汉的诗词观，想必也不例外。诗词写作对他来讲，自是"余事"。然而，由于旧学根底深厚，写起来不但不难，甚至是游刃有余，欲罢不能。甚至是言志抒情，文字交道的最佳选择。诗词之于田汉，并不是"雅致的消遣"，今观集中之作，多慷慨悲歌，多"为时为事"（白居易）之作，多"发挥幽郁"（陈子昂）之作，绝无标语口号化倾向。与鲁迅、郁达夫等人写作旧体诗的情况相近。

田汉的抗战诗词，大致可以分为两期。1940 年以前为前期，特别是 1935 年到 1938 年，由于作者转徙于前后方，生活颠沛流离，对国难中的民生疾苦多有见闻，感同身受，发诸吟咏，每多佳作。

飘然昨夜渡黄河，读罢春秋感慨多。
汉贼几人逃显戮，宝刀如月不须磨。
——《题关羽像》四首录一，1937 年 5 月

原注："一九三七年四月，游苏州在元妙观得此像，忆伯绥兄善演关公，因题数绝赠之，暇亦想试写关公戏也。"这首杂诗中的"汉贼"二句，是突然触着，一语双关，耐人寻味。

宛如霹雳下晴空，舞断歌残一击中。

凄绝铁门纤手落，指尖犹有蔻丹红。

——《过大世界》，1937 年 9 月

这首七绝的写作背景是，1938 年 8 月 15 日，上海沦陷之前，大世界（游乐场）被炸的惨案。三四句属细节刻画，镜头感极强，力透纸背，令读者过目不忘。

如纱薄雾锁寒江，红日从容上绿杨。

此是战时风景线，街头无数子牵娘。

——《唐家闸所见》，1937 年 11 月

这是上海沦陷后，作者从上海转徙长沙途中所作三十首杂诗中的一首，写流亡途中所见，措语平淡，纯属白描，却读之令人鼻酸。

劫后人民散未回，街头瓦砾散成堆。

长官且慢催侠子，伏老原非百里才。

——《衡阳道中纪行》十一首录一，
1938 年 11 月

此诗记作者随抗战演剧九队从武汉到长沙途中，遇见孙伏园，伏园适为衡山县县长，因过境队伍征夫频繁，苦无以应的况味。从一个独特角度，窥斑见豹式地反映出中国民众抗战的艰苦。"看似寻常最奇崛，成如

容易却艰辛。"（王安石）

衡量一个现代人会不会写旧诗，要看他会不会写近体诗；如果不会写近体诗，直是不当写诗，就连古体诗也写不好的。而田汉"旧诗"的主打和强项，正在近体。他最顺手的体裁是七言绝句。由于深谙绝句之法，心之所至，笔亦随之。对三四句的内在韵律，把握得很好。如"凄绝铁门纤手落"，写炸断的手，惨绝了吧；下句"蔻丹红"三字，写女人的红指甲，用字看似香艳，却出于断手之上。反差虽大，相扣极紧，读来惊心动魄。又如"此是战时风景线"，淡淡一笔。"风景线"三字设置悬念，使读者心情稍稍放松；殊不知下句却是"街头无数子牵娘"，令人心情一紧，写难状之景如在目前，读之如睹蒋兆和《流民图》。

更见功夫的，是田汉的七言律诗。盖七绝可以口占，七律不可以口占，须有"作"的功夫，尤其是作对子的功夫。简言之，七律写得好，必须把对子写好。

平生一掬忧时泪，此日从容作楚囚。
安用螺纹留十指，早将鸿爪付千秋。
娇儿用喜通书字，剧盗何妨共枕头。
极目风云天际恶，手扶铁槛使人愁。

——《入狱》，1935 年

作者被捕入狱，狱方迫令留指纹，所以此诗一题《打手印后》。诗中对子，对仗拆分到单字，如"螺纹"对"鸿爪"，"螺"是虫旁字，"鸿"是鸟旁字，不但是拆分到单字，甚至是拆分到半字，这种作法，文心是很细的。又如"娇儿"对"剧盗"，对仗也拆分到单字，因为反差大，对仗所以出彩。

另一首涉及家事的七律，题为《忆弟》(1935)，杜诗中常有此题。作者兄弟三人，田汉为长，三弟名洪，五弟名沅。作者九岁丧父，时弟洪五岁、沅三岁。诗云："三人生小最相知，欲有为时有不为。转徙直同肩作屋，蹉跎都已鬓如丝。非关弟大兄难做，顾得家安国已危。好趁风波齐努力，一生之计未全非。"全诗措语极淡，而亲情极浓，义理甚高。颈联信息量大，而造句极工，可圈可点，真是佳作。

1940 年以后为后期。此期作者生活相对安定，工作繁忙，友人（如郭沫若、柳亚子、夏衍、沈雁冰、徐悲鸿、尹瘦石等人）间的文字往还，多借"旧诗"以行。亦多"感于哀乐，缘事而发"（《汉书·艺文志》评汉乐府语），写作态度较为随意，然亦不乏时代生活的点滴写真。

　　　　壮绝神州戏剧兵，浩歌声里请长缨。
　　　　耻随竖子论肥瘦，争与吾民共死生。
　　　　肝脑几人涂战野，旌旗同日会名城。

鸡鸣直似鹃啼苦，只为东方未易明。

　　　　——《庆祝西南剧展兼悼剧人殉国者》，
　　　　1944 年

　　抗战期间，作者一直战斗在民族解放和民主戏剧运动的前沿，做出多方面贡献。1943 年夏，作者与欧阳予倩等共同组织了历时三个月集中八省三十多个团队的西南戏剧展演会，规模盛大，影响全国，对抗战戏剧运动发挥了较大作用，成为中国现代戏剧史上的壮举。这首诗不但记录了这一盛事，而且反映了文艺战士为抗战付出的艰苦卓绝的奋斗和牺牲。是一以当十之作。

　　胜利年成疏散年，高歌一曲柳江边。
　　明朝莫作鸟兽散，再为中原著一鞭。

　　　　　　——《赠陈酉名》，1944 年 9 月

　　抗战胜利在望，作者嘱友人不可懈怠，亦以自勉，措语颇为耐味。

　　爷有新诗不济贫，贵阳珠米桂为薪。
　　杀人无力求人懒，千古伤心文化人。

　　　　　　　　——《赠玛琍》，1944 年

　　这首写给女儿的诗，是关着门说话。不是"主旋律",属于"多样化"。语带牢骚,真实反映了抗战期间文化人生存的窘境,及作者无力接济骨肉,而对女儿的告贷之无奈。第三句可圈可点。是不可多得的佳作。

田汉抗战期间(从 1931 年"九一八"事变至 1945 年抗战胜利)所写诗词,收入《田汉全集》(11) 中累计约 300 篇,是中国抗战文学和中国现当代诗词的一笔宝贵财富,值得进一步整理和研究。在田汉先生诞生 120 周年暨逝世 50 周年来临之际,本文谨略作勾勒如上,以表对田汉先生的崇敬和缅怀之意。

我怎样作诗

千禧年之前，我不怎么作诗，但我研究了三十年古典诗词。那时我相信鲁迅的话，我以为一切的好诗到唐代都已做完。后来读到聂绀弩诗，才发现鲁迅那句话的下面还有话，就是今后如果没有翻出如来手心的齐天大圣，大可不必措手。而聂绀弩就是翻出唐人手心的一个人。正是受聂绀弩的启发，我写出了我的脱胎换骨之作《洗脚歌》，这首诗和另一首《人妖歌》曾使得王蒙"大为雀跃"，两次三番地著文说项。

李小雨尝问我，旧诗向新诗学些什么？我说首先是学创作意识。太多的旧诗是在社会应用层面上写作，如送往劳来；是在生活经验层面上写作，如日常纪事。所以有太多的节日诗、祝寿诗、题赠诗。旧诗作者经常被要求："鄙人生日到了，写一首诗送我吧。"而新诗很难为应酬而作，因为新诗人有创作意识。旧诗有创作活动（天才能之），却没有创作意识。也不是所有旧诗人都没有创作意识。如苏东坡就说过："作诗必此诗，定非知诗人。"没有创作意识的人，说不出这样的话。

先说取材，曹学佺说宋诗"取材广而命意新"（《宋诗选注》）。取材就该这样子。有人批我写超女，写翁杨恋，说这表明作者的卑微。其实没有卑微的题材，只有卑微的人。说这话的人，伟大不到哪儿去。邓拓引用陈与龄《林白水先生传略》说："每发端于苍蝇臭虫之微，而归结及于政局。"就是这个道理。我写《葬猫诗》："药锄掘地到三尺，葬尔非花也是痴。盏里香油连夜少，咪咪去矣鼠先知。"写《主家变故致小狗失所日与之食忽寻之不遇》："丧家巨耐久承欢，路遇嗟来每乞怜。今夜不知何处去，明朝须有倒春寒。"就这些猫猫狗狗的诗，不仅是对小动物的关怀。鲁迅说："从喷泉里出来的都是水，从血管里出来的都是血。"诗人首先应把自己修炼成具有人文情怀的人，不管你写什么，都会表现出这种关怀。所以我说：当代作者须强化创作意识——写个人经历，从自己跳出来；写社会题材，把自己放进去。尽弃登临聚会无关痛痒之作。

再说诗从什么地方作起，或诗在何时可以动笔，此事大有讲究。旧诗习惯的做派是，从得到一个题就开始作起，或拈到一个韵就开始作起，也就是从藻绘组装作起，于是大量出现描红之作，这是一种纸做的花，因为没有花的种子。这就是作者没有创作意识的表现。作诗有一定的契机，白居易说根情、苗言、花声、实义。如果我们接过这个譬喻，把一个作品比作一枚果实，那么它一定有一个种子。《毛诗序》说："在心为志，发言为诗。"那么这个志，须酝酿到何等程度，才可以发言为诗呢？

作为一个读者、作者和编者，我觉得并不是所有的人，都明白这回事。有很多的人作诗，并没有这样的意识，即创作的意识。所以有一个成语叫"率尔操觚"。因而有很多的诗，死于下笔，也就是说，一开始就决定了它不会成功。写出来，不会给读者留下任何印象，而且是读了一遍，决不会读第二遍的。而写出让人记得住的诗句，是每一个诗人理应的追求。

佳句是诗词之灵魂，或谓之诗眼。所以，作诗可以从好句作起。古人把作诗称为"觅句"，把成诗称为"得句"，就是这个道理。好句与兴趣是联系在一起的。而浮想联翩是形象思维的状态。只有在兴会到时，浮想联翩时，你才会取之不尽，左右逢源，好句不请自来。陈衍说："东坡兴趣佳，不论何题，必有一二佳句。"王蒙说："难得他的好心情和好词句。"如果一个人败了兴，被破坏了创作情绪，打死他也写不出一个好句的。"竹外桃花三两枝，春江水暖鸭先知""春风得意马蹄疾，一日看尽长安花""孤臣霜发三千丈，每岁烟花一万重""滴不尽相思血泪抛红豆，开不完春柳春风满画楼"，等等，无一不是生于兴趣。所以作诗者必争此一句。

没有得到好句前，是不能提笔作诗的。好句好比种子，有了这颗种子，它就会生长，因为它有诗的基因，会按照一定指令（语言关系）成长，而生活经验则好比土地。当好句与生活经验结合，就像种子播进土里，就会发芽、开花、结果。"蜘蛛结网三江上，水推不动是真丝"，没有好句，一味组装拼凑，很难产生真诗。有一次我弟过生，要我写一首诗。我答应写，是因为从小打一块儿过，有趣事可写。兄弟年龄越接近，小时候越不相让的。孔融让梨的故事大家都知道，但总是希望对方做孔融。所以我就得了一句"宁让孔融不让梨"。这是个好句，因为它改造了"孔融让梨"这个成语，赋予它新的意趣。可以据此作首七绝。这个句子是平声结尾的，可以据以定韵。前面随便来"行年三四五六七，宁让孔融不让梨"，并非律句，并无关系。三四句要与之形成关系。便想起小时候，看齐白石画两只小鸡争夺蚯蚓，题曰"他日相呼"。我问父亲这是什么意思，父亲回答说："近日相争。"所以后两句是："鸡虫得失高堂笑，他日相呼更无疑。"这就把让和不让的话头扣起来了。同时把"他日相呼"这个话作进诗里，"鸡虫得失"这话则来自杜甫《缚鸡行》。黄庭坚说"无一字无来历"，此之谓也。这首诗好不好呢，我以为是好的了。但细心的读者会挑剔说，"宁让孔融不让梨""犯孤平"。犯了没有呢，这个话要放到后边说。

　　"5·12"汶川特大地震，我头脑里第一时间冒出两个字："唐山！"于时百端交集，不可无诗。但诗从何作起呢。彭州一位朋友打来电话说，九峰山灾民下山来，他们目击银厂沟里冒出一座山，而四周的山峰为之垮塌。没有比这更好的开头了，所以《八级地震歌》开头就是："一山回龙沟中起，龙门九峰皆披靡。"作七言歌行，就是要先声夺人。《洗脚歌》开头是："昔时高祖在高阳，乱骂竖儒倨胡床。"这个开头很带劲，因为我终于明白，《史记》写郦食其见刘邦，刘邦一直洗脚，洗那么久，气得郦生和他对骂起来，原来是做足底按摩。这里包含着诗人的发现。《王蒙自传第三部·九命七羊》提到此诗，说："谁也没有想到足底按摩也能入诗，而且写得如此古雅亲和。顺便说一下，我个人极少做这种按摩。我也不在乎这篇诗作的'政治正确'与否，如果新左派认为应该造捏脚丫子的人的反，那也与我喜欢这首诗的绝门没有太多关系。"《人妖歌》的开头也不赖，学院组织去海南兴隆，导游安排看人妖表演，同行一百来号人，去看表演只有四五人。有老教师说："要看就看男的，要看就看女的，不看不男不女的。"很代表了一些人的心态。而我呢，觉得不看白不看。但也觉得他这个话很有意思。正好做起《人妖歌》的开头："京剧旦行梅派工，越剧小生范徐红。反串之妙补造化，何须台后辨雌雄。"艳舞去看的人就更少了，因为老婆反对。但我的老婆不反对，就去看了。《澳门观舞》的开头是："西画基础是人体，国画极诣在山水；伊人颇具丘壑趣，远山亦饶曲线美。"总之思路要开阔，写歌行，要先声夺人，然后是从一个兴奋点到另一个兴奋点，之间是跌宕，越是纵横捭阖越好，结尾要戛然而止。所谓："大江无风，波浪自涌。白云从空，随风变灭。"（林则徐）

"诗不能像散文那样直说"，这是毛泽东的话。其实应该加一个字："诗不能老像散文那样直说。"诗的话语方式有两种，一种是散文化的，一种是诗歌特有的。这个放到后面说。诗歌形象大抵有两种，一种是眼前景，如鹅鹅鹅、两个黄鹂、一行白鹭等；一种是意象，有象征符号的意义，如一片冰心、南国红豆等。杨牧有一次要为新疆建设兵团写一首诗，曾一千次在心中问自己，什么是新疆建设兵团，最后找到了答案，即"绿色的星"。新疆建设兵团，是直说；绿色的星，则是意象。王维写相思，一样地曾一千次在心中问自己，何物最相思？答案是"红豆"，所以那首诗的结句是"此物最相思"。

诗也可以从意象做起。同样是红豆，有人这样写："夕阳一点如红豆，已把相思写满天。"诚如袁枚所说："斜阳芳草寻常物，解用即为绝妙词。"很大程度上，就是在说意象。意象是联想的产物。"作诗必此诗，定非知诗人。"当你的心思只停留在一个事物上面时，即使有动于衷，也还不能提笔作诗。只有当你的思绪，完成了从这一事物到那一事物的飞跃时，你才可以提笔写诗。我在一个年底从北京回成都，在去首都机场的路上，看到道路两边光秃秃的树枝上，一个个马蜂窝似的鸟巢，那样的触目惊心，但这时你并不能提笔写诗。当我想到，哇，这就是"空巢"时，思绪就完成了从此空巢到彼空巢的飞跃。于是就产生了《春运》这首诗："京郊地冻艳阳高，客至年关咒路遥。木落平林天远大，枝头留守有空巢。""空巢"就是一个意象。诗也是如此，成都女诗人叶子有一首《出轨》，是为前几年动车出轨事件而写的。诗云："让我们出轨一次/一定要比铁道部做得好/不要车毁不要人亡/如果你答应了/我们就把约会地点/定在温州高架桥上。"真是匪夷所思，语言关系拿得极好。意象的特点，是具有双关性。"鲁奖"颁奖之夜，我作了一首《草船》，"草船"也是一个意象。这些诗，便都是从意象做起的。

写诗是创作，固然是缘事而发，固然可以有模特儿，但创作不是实录，不是写生。"作诗必此诗，定非知诗人。"创作须有虚构，须有构思。构思这件事，是和想象联系在一起的。宋人龚开写黑马道："幽州侠客夜骑去，行过阴山鬼不知。""幽州"的"幽"，"夜骑"的"夜"，"阴山"的"阴"及"鬼不知"云云，都通感于"黑"字，这就把黑马之黑写绝了。我写《张飞夜画》一诗，就受到它的启发。野史称张飞善草书、画美人，想象要进一步细化到画什么美人，在什么环境下画。而后决定画虞美人，夜画，因为张飞是战将，白天要打仗，同时他有一张黑脸，可以融入夜色。诗云："画到虞姬别婿情，兔毛重似虺矛轻。图成不见丹青手，炯炯双瞳暗恨生。"趣味就出来了。

《玉树》二首，是应请之作。今人作诗较古人有一重好处，就是借助网上视频，可以做到不隔。写前有一个想法——写出来，要让人不看题目，便知是写玉树地震，而不是写汶川特大地震。第一首写高原抢险。"不往高原去，焉知抢险难"——这就是玉树了。十字一气呵成，即有张力。接下来紧扣高原抢险难——"有风氧气薄，不雪夹衣单"，两句各有一次转折，按前人的说法，这是"语未了便转"。这两句有杜诗"无风云出塞，不夜月临关"（《秦州杂诗》）垫底。接下来是呐喊，也是释放："滥震何为地？精诚可动天。"有"地也、你不分好歹何为地"（关汉卿《窦娥冤》）垫底。上句说地，下句可用天对，亦可用人对，而"精诚可动天"从字面上看是用天对，从内容上讲则是用人对。最后为精神寻根——"昔闻格萨尔，定力至今传。"格萨尔王是青海藏民传说中坚忍不拔的英雄，生活年代相当于北宋。宕开一笔，诗就有了厚度。想象和构思起了很大作用。

诗词是语言艺术，极而言之，写诗就是写语言。有一个语言策略问题。网上对我的吐槽，一个关键词是"打油"。天下知其一不知其二的人太多。为了省事，我引鲁迅"达夫赏饭，闲人打油"，聂绀弩"作诗完全不打油，就是自讨苦吃"以解嘲，吐槽者奈何我不得。其实诗语有两种，一种是语体，一种是文言，二者本无高下之分，然各有妙与不妙之分。杜甫说"清词丽句必为邻"，清词即语体，丽句即文言。丽句好看，然接受需要时间，而清词到口即消，则可以节约时间。两者相济为用，如"落日熔金，暮云合璧，人在何处？染柳烟浓，吹梅笛怨。春意知几许？"一张一弛，读者颇不吃力。所以我说这是一种语言策略。清周济《介存斋论词杂著》云："王嫱西子，天下美妇人也。严妆佳，淡妆亦佳，粗服乱头不掩国色。飞卿严妆也，端己淡妆也，后主则粗服乱头矣。"从语言角度说，严妆淡妆即文言即丽句，粗服乱头即语体即清词。人多知严妆淡妆之为美，不知粗服乱头之不掩国色尤美。

《邓稼先歌》一开篇就是粗服乱头。"炎黄子孙奔八亿"，说人口就是说时间（1958），不必更说时间。一个"奔"字，定下了全诗以口语为主的基调。这样做接地气，便于书写当下，方便大众接受。"奔"字之外的口语元素还有"哪得""哪可""不知味""七六五四三二一"等，以及俗谚"不蒸馒头争口气"。诗中有些新词是古诗词中所没有的，如"倒计时""号外""两弹元勋"等，与人物、主题密切相关，富于现代感。然而所用口语，多有来历，如"放炮仗"语出钱三强，"不蒸馒头争口气"出俗谚，"人生做一大事已"出陶行知（"人生为一大事来，做一大事去"）。并不直白，所以有味。

诗中也有淡妆即浅近文言，如"周公开颜一扬眉，杨子发书双落泪"，"开颜"即喜形于色，"发书"即打开书信。其他语汇如"寐""予""翻""荐""已"，诗句如"惟恐失算机微间""百夫穷追欲掘地""一物在掌国得安"等，皆浅近文言，有口语的流畅感，网友点评："悲歌慷慨，读之令人志泪齐飞。"（石地）

诗中用典含蓄精练，此即严妆。如"不赋新婚无家别"，语出老杜乐府新题（《新婚别》《无家别》）；"夫执高节妻何谓"，语出古诗《冉冉孤生竹》"君亮执高节，贱妾亦何为"；"不羡同门振六翮"，用古诗《明月皎夜光》"昔我同门友，高举振六翮"；"人百其身哪可替"之"人百其身"用《诗经·秦风·黄鸟》之语典；"门前宾客折屐来"用《晋书·谢安传》语典"过户限，心喜甚，不觉屐齿之折"，等等。诗中主题句是"神农尝草莫予毒，干将铸剑及身试"两句，以中国神话和传奇中的神农尝草、干将铸剑，来譬喻邓稼先的献身精神，贴切深刻，可谓典重。前句是说邓稼先有神农尝草的精神，却没有神农的幸运。后句是说邓稼先为国"铸剑"，像干将那样以身试剑，似是一种宿命。二语极富悲剧意味，是全诗的诗眼。

古典、洋典一齐上，是作者在"语言上的潇洒气派"的又一种体现。如"潘多拉开伞不开"，"潘多拉"系"潘多拉盒子"的缩写，用古希腊神话的典故，打开潘多拉盒子意谓放出了邪恶和灾难，隐喻核弹头事故。同样的作法，亦见于《毕节行》"昨夜火柴微光里，儿曹可曾睹天国"，用安徒生童话的典故，写流浪儿的不幸。可见思路开阔，古为今用，洋为中用。必平时烂熟于心，临时方能信手拈来。

　　歌行中穿插对偶句（宽对），有一种丰满之美。如"一生边幅哪得修，三餐草草不知味""周公开颜一扬眉，杨子发书双落泪""神农尝草莫予毒，干将铸剑及身试""门前宾客折屐来，室内妻儿暗垂涕"等。此外，还有句中自对，如"夫执高节妻何谓""岁月荒诞人无畏""潘多拉开伞不开"等。这种以骈入散，骈散结合的做法，既避免了散文句式的散漫，也避免了排律的森严规整，使得诗歌语言流畅自然，唱叹有味。

　　最后，说一下我的声律观。有人主张把旧诗称为格律诗，把新诗称为自由诗，此大谬也。唐代以前的五七言古诗，齐言为主，也有杂言，都是自由诗。唐代以后，五七言古诗仍是诗中的大国，而格律诗即近体诗，指五七言律诗以及绝句中的一部分，不过半数。怎么能以偏概全呢。单说汉语格律诗，其基本精神不外乎沈约所谓"若前有浮声，则后须切响"。定型为律诗，其平仄安排的原则，不过"相间相重"四字。掌握汉语诗歌的格律，一要知道什么是律句，二要知道其搭配原则，即黏对规律。此外，就是知道变通，我指的不是所谓拗救，所谓拗救在我看来都是掩耳盗铃之事。我说的变通，是指林黛玉说的："若意趣真了，连词句不用修饰，自是好的。"有一个耐人寻味的事，要强调一下：自谓独得声律之秘，开创了近体诗局面的标志性人物沈约，在中国诗史上只是一个二流的诗人。他说："自灵均以来，斯秘未睹。"然而，未睹斯秘的屈灵均和陶渊明，以及写出"池塘生春草"的谢灵运，写出"故人西辞黄鹤楼"的李太白，反而是第一流的大诗人。

汉字平仄的区分和律诗的程式，是划一的。然而，汉字写法一律，读音从来南腔北调，是不能划一的。外国人对此非常敏感，有匈牙利作家指出，中国方言方音差异很大（如在许多方言中有入声，而在北京话中没有入声）。如果没有汉字，我们只能是北京人、广东人、河南人、四川人、上海人。因为有汉字，就成了中国人。同一首格律诗词，在不同方言区域，读起来是五花八门的，四声也不那么统一。然而，不同地域的中国人对诗美的认知，却没有太大的差异。比如李商隐《无题》诗，没有人说河南人读后感最美，而四川人次之，北京人又次之的。这件事表明，声律的规定，只是一种理想化境界。而在实现的过程中，完全是另一码事。这就是为什么那么多的诗词赏析文章，很少有人拿平仄黏对来说事。

而且说来很怪，有些非律句，听起来很美，如"池塘生春草"。而有些律句，听起来很别扭。四川的农民诗人郭定乾举过一个例子，"桂花飘落桂湖头"，且不说这句的意义如何，只听起来就不悦耳，真是声如瓦缶。按近体诗而论，这句是合平仄的，其声韵不美，是不知抑扬清浊四声互用所致。相反，有些古体诗按近体诗的要求是不合平仄的，但读起来却非常顺口，听起来也非常清响。如"明月照积雪""高台多悲风"等就是。民歌"桂花生在桂石岩，桂花要等贵客来"，虽不合平仄，但比那个合平仄的句子要美听得多。所以我经常说，凡事知其一，还要知其二。我能做到"人不知而不愠"，是因为信息量不对称。他知其一，我还知其二。

写近体诗最重要的是把握律的精神，无非是相间相重，无非是美听，这是真格律，活格律。如果一个句子，已经合乎相间相重的规律而且美听，你还要拿现成的格律定式去框它，说它这也不合那也不是，那就是死格律，假格律。现在我来说说"犯孤平"，这被许多人奉为金科玉律的条条，在我看来，其实是"皇帝的新衣"。在所有关于声律的避忌中，"犯孤平"这一条，其实是最没有道理的。

所谓"孤平"，指仄平脚的句子中，除末字外只有中间一个字是平声，无非是说平声在句中处于弱势。在五言即"仄平仄仄平"，在七言即"仄仄仄平仄仄平"。然而，在五七言诗句中，最重要的位置首先是末字，所以最宽的对联只须把末字的平仄区分开；其次是板眼上的字，即二四六字。而所谓"犯孤平"的句子，两个平声字恰恰占据了最重要的位置（五言的二五字，七言的四七字），怎么能认为其平声字就弱势了呢。还有，七言句的"平仄仄平仄仄平"，一四七字都作平声，仍然叫作"犯孤平"，那就更不通了。"宁让孔融不让梨"这个句子，其平仄格式正是如此。

在一次诗词论坛上，我提到这个句子，星汉比了一下大拇指，钟振振则说，"啸天兄的发言最精彩"。只是念一念，没有人觉得这个句子有问题。除非你像郑人买履那样，拿着"犯孤平"的尺度去量，你才会发现它"犯"了"孤平"。"平仄仄平仄仄平"，七个字有三个平声，而且占据了句中最重要的一四七位，你还说这是"犯孤平"。就像一家人有三男四女，你还说他是"单传"一样，指鹿为马，莫此为甚。还有一个例子，就是拙作《竹枝词》写邓小平逸事的："会抓老鼠即为高，不管白猫同黑猫。思到骊黄牝牡外，古来惟有九方皋。"次句原为"不管白猫与黑猫"，按条条是"犯孤平"了。改作"不管白猫同黑猫"，则不"犯孤平"。然而，这两个句子，哪一个念起来更好听些。我看还是"犯孤平"的那个句子美听。

此事表明，我们遵守"犯孤平"这一条，并不是它真有道理，而是习惯的力量太大，而这一条遵守起来，也不那么困难。只须把"孤平"字下的仄声，改作平声就可以了。所以我主张，对"犯孤平"这个规定，能迁就就迁就，不能迁就一定不要勉强。如我有一个对句："自从心照不宣后，直到意犹未尽时。"下句就是如此，自注："孤平，任之。"

在我看来，所谓"犯孤平"的句子，如"平仄仄平仄仄平"，甚至"仄仄仄平仄仄平"，都完全符合相间相重的精神，且有句中排比的效果。有两个平声字，落在板眼上。其美听的程度，与"仄仄平平仄仄平"的标准律句，其实是同等的。其实，诗有真正孤平的句子，即"仄仄"脚句中的"仄仄仄平仄仄仄"，可是，像这样的句子，反倒没有人说它是"犯孤平"。这真是让人哭笑不得的事。

小结一下，格律的事，平仄黏对的事，"犯孤平"的事，不可不知，也不可看得那么神圣。说到底，平仄黏对之类，对于诗词写作而言，不过是 ABC。你和一个古典诗词研究专家纠缠这类问题，等于是在与一个歌唱家讨论正确发声，责怪一个书家不按笔顺写字。是极其可笑的。

以新闻为诗

题记：有媒体称周啸天所写为"新闻诗"（详《成都商报》2014-08-13），我回应道："有些题材的确来自新闻，但必须是打动我的新闻。我觉得'新闻诗'没贬义。杜甫的'三吏''三别'是真资格新闻诗，但同时也是经典。"此文为此而作。

杜甫的诗歌一向被称作"诗史"，从这个名称出现以来，许多论者都指出它和杜甫"善陈时事"直接相关。根据现存文献，最早提到"诗史"之称的是唐人孟棨，据他的《本事诗》记载："杜逢禄山之难，流离陇蜀，毕陈于诗，推见至隐，殆无遗事，故当时号为'诗史'。"[1]"当时号为'诗史'"，意味着唐代已经有人意识到杜甫的创作与其他诗人的一个区别，那就是他有

1　孟棨《本事诗·高逸三》，《历代诗话续编》（上），中华书局，1983。

意运用诗歌来纪录正在发生的历史，更准确地说，是运用诗歌来报道新近发生的事实。到宋代，诗史一说被载入了正史，得到官方的肯定："甫又善陈时事，律切精深，至千言不少衰，世号'诗史'。"[1]

诗史之称久为世人认同，然而，正如近人冯至所指出的："这个名称应如何理解，它包含一些什么内容，被称为'诗史'的杜诗和杜甫以前的诗以及唐代的诗的关系是怎样，还是不够明确。"[2]"被称为'诗史'的杜诗"的创造性究竟何在，也还是不够明确。在 20 世纪五六十年代，冯至《诗史浅论》、冯文炳《杜诗讲稿》及蒋和森《伟大的时代歌手》等论文对上述问题，作了一些有益的探索，有很多观点和分析是富于启发性的，只是感到意犹未尽。冯文炳在论及《石壕吏》有几句话刚搔到了痒处却语焉未详，他说："这一首诗完全不像是诗（它的价值却是那么高）""更像我们今天的散文报道，只是用诗体写出来的"。[3] 这段话敏锐地感觉到杜甫时事诗的一个非常重要的创新之点，就是用诗体写出报道。近年，张保健《论杜甫诗的新闻性》依据新闻理论原则，进一步从真实性、客观性、典型

1　欧阳修、宋祁《新唐书》卷二〇一《杜甫传》，《二十五史》，上海古籍出版社、上海书店，1986。

2　冯至《诗史浅论》，《杜甫研究论文三集》59 页，中华书局 1963。

3　冯文炳《杜诗讲稿》，《东北人民大学人文科学学报》1956 年第 3、4 期，（1956.7.10），收入《杜甫研究论文集二辑》，中华书局，1962。

性、时效性、传播性等方面阐发杜甫诗歌的新闻价值。[1] 沈文凡《试论杜甫诗歌的现实主义特色及其新闻传播性》则提出杜诗的"新闻传播性"问题，[2] 文中提到杜甫"具有现代职业新闻记者的政治敏感和社会责任感"、"有一些像是新闻采访的人物对话"，可惜在提了这样一两句后，未再作论述。由于此文未将"新闻传播性"作为论述重点，所以缺乏具体阐述，其论述的重点还是标题前半部分亦即杜诗的"现实主义特色"问题，引用杜诗也相当宽泛，所以未能引起更多的注意。

宋代诗人王禹偁曾赞美说："子美集开诗世界"（《日长简仲咸》），而被称为"诗史"的杜诗对诗世界的一大开拓，正在于诗人杜甫把一种类新闻报道的写作纳入了诗歌创作领域；干脆点说，就是——以新闻为诗。本文拟对此作一些较为具体深入的阐述，希望引起杜诗研究者对这个问题的兴趣，起一点抛砖引玉的作用。

明代唐诗学家胡震亨说："以时事入诗，自杜少陵始。"[3] 胡震亨道出了杜诗一个显著的特点，但这个判断却不尽合于事实。因为早在杜甫之前，已有汉末建安诗人以乐府古题写时事。建安诗人诗歌创作大都受汉乐

1　张保健《论杜甫诗的新闻性》，《北京大学学报》（哲学社会科学版），1994 年第 4 期。

2　沈文凡《试论杜甫诗歌的现实主义特色及其新闻传播性》，《杜甫研究学刊》2000 年第 3 期。

3　胡震亨《唐音癸签》卷二十六，古典文学出版社，1956。

府的影响，以曹操诗歌最为突出。《蒿里行》写汉末军阀战，就是以时事入诗，诗的前面部分有历史事件纵的叙述，后面部分有社会现象横的描绘。清人方东树对此诗的评价是"用乐府题，叙汉末时事"。[1] 明人锺惺则谓为"汉末实录，真诗史也"。[2] 曹操而外，建安诗人以乐府古题叙时事的名篇还有陈琳《饮马长城窟行》、王粲《七哀诗》(西京乱无象) 等。而女诗人蔡琰的《悲愤诗》既是自叙生平的诗，也是"以时事入诗"之作，清人沈德潜说："少陵《奉先咏怀》《北征》等作，往往似之。"(《古诗源》) 建安以后，时事诗创作衰落，直到唐代安史之乱爆发，诗人杜甫才继承发扬了汉魏乐府及建安作家的创作精神，以满腔热情关注着时事政治，深入持久地将富有社会意义的重大题材纳入到诗歌创作，"上悯国难，下痛民穷，随意立题，尽脱去前人窠臼"。[3]

被称为"诗史"的杜诗 (主要是杜甫的时事诗) 的创作，肇始于天宝晚期诗人困守长安时代。十年之间，杜甫"致君尧舜上"的理想在黑暗政治面前碰壁、终至幻灭，"穷年忧黎元"成为他不解的心结。来自业儒家世的使命感，使诗人拿起笔来，直面人生，创作出了《兵车行》《丽人行》——这是现存杜诗中最早的即事名篇的新题乐府。《兵车行》一诗尤其具有开拓性，

1　方东树《昭昧詹言》卷三，人民文学出版社，1961。
2　钟惺《古诗归》卷七，《诗归》，湖北人民出版社，1985。
3　杨伦《杜诗镜铨》卷五，中华书局，1962。

"道旁过者问行人，行人但云点行频"以下，分明纪录了一次实地的采访。这首诗的创作是一次成功的尝试，它使杜甫在通过实地采访、取得第一手信息以创作时事诗方面取得了宝贵的经验，从此开始了一种全新的诗歌创作。

玄宗天宝十四载（755）十一月，"安史之乱"爆发，其社会影响层面之广，经历时间之长，破坏程度之大，都是唐代其他政治事件所难以企及的。这一事变历时八年，成为杜甫个人一生中经历惊涛骇浪的时期。在安史之乱前四年（755—759），杜甫走过的地区，正好是军事冲突激烈、事件频发的地区，使他有条件成为当时重大社会政治新闻的目击者。许多令人触目惊心的事件就发生在诗人面前，对他的心灵产生了巨大的震撼。这短短四年的生活经历，尤其是"一岁四行役"的乾元二年（759），杜甫所经历的事变、获取的资讯、感触的悲怆，胜似平平常常的四十年，其创作的诗歌两百多首，大部分是杜诗的杰作。他随时捕捉热点，以诗歌形式纪录了个人的不幸遭遇和万方多难的重要新闻事件，及时准确而又生动形象地反映了那个时代的种种现实，达到他一生诗歌创作的第一个高峰，那些反映时事最为脍炙人口的名篇几乎都产生在这一阶段。在长安陷贼期间，他写了《月夜》《春望》《哀江头》《哀王孙》《悲陈陶》《悲青坂》《塞芦子》等著名诗章；从奔赴凤翔行在到弃官华州间期，他又写了《彭衙行》《羌村三首》《北征》《洗兵马》《赠卫八处士》等名作。

乾元二年（759）是杜甫时事诗创作取得重大成果的一年，当年唐军将领郭子仪等九节度使围攻安庆绪于邺城（相州）失利，各自溃归本镇，郭子仪退守河阳，洛阳一带临近前线，形势十分吃紧，杜甫匆匆从洛阳返回华州。途中遇到了河南府战时紧急征兵，老百姓苦不堪言，中原大地弥漫着战火硝烟，回荡着人民凄惨的哭声。在这次返回华州的途中，杜甫有意识地沿途观察并采访了河南府大征兵中的当事者和知情人——从执行征兵任务的官吏到承受征兵重负的老百姓——在并没有记者这一职业的时代，他居然成了一个"记者"；他运用沿途采访所得的第一手材料，写出了"三吏""三别"这两组极富创意的名篇。"三'吏'、三'别'在中国文学史上的出现，又真是一件大事情""是有意识地创造诗体，同时又是有意识地创造诗的内容"。[1] 杜甫用五言古诗这种形式创造的诗体，是以报道新闻为务的诗体；他后来回忆这段不平常的创作经历时，曾非常激动地说："忆在潼关诗兴多"（《峡中览物》）——这里所说的"诗兴"，实际上就是时事诗创作、报道体诗创作的热情，这次创作的高潮的标志是"三吏""三别"，时间是乾元二年（759），途经战略要地为潼关（《潼关

1　冯文炳《杜诗讲稿》，《东北人民大学人文科学学报》1956年第3、4期，（1956.7.10），收入《杜甫研究论文集二辑》，中华书局，1962。

吏》写作于此）。这一时期的创作，使杜甫成为一位伟大现实主义诗人，奠定了他在唐诗中崇高的地位。

杜甫的时事诗较之建安时代诗人的时事诗，已有一个质的飞跃，即由以时事入诗上升到以新闻为诗。这就是说，杜甫不是一般意义上的以时事入诗，诗人已经把自己变成了一个"记者"；他不是一般意义上的取材于时事，而是"更像我们今天的散文报道，只是用诗体写出来的"。

也许有人不同意用诸如"报道"这样的说法评价杜诗，以为有损于诗歌艺术价值，或不免贬低诗人的成就。然而，杜甫运用诗歌报道时事，毕竟是一个事实；指出这一事实，实无损于杜甫的光辉。英国诗人艾略特的一个主张，大意是以审美的标准评价艺术性，以超审美的标准评价伟大性。杜甫诗史的伟大，正是要以超审美的标准来评价的。

以下分四个方面，讨论杜甫以新闻为诗的具体表现。

一、杜甫以新闻为诗的表现之一：不仅纪录，而且报道。

诗史不同于史，首先是纪事内容不同——史官为统治者作纪录、诗人替人民作纪录。

其次，史官的纪录属于宫廷或国家的机密，其解密大抵需要改朝换代，因而是不能得到即时传播的。而中国传统的诗歌理念认为，诗歌创作的目的是风化和讽刺——"上以风化下，下以风刺上"（《毛诗序》），风（或讽）从本质上讲就是传播，或是自上而下的传播（风），或是自下而上的传播（讽）。杜甫诗史创作的目的，更多地偏于后者。即诗人不但是替人民作纪录，而且是为人民作喉舌。前人评杜诗时所说的"毕陈于诗""善陈时事"中的那个"陈"字，本义是排列，引申为显示和呈现等意思。从一个方面表明，这些诗歌写作出来不是藏之名山，而是与其他诗歌一样，要公之于众的——这是诗史与史的一个更加重要的区别。

换言之，诗史不仅纪录，而且报道。而报道有两个特征，一是借助于媒体，二是向公众传播。

诗史传播借助的媒体，就是诗歌自身。这是一个极其有趣的现象，在唐代，诗歌既包含传播的内容，而它自身又是传播的媒体。那时的诗歌不靠刊物流布，不是让人默默吞咽，而是靠强大的社会习俗，以口传和手抄两种方式，向公众传播的——"愿书万本诵万遍，口角流沫右手胝"（李商隐《韩碑》）这两句诗，就十分形象地描述了一首好诗将会得到何等的、不可磨灭的公众传播。那时的诗歌流行于都市、旗亭、乡校、佛寺、逆旅、行舟之中，已不单是一种文艺样式，而且是一种媒体。这种诗的传播方式，也是唐人的一种集体无意识的传播方式。杜甫在《羌村三首》中有一段关于来访情事的描写，其中隐含着诗史的传播方式。"苦辞酒味薄，黍地无人耕。兵革既未息，儿童尽东征"几句流露出父老乡亲的来意之一，是希望从战地归来的杜甫讲一讲战争和时局，接下来就是"请为父老歌"——读这种诗必须知人论世，你才知道，杜甫在这里为父老们所唱的歌，绝不是一般意义上的娱宾遣兴之歌，而只能是出自诗人自己之手的时事诗，正因为这样，"歌罢仰天叹"，居然"四座泪纵横"。

关于杜甫时事诗的传播情况，现存文献资料涉及不多。从杜集里附录郭受在杜甫逝世前一年寄给诗人的诗里说："新诗海内流传遍"〔《寄杜员外（员外垂示诗，因作此寄上）》〕，及孟棨《本事诗》"当时号为'诗史'"的记载，综合判断，这些诗曾经得到即时传播是没有疑问的，只是其具体传播的范围和影响无法准确推断而已。

不妨顺便提到，在杜甫逝世二三十年后出现了一个很有意思的现象：一方面，白居易在《与元九书》和元稹在《乐府古题序》里对杜甫"三吏"、《塞芦子》《留花门》《赴奉先县咏怀》《悲陈陶》《哀江头》《兵车行》《丽人行》等时事诗予以极力推介，另一方面，则是高仲武《中兴间气集》、姚合《极玄集》等唐人选唐诗对杜甫时事诗的忽略。这一反差现象说明，杜甫创造的时事诗在中唐人的心目中还属于另类，因为传统的诗歌创造观念是"在心为志，发言为诗"，而以新闻为诗，不符于传统观念，编选者自觉不自觉地对这些诗加以排斥，也有他的理由。独有元白那样的诗界革新者，才会做出另类的判断。

报道依据的是客观事实，而报道自身则是一种具有较强的主体倾向性的社会行为。这一点在杜甫时事诗中也表现得相当明显，在"三吏""三别"组诗中，诗人的倾向性有二：一是民本倾向，即从同情受苦受难的人民，《石壕吏》纪录了官吏夜中捉人，竟然把三子从军、两子战死的一位老妇人带走的事件，取材相当典型；《垂老别》写"子孙阵亡尽"的老人不但得不到抚恤反而又被征调，等等，都表现出这样的倾向性；二是政治倾向，《新安吏》中诗人对母亲们讲的宽慰语，《新婚别》中新妇对征夫讲的宽慰语，都明诗人的国家立场。站在这个立场上，诗人又希望人民能识大体，同仇敌忾，共赴时艰。

二、杜甫以新闻为诗的表现之二：具有较强的现场感。

被称为"诗史"的杜诗，既不是华屋中的赋诗，也不是鞍马上的为文。杜甫时事诗的创作，多是在作者身处动荡最为剧烈的地域，乃至出没战区的情况下写作的。诗人深入生活、走近现场，观察研究社会生活，关注政治生活中正在发生的重大事件，通过目击身受，来调查研究和积累素材，而投入创作。"杜甫的诗，就是在路上写的，题目分明是路上的题目。"[1] 从这个意义上说，杜甫的写作状态与今天的记者尤其是战地记者颇有相似之处，在这种状态下写成的诗歌，可谓前无古人、自成创举。

什么是现场感？所谓现场感，是指作为事件目击者的诗人，逼真地重建事件及其环境，使受众得到身临其境之感。其手法是再现与实录，而不是概括与虚构。曹操《蒿里行》叙事是概括的，虽然结尾有一二处细节描写生动，但还不足以形成现场感。汉乐府《十五从军征》"十五从军征，八十始得归"的情事，"兔从狗窦入，雉从梁上飞"的情景，"舂谷持作饭，采葵持作羹"的情事，都不合常理常情，是虚构的，也就没有现场感。而杜诗《兵车行》开篇的"车辚辚，马萧萧，行人弓箭各在腰"一段，就是有现场感；"三吏""三别"往往一开篇就有现场感，如"客行新安道，喧呼闻点兵"（《新安吏》），一起就是征兵点名的乱糟糟的场面，"暮投石壕村，有吏夜捉人"（《石壕吏》），浦起龙《读杜心解》谓"一起有猛虎攫人之势"，都是很好的例子。

因为杜甫在写作这些诗篇以前，已经亲临过现场，当他一提起笔来，全是亲眼所见的情景，容不得半点假

1　冯文炳《杜诗讲稿》，《东北人民大学人文科学学报》1956 年第 3、4 期，（1956.7.10），收入《杜甫研究论文集二辑》，中华书局，1962。

借，这就使他的时事诗具有较强的现场感。

三、杜甫以新闻为诗的表现之三：融入访谈内容。

杜甫时事诗中经常有一些对话，如清人浦起龙指出："'三吏'夹带问答叙事，'三别'纯托送者、行者之词。"（《读杜心解》）这里需要指出的，这些诗中的人物对话，可不是一般意义上的人物对话，由于杜甫进行时事诗写作时，久已养成实地采访的写作习惯，因而其中相当数量的人物对话，实际上是诗中融入的访谈内容。这一点，的确是杜诗的独创。

访谈和一般文学作品中的人物对话的区别何在呢？一般文学作品中的人物对话，多为作者根据故事情节发展，发挥想象和联想的结果，对话可以在两人中进行，也可以在多人中进行，对话各方的身份不具有确定性。而访谈，是借用于现代新闻写作的一个术语，指的是记者为了弄清事实的真相，对当事人或知情者而进行的对话。访谈内容的特点，一是对话的真实性，如《无家别》记述了一位因邺城阵败而回乡、复被重新征集入伍的农民很朴实的一段谈话："虽从本州役，内顾无所携，近行止一身，远去终转迷。家乡既荡尽，远近理亦齐。"冯文炳分析道："不，不是杜甫写的，是杜甫听了他的话，这种话不出自好农民之口任何人世间不会想得出的。"[1] 这里讲的正是访谈的一个特点，就是对话的实录——诗中农民的陈述，由于非常真实，从而非常深切。二是对话恒在两方进行，而对话的双方的身份恒为：采访人（提问方）和当事人、知情者（答问方）。如《哀王孙》中诗人与王孙的交谈、《新安吏》中诗人与新安吏的问答、《潼关吏》中诗与潼关吏的问答，等等，都是在采访人和知情者双方进行的，语言表达也特别朴质无华。

当然，诗歌与散文体裁不同，文法也有不同。诗歌形式较散文为整饬，又有字数和韵脚的限制，因而须更精练，更含蓄。杜甫的时事诗在写对话或访谈内容时，创造了一种写法叫"藏问于答"。"藏问于答"这个说法，是霍松林先生在分析《石壕吏》时提出的："'吏呼一何怒！妇啼一何苦！'概括了矛盾双方之后，便集中写'妇'，不复写'吏'，而'吏'的蛮悍、横暴，却于老妇'致词'的转折和事件的结局中暗示出来。"[2]在融入访谈内容时，诗人则常常只写被访谈者的答词，而省略采访者的问题，但被省略了的问题仍能从答词中得到暗示。如《新安吏》，"借问新安吏"句中的问题是省略了的，但从新安吏"县小更无丁"的答语，已暗示出这个问题是"新安县何以征集未成年人？"同

1　冯文炳《杜诗讲稿》，《东北人民大学人文科学学报》1956 年第 3、4 期，（1956.7.10），收入《杜甫研究论文集二辑》，中华书局，1962。

2　《唐诗鉴赏辞典》第 486 页，上海辞书出版社，1983。

样，从"府帖昨夜下，次选中男行"的答语，可以意会诗人大概向新安吏质询了一个"文件依据"的问题。

四、杜甫以新闻为诗的表现之四："即事名篇"——类新闻标题。

从汉魏六朝乐府到唐代新乐府，是中国诗歌史上一次重要的变革。这一变革中最具标志性的事件是：从沿用古题改为创制新题，代表作家不是别人，正是杜甫。杜甫以前，从魏晋南北朝到唐初的文人创作乐府诗，大体上沿用汉代乐府古题；初唐时代虽有刘希夷等个别诗人尝试另立新题，但作品内容与时事无关，而且影响不大。直到杜甫创作了《兵车行》《丽人行》《哀王孙》《悲陈陶》《悲青坂》以及"三吏""三别"等一大批以乐府体制歌咏时事的诗篇，才开了唐代文人乐府诗"即事名篇，无复依傍"的新风气。

杜诗的即事名篇细论有几种情况，一是以新闻事件名篇，如《兵车行》；二是以新闻发生地点名篇，如《悲陈陶》《悲青坂》；三是以调查访谈人物名篇，如《哀王孙》《新安吏》《潼关吏》。无论哪一种情况，都使诗题带有了新闻性，对受众具有吸引力，取得用古题不能取得的效果。不过，由于标题很简短，所以只能称为类新闻标题。

弃古题而命新题，看来事小、其实事大，看似偶然、实乃必然。它绝不是杜甫一时的心血来潮，而他从事新闻性写作的必然结果。原来汉魏六朝文人沿袭乐府古题的创作，本有拟作的成分，如《拟行路难》《自君之出矣》等，既是拟作，沿用古题也是顺理成章的事。而杜甫的时事诗纯属原创，没有必要沿袭古题。原来乐府古题本是歌词的题目，后来却成为曲调的通称，汉魏六朝文人以古题即曲调名作为诗题，近乎唐宋人所谓"填词"。而杜甫创作时事诗，并不以入乐为目的，自无必要沿袭古题。较之汉魏乐府的叙事抒情之作，杜甫时事诗更重纪实、重实录，更有新闻性，标题的弃旧从新，也是应有之义。

从古题到新题，在形式上看是进了一小步，在内容和手法上看却进了一大步。新题乐府较之古题乐府，有现实贴近性、新闻性和创新性，它开创了中国古代诗歌一种新的体裁——唐代新乐府，形成了一种以报道为能事的新型诗歌。

综上所述，杜甫之以新闻为诗具有两个基本条件，一是为民喉舌的使命感，二是长期出入于事变多发地区而成为时事的目击者。而同时具备这两个条件的诗人，在中国古代并不多见，因而杜甫的以新闻为诗也是难乎为继的。唐宪宗元和年间，由李绅开始，元、白等人相继鼓吹，从事新题乐府创作，白居易更从理论上提出"新乐府"的概念，主张"文章合为时而著，歌诗合为事而作"（《与元九书》），明确提出了"其事核而实""其体顺而肆""其辞质而径"（《新乐府序》）等创作原则。不过，元、白等人并不具备长期出入于事变多发地区而成为时事的目击者的条件，因而他们的新乐府诗与杜甫时事诗在新闻性上还不能等量齐观。尽管如此，杜甫关注民生问题和"即事名篇"的作法，在元、白等人的新乐府创作中仍然得到了延续；杜甫以新闻为诗的精神，在元、白等人的新乐府创作中仍然部分地得到了继承和发扬。

作诗与造句

——在巴风崇韵采风会上的即席发言

　　近年来我走了一些地方，接触过一些媒体，常有记者发问：为什么今天诗歌创作会走向低谷？读诗的人这么少，为什么？我的回答是，你的话倒过来说也可以，今天的诗坛为何如此热闹？因为今天的文艺部门是分众化的，不在圈子里的人，全不知情。我们看到的是写诗的人如此之多，各地各县都有民间的诗社，省诗书画院收到的诗刊汗牛充栋，还不用说网络诗词的发表了，因为门槛更低，所以数量更大。

　　当然，热闹并不等于繁荣。文学的繁荣全靠作品说话。衡量一个时代的文学是否繁荣，要看这个时代提供的作品有多好。衡量一个作家的水平，要看他写得有多好，而不是看他写得有多坏。这和跳高一样，要以最高的一跳记录成绩。就拿毛泽东诗词来说，要以《忆秦娥·娄山关》《沁园春·长沙》《沁园春·雪》等记录成绩，而不能用"不须放屁""独有英雄驱虎豹，恨无豪杰怕熊罴""到处莺歌燕舞，更有潺潺流水"记录成绩。

在一个时代的诗选中，小家往往占尽便宜。因为入选的那一两首诗，往往就是他的全部家当。"打起黄莺儿，莫教枝上啼。啼时惊妾梦，不得到辽西"，就靠这二十个字，金昌绪就名垂千古了。还有王之涣，几乎列在大诗人之列。但《全唐诗》只收诗六首，"白日依山尽"一首还有别的署名。张若虚在《全唐诗》收诗两首，有一首是很平庸的《代答闺梦还》，另一首《春江花月夜》则被称为"以孤篇压全唐"，"孤篇横绝，竟为大家"。在诗歌史上产生重大影响的往往是小册子，如毛泽东诗词十七首，后来三十七首也就到顶了，再收多了，就闭目摇手了。"闭目摇手"这话是明代王世懋说白居易的，白居易遭吐槽这么厉害，叫"平生闭目摇手不读《长庆集》"。因为他收诗太多，有三千首。一翻，今天牙齿掉了一颗写首诗，再一翻，明天头发掉一根也写首诗，人家就烦了。如果一翻是《长恨歌》，再翻是《琵琶行》，评价就大不一样了。李杜一样遭吐槽，韩愈《调张籍》说："李杜文章在，光焰万丈长。不识群儿愚，那用故谤伤"，都"故谤伤"了，还不算吐槽？李白《答王十二寒夜独酌有怀》诗说："世人闻此皆掉头，有如东风射马耳。"后一句的意思是对牛弹琴。后人吐槽李白最厉害的一句，好像是王世贞说的：

"百首以后，青莲较易厌。"有人一见面就说，在下写诗已上千首，我一听心想，该"闭目摇手"了。

聂绀弩《散宜生诗》也是薄本本。在新千年前，我不大写诗，那时我还相信鲁迅的话："我以为一切好诗，到唐已被做完"。但他下面还有话："此后倘非能翻出如来掌心之'齐天大圣'，大可不必动手。"看到聂绀弩写的七律后，我觉得他是翻出唐人手心了。如"文章信口雌黄易，思想锥心坦白难"，又如写挑水，"这头高便那头低"，第一句近乎打油，下句是"片木能平桶面漪"，可谓来自生活，深得物理。正是在他的启示下，我写出了自己的脱胎换骨之作《洗脚歌》和《人妖歌》，王蒙先生一见"大为雀跃"，到处逢人说项。如他在香港中文大学，讲传统诗词与时代精神，走上台就读这两首诗，然后开讲。这是王蒙秘书在网上告诉我的。表明我也翻出了唐人手心。

老子说："为学日益，为道日损。"这是说，学问的事，要做加法，更要做减法。学问越做越大，道理却越说越简单。说到文学，说到诗词，简单到两个字：造句。文学是语言艺术。孔子说："不学诗，无以言。"不学诗，你说话没劲，做人没趣。学诗就是学语言，也是学造句。造句好的学生，是作文好的学生。造句好的诗人，是好的诗人。造句好的小说家，是好的小说家。契诃夫的札记，全是造句如："在俄国的饭店里，干净的桌布散发着臭味""人越木讷，马越能理解他""最让人啼笑皆非的人，是小地方的大人物"，等等。

关于作诗，我造过几个句。拿来与大家分享。第一句是："读也，写在其中矣。"就是说写作能力是从阅读中获得的。一切好的作品都在告诉我们怎么写。这个不多说。第二句是："读到什么份上，写到什么份上。"友人钟振振教学生，把同样的意思概括成三个字："知好歹"。眼高未必手高，而眼低呢，手一定不高。读唐诗，不要以为"两个黄鹂鸣翠柳""今朝有酒今朝醉""公道世间惟白发"等，就是顶呱呱的诗了。殊不知这只是杜诗、唐诗之浅派。拙诗《邓稼先歌》"罗布泊中放炮仗"，李维老一见莞尔道，这话好安逸喔，是毛式的幽默。而另一些人，却斥之为打油。这就是"看作品因读者而不同了"，看到点子上的人，才能写到点子上。

我还有一个造句："诗唯恐其不好也，不必出于己。好诗唯恐其不传也，不必为己。"意思是读诗能得到写诗同等的快乐。有的人有一个误区，就是写不出就抓狂，就崩溃。我没有这个烦恼，写不出时，你可以读呀。拿来就是呀。当你读到份上，就分享到别人创作的快乐，而且吸收到作品的营养。北京有个魏新河很有才，他用长短句写飞行员的生活感受，也翻出前人手心。他还有一种笔墨，专学姜白石，这却是枉抛心力。他有一句话说：读姜白石词，每生自杀之想。因为感到写不过姜白石。契诃夫说，大狗有大狗的叫法，小狗有小狗的叫法。古人说，以鸟鸣春，以虫鸣秋。你可以向别人学习，干吗要和别人攀比呢。

诗词学会这样的平台，不但要交流各人的习作，还要交流各人读诗的心得。每个人都应该把新近读到的惊艳之作，讲出来与大家分享，这样相互启发的作用会更大。越是高手，越是乐于这样做。其作用与古人写诗话差不多，很多佳句佳作，赖之以流传。红豆杯大赛，有个女诗人写了两句"夕阳一点如红豆，已把相思写满天"，有评委读到这句诗，由衷高兴道："有了这两句，这一回评奖，心里就踏实了。"这话我最初是从丁稚鸿那里听到的。还有北京一位青年诗人写分别，道"说好不为儿女态，我回头见你回头"，儿女态还是情不自禁地流露出来，如此有画面感，这是细节的力量，足见白描的功夫。这两句我最初是从易行那里听到的。还有老诗人曾缄的"亦拟杀鸡共一饭，可怜鸡更瘦于人"，真是力透纸背。滕伟明逢人就说这首诗。"平生不解藏人善，到处逢人说项斯。"这些佳句佳作的流传，都借了口耳相传之功。

采风，其本来含义是遣人到民间去收集作品，勿使失传。这项工作协会做好了，就叫不辱使命。

论诗教

孔子说，一定得学诗。

孔子见学生，劈头就说："小子何莫学乎诗！诗可以兴，可以观，可以群，可以怨。"回家又对儿子说："不学诗，无以言。"

诗就那么重要么？

诗不能当饭吃，不能解决就业问题，也不能指望用诗来改造社会。鲁迅说，一首诗赶不走孙传芳，一炮就把他打走了。除了少数时期，新乐府不是评价很高的诗。诗的用处不在那些地方。诗如江上之清风、山间之明月，填不饱肚子，却能陶冶人的情操，使之成为诗性的人。诗性的人不把人生看成干枯的东西，懂得怎样善待生活，少有得抑郁症的机会。对于诗性的人来说，诗是一座精神家园。

孔子听几个学生谈心，时发一哂，不轻许可。然而，当曾点说出："暮春者，春服既成，冠者五六人、童子六七人，浴乎沂，风乎舞雩，咏而归。"夫子即喟然叹曰："吾与点也!"苏东坡在颍州，一夜，堂前梅花大开，月色鲜霁。夫人王氏曰："春月胜如秋月色，秋月令人凄惨，春月令人和悦。何不召赵德麟辈饮此花下?"先生大喜曰："此真诗家语耳。"徐文长闻西兴一脚夫语云："风在戴老爷家过夏，我家过冬。"为之拊掌。凡此，皆诗性之人也。

诗教说到底是一种美育。它教人读诗、爱诗、懂诗，而并不要人人都成为诗人。孔子说"小子何莫学乎诗"，而不说"小子何莫'作'乎诗"。孔子不作诗，孔门弟子也不作诗，但讨论起诗歌来，都有很高的见地。他们是一群心智健康的人，是一群诗性的人。《礼记·经解》云："孔子曰：入其国，其教可知也。其为人也，温柔敦厚，诗教也。"诗教的结果，能使人"温柔敦厚"，因为心态好，性格好，人际关系也就好。可见，高等学府的中文系不把出作家、出诗人写进自己的培养目标，并不是一时的疏忽大意。你何能鄙薄中文系教授的述而不作!

列宁岂不伟!他说"就是砸破我的脑袋，我也写不出一句诗来"，却并不妨碍他诵读普希金，不妨碍他成为一个诗性的人。小平岂不伟!他也不作一首诗。但在他第三次复出前，突然朗吟"大梦谁先觉，平生我自知。草堂春睡足，窗外日迟迟"一诗(见《三国演义》)。没有哪一个人比邓小平更当得起这首诗，也没有哪一首诗比这首诗更能表达邓小平复出前的心情了。为此，邓家的孙辈都能背诵那首诗——这事是我听邓林（小平之长女）亲口讲的，"自古英雄尽解诗"——错不了！接受美学认为，读者其实也参与了创作，也能分享到与作者同等的喜悦。

在"文化大革命"最艰难的那一段岁月，秘书为周恩来总理收拾桌子，无意中发现桌上的书中夹着一片纸，上面是总理用铅笔抄写的一首江南民歌："做天难做二月天，蚕要暖和麦要寒。种菜哥哥要落雨，采桑娘子要晴干。"周恩来在抄写这首民歌的时候，他十分压抑的心情应该得到了些许的释放。这就是庄子说的无用之大用。

马克思说："对于非音乐的耳，再美的音乐也是没有用的。"与中小学开设音乐课、美术课一样，诗教也在于培养学生的美感，使之有一双慧眼，一双音乐的耳和一颗文心。往小处说，可以更好地欣赏人生（**按美的规律去生活**），反言之，有助于承担人生的痛苦。往大处说，可以按照美的规律去创造。杨振宁说，牛顿、麦克斯韦、爱因斯坦等人的方程有极深层的理论架构之美，它们是造物者的诗。虽然世上有极少的人，在某一方面天赋超常，而在其他方面非常闭塞。要是能够选择，我想，他们也会一千次选择做心智健康的人、诗性的人，而不肯做偏才、雨人。

至于诗人，就更须以读诗、懂诗、爱诗为前提了。

什么是诗人？我有一个定义——凡用全身心去感受、琢磨人生而又有几分语言天赋的人，便有诗人的资质。而诗才，是从阅读中产生的。读到什么份儿上，才可能写到什么份儿上。读到见了诗家三昧，不写则已，写必不落公共之言，下笔即有健语、胜语、妙语，而无稚语、弱语、平缓语。诗家刘梦芙自叙曰："余诗沾溉唐以下诸家，于汉魏两晋未尝用心，气格未致高浑，辞句每患浅弱。"此真人不说假话。我素不能饮，亦为之浮一大白。

然则，诗可以不多读哉！

论鉴衡

怎样的诗词才算佳作？有一种提法是：情真、格高、辞美、律严。

乍看放之四海而皆准，再酌却是无关痛痒。

唐诗宋词中的佳作，大概是符合这四项原则的吧。然而，当代诗词倘若不为当代生活所动，写得与古人不分彼此，就算做到了这四条，好吗？习惯、重复是诗歌的大敌，因为会导致感觉的迟钝。今人写得绝类唐诗，就不如读唐诗；今人写得绝类宋词，就不如读宋词；今人写得绝类清诗清词，就不如读清人诗词。难道不是这样吗？

何况这四条还经不起细细推敲。先说"律严"。古体诗不用说，就拿近体诗来说吧，律严好还是律宽好，还真很难说。沈德潜说："似对非对，初唐标格。"时人徐晋如论对仗说，没有必要太过工整，太过工整的往往死板，或伤于纤巧。皆见道语也。中国画论曰"宁拙勿巧"。杜甫律诗多拗体。你说宽好还是严好呢？武侯祠联语曰："不审时即宽严皆误。"余谓诗词亦然。

次论"辞美"。孔子说："辞达而已矣。"好像是在抬杠。庄子又有一句："美者自美，吾不以为美也。"再说"格高"。阳春白雪就一定就比下里巴人高吗？这件事从来是有争论的，而且还会争论下去。至于"情真"，可以用来衡量诗之真伪，却不能用来说明诗之好坏。你不能说阳光就真，阴暗就不真；善良就真，恶毒就不真；豁达就真，妒忌就不真——"地震实为新地兆，天旋永立新天朝""平时看不见，偶尔露峥嵘"，这样的抒情不也出乎其真吗？其好坏却难说得很。

近六十年来，诗词为新文学史所放逐。究其原因，乃因主流文学观念以为诗词是旧体，不能书写当下。毛泽东深恐"谬种"流传。郭沫若认为诗词"作为雅致的消遣可以，但要作为正规的创作是已经过时了"。此种观念是否正确，实有待于证实或证伪。不过，时至晚近，诚有诗词游离当下，自甘远逝以自疏。所写无非士大夫情怀——叹老嗟卑，愤世嫉俗，露才扬己，裁红量碧，步韵奉和，又一味雅人深致。遂由江海涸为小溪。

在文学革命百年之后，新诗占据了公共领域，诗词创作就必须抵制公共话语、为往圣继绝学吗？人，不能两次在同一条河流中趟过。田晓菲女士说："不仅要牢记新诗的诞生是对旧体诗的抵制，还要记住新诗的出现改变了旧体诗的创作。"善哉斯言！

对于当代诗词，我主张三条，一曰书写当下，二曰衔接传统，三曰诗风独到。书写当下，并非狭隘地美刺见事，而是须有当代的思想意识。胸次宽者平台大，取材广者命意新。既知大俗之雅，敢题糕字；复知大雅之俗，不作送往劳来。余谓当代诗词必与既往割席者，正在于此。衔接传统，主要是遵守游戏规则。不审体合律，岂复有诗词哉！此海内诗家之通识也。

不书写当下，不书写时事，没有开放的思想意识，题材是传统题材，思想是陈旧思想，情调是士大夫情调，"雷同则可以不有，虽欲存焉而不能"。不衔接传统，就不是诗词，就该去写新诗、新民歌、"东江月"。没有艺术个性，你写我写一个样，则没有必传的理由。有了书写当下、衔接传统这两条，允称小好；加上诗风独到这一条，堪称大好。

大好之作多了，春天的燕子就回来了。

论标新

土耳其诗人希克梅特写道：

> 我是一个诗人
> 我懂得诗的本质
> 我不喜欢谈论天蓝的颜色
> 我最喜欢的诗篇是——

如果把最后几个字捂住，你猜得到吗？是——《反杜林论》。这是一个真正的诗人。

什么是诗的本质？答曰：诗者释也——白居易谓之"泄导人情"。盖人秉七情，应物斯感，为之激动、困惑、神往、辗转反侧，心有千千结，必须释而放之，才能复归宁静。故汉儒说："诗者，志之所之也。在心为志，发言为诗。"

艾青说："假如是诗，无论用什么形式写出来都是诗。假如不是诗,无论用什么形式写出来都不是诗。"诗词用文言思维,新诗用白话思维。诗词以个人经验为基础,新诗往往是超验的。也许正是因为如此,废名才说,旧诗的内容是散文的,新诗的内容是诗的。有人断言,汉语诗歌从文本上只能是唐诗宋词那样子。我不作此想。

诗词之意境如冲淡,如沉着,如古雅,如含蓄,如疏野,如清奇,如飘逸,等等神趣,新诗里要少得多——郁达夫如是说。新诗人不读、不懂、不爱诗词,只能局限自己。而诗词作者不读、不懂、不爱新诗,结果也一样。陈毅云:"不薄新诗爱旧诗。"我看还应敬畏新诗,接受一点新诗的熏陶。因为一切创作,都是标新。

流沙河认为:新诗迅速普及,制胜之因,全在自由——抛掉旧体诗词的格律,获得形式的自由;舍弃典雅陈古的文辞,获得语言的自由;放逐曲达婉喻的传统,获得意趣的自由。这一大成果,当代诗词何能忽之!应该重新审视和梳理诗词语言的审美,时人李子说,如今楼顶不容易上去,"登楼"和思乡怀人已经扯不到一块;"貂裘",没几个诗人花得起这钱,还侵犯动物福利;"唾壶"早已更新换代了,击之不大卫生,此类情趣理当扬弃,代之以新的审美因子。对这个主张,我举双手赞成。

新诗比旧诗更重原创性,从内容到形式,任何模拟都无所遁形。而诗词"是已经长成了的东西","自己的美可以说是大抵完成了"（周作人）。诗词写作，在艺术上有太多惯例、模式、套话、现成思路和"创造性模仿"。

然而，每一首诗词都应该成为一次美的发现。要新题，不要滥题。一本诗集，观其题多一时登览、又逢佳节、浮华交会、闻风慕悦、送往劳来、步韵奉和之类，则其诗可知。至如赵翼之《套驹》、曾国藩之《傲奴》等，一个题目就预告一片新的风光。快读一过，感觉真不欺人。你便说它是旧诗中的新诗，也未尝不可。

新诗将熟悉的事物陌生化——"那个小男孩/已提前三十年出发/我如何才能赶上他？"（张应中《童年》）诗中的"小男孩"，其实是童年的"我"。而旧诗把陌生事物熟悉化——黄遵宪《纪事》："怒挥同室戈，愤争传国玺。究竟所举贤，无愧大宝位。"用形容帝位之争的字眼写美国大选，固然为晚清读者提供了熟悉的参考系，却也歪曲了选举的意义和总统职位的本质。

时人词云："尝记樱花树底逢，雨苔轻覆旧游踪。欲知蝴蝶双栖处，须到蜻蜓复眼中。"（曾峥《鹧鸪天》）通过"蜻蜓复眼"之视角，写僻静处的约会，妙到毫巅——这种超验的、陌生化的手法，不有新诗的熏陶么！

论超越

20世纪五四运动以后，曾经有一段时间，人们认为诗词乃至汉字已走到尽头。又有一段时间，人们认为毛泽东诗词就是传统诗词最后的辉煌。事实证明，这其实是低估了汉字与诗词的生命力，也低估了后人对汉字、对诗词接受喜悦的程度及驾驭之能力。

开放之年，值辞章改革之大机。于时思想解放，文禁松弛，诗家取题日广，创获尤多，悦耳之声是处可闻，令人心情畅美。钟振振说："没有读遍当代诗词，就说它超越唐宋，固然是妄下结论；但要说它根本不可能超越唐宋，同样是妄下结论。"壮哉斯言！

然而唐宋容易超越吗？唐宋诗词曾是最富于群众性的文艺样式。以唐宋诗词为代表的古典诗词，至今能给人以充分的艺术享受，从某些方面来说还是高不可及的范本。鲁迅说："我以为一切好诗，到唐已被做完。此后倘非能翻出如来掌心之'齐天大圣'，大可不必动手。"超越，就是翻出如来掌心。

"李杜诗篇万口传，至今已觉不新鲜。"（赵翼）——不新鲜的不是李杜，而是克隆李杜；不新鲜的不是白石，而是克隆白石。央视鉴宝，王刚执锤，初不辨真仿。及鉴为明窑，即价值连城。鉴为仿作，不管何等逼真，必痛击之，应声而碎。王蒙说"我也不甚喜欢那种作腐儒状的戴方巾、迈八字步的仿古诗"，以为"有其诗不多，无其诗不少"。其事虽殊，其理一也。

当代诗词必欲超越唐宋，须有三条。第一是现代性，即有当代的思想意识。魏新河黄昏飞越十八陵，作词云："翻身北去，日轮居左，月轮居右。一线横陈，对开天地，双襟无钮。……小尘寰、地衣微皱。就中唯见，百川如网，乱山如豆。"（《水龙吟》）飞行，就如此这般地改变了世界图景，也改变了人们的宇宙观。其题材和手法都是现代的、全新的，也是动人的。作者另有一副笔墨："记小楼、梨花约，剪尽春痕，白香吹处。"似曾相识，不作也罢。

第二是创作意识。从来诗词不外乎两种，一种是创作，一种是组装。诗词在古代，有社会应用功能，联句、唱酬、步韵是写作习俗，而节日、聚会、离别、生日是写作由头。其间创作，唯天才能之；组装，则比比皆是。技巧与惯例是可以把天才拉平，把庸才抬高的。当代作者须强化创作意识——写个人经历，从自己跳出来；写社会题材，把自己放进去。尽弃登临聚会无关痛痒之作。杜斌《在外打工偶感》诗云："一夜天涯动客思，嘉陵江月照空池。想来兄弟应忘我，我亦三年未梦之。"一反唐人之情调，而尽得唐人之神髓——有切肤之痛也。

第三是阅读快感。文学消费，早已分众。诗词源远流长，审美不免疲劳，阅读快感不能不讲。毛泽东说，朱自清不神气，鲁迅神气。神气之文，乃有阅读快感。聂绀弩说："完全不打油，作诗就是自讨苦吃。"切勿小看口语，其快感来自不隔。杨逸明看电视版《西游记》："青狮白象各兴灾，惹得高僧斗几回。谁料人间添魍魉，竟从菩萨脚边来。"四句皆说。刘庆霖《西藏杂感》："远处雪山摊碎光，高原六月野茫茫。一方花色头巾里，三五牦牛啃夕阳。"四句皆画。都有阅读快感。

论兴会

诗词是情绪释放的产物，故始于兴会。

西人云："诗始于喜悦，止于智慧。"所谓喜悦，即乘兴而来；所谓智慧，即兴尽则止。兴会是创作欲望、创作动力，又称灵感，兴致，兴趣。

陈衍说："东坡兴趣佳，不论何题，必有一二佳句。"例如："竹外桃花三两枝，春江水暖鸭先知。"佳句永远是和好心情做伴的。然而有人读这首诗，却问："为什么不是'鹅先知'呢?"对于这样扫兴的人，真是无法可想。你只能告诉他：见鸭，未见鹅也!

兴会是驾驭语言的状态，兴到笔随，事关诗之成败。所以作诗怕扫兴。宋诗人潘大临九月九日遇风雨大作，刚有了一句"满城风雨近重阳"，突然催债人敲门，顿时扫兴，失去状态，永远地留下了一个残句。可见兴会对作诗是多么重要。

诗思袭来的喜悦，可以是在沉静中回味过往的情绪，如杜甫的《春夜喜雨》。也可以是火山喷发式的高峰体验，如杜甫的《闻官军收河南河北》——这首诗被浦起龙称为杜甫"平生第一首快诗"——真是兴不可遏，真是奔迸而出，真是手之舞之，足之蹈之，左右抓捕，上下安排。声律对仗对诗人来说，只是熟能生巧。所谓："兴来如宿构，未始用雕镌。"（邵雍）

郭沫若说，只有在最高潮时候的生命感是最够味的。毛泽东为词六首作引言云："这些词是在一九二九年至一九三一年在马背上哼成的。年深日久，通忘记了。《人民文学》编辑部搜集起来，要求发表，因以付之。"这就是诗人的态度。宋谋玚曾感喟，有些人写了一辈子诗词，却不知道诗味是什么。周作人则说，没有兴会而作诗，就像没有性欲而做爱。不幸的是，这种不在状态的写作，并不少见。

兴会并非空穴来风，兴会来自对新鲜事物的敏感。严羽说："唐人好诗，多是征戍、迁谪、行旅、离别之作，往往能感动激发人意。"何以言之？因为空间开阔，思绪活跃，万象新奇，提供诗材。"只有那种能向人们叙述新的、有意义的、有趣味的事情的人，只有那能够看见许多别人觉察不到的东西的人才能够做一个作家。"（巴乌斯托夫斯基）唐相国郑綮自谓诗思在灞桥风雪中驴子上，还是这个道理。

因此，有出息的诗人，应设法到广阔天地去，接触新鲜事物，开拓题材，增加兴趣。要写就写最够味的感觉、最有把握的东西。宁肯写得少些，但要写得好些。切莫仅凭年年都有的那些个纪念日、喜庆事，闭门造诗，那样做的结果，必然是"黑毛猪儿家家有"，也必然是"可怜无补费精神"（元好问）。

一个中秋的前夜，我因出差从成都飞合肥。上飞机时一点诗意也没有。上天后，不经意往窗外一望，竟然是平生从未见过的一幅图景：湛蓝天空上银盘也似的悬着一轮明月，万里无云。云全在飞机下面很深的地方。全新的经验让我兴奋起来，口占一绝："驭气轻辞濯锦城，云间赏月更分明。嫦娥乃肯作空姐？为我青天碧海行。"主题句是"云间赏月更分明"，首句是引子，后二句是以溢思作波澜。一片兴会而已。

飞机着陆，便掏出手机，以短信方式，发给一位最先想到的朋友。一分钟后，便收到他的叫好。网络时代的诗歌发表，就该是这个样子吧。

论题材

一

前不久四川省诗词进校园研讨会在泸州举行，泸州高中一位代表现场提问，原话我记不真了，但问题的实质是：写什么和不写什么。换言之，什么题材是对的题材？

在我看来，题材不是问题，关键要看"是不是你的菜"。"是不是你的菜"这个说法来自网络，意思是看你吃不吃得下去，消不消化得了。有一回，诗路甚广的滕伟明兄在闲谈中说："《洗脚歌》《人妖歌》这样的诗，我就写不出来！"意思是说，这不是他的菜。话说回来，《成都少年行》我写得出来吗？"文化大革命"一开始，我就被"逍遥"了，"躲进小楼成一统"了，哪有上京告状那样的经历和切肤之痛！所以那也不是我的菜。

有人看我写猫猫狗狗，以为题材卑微。在我看来，世上就没有卑微的题材。鲁迅说，重要的不是写什么，而是怎样写。他还说，从血管里流出的都是血，从喷泉里流出的都是水。当然即便是出自鲁迅，这话也可以抬杠：从喷泉里流出血来，你敢说绝对不可能吗！不敢。不过，那是非常的情况，必须马上报案。

猫狗非卑微，蚊子因是以。而袁枚《秋蚊》诗一起云："白鸟秋何急，营营何所寻？"接下来便是"贪官衰世态，刺客暮年心"，令人拍案叫绝。由蚊子的吸血想到贪、贪官；由蚊子吸血的喙想到刺、刺客；由秋蚊的惶惶不可终日，想到贪官的倒霉，刺客的年老，是何等想不到的好！诗最后两句是："怜他小虫豸，也有去来今。"此诗心之所以通于佛心也，岂卑微哉。

无独有偶，首届"鲁奖"诗歌奖获得者富顺张新泉也有一首《致蚊子》："别总叮那些裸腿美腿/别专咬那些年轻胳膊/蚊子蚊子你也来亲亲我/皮老可以练嘴劲/血浓可以解大渴/来吧来吧/太阳落了天色暗了/嗡嗡的蚊子呀拉索/来吧来吧/让我也拍打拍打自己/让我也痒得哎哟哎哟。"对这样的诗，未能深入诗歌堂奥者简直不懂，吐槽道："贱相！"其实这首诗很别致地道出一个深刻的感悟：与其活得不痛不痒，还不如痛点痒点。——关过单间的人最知道。

隔窗看建筑工人雪天劳作，你或许也有这样的生活经验。通常看来，这不过是社会分工的不同。很少有人想到，凭什么我过得比他舒服？看农民打稻、拾麦子，你或许也有类似的生活经验，这再正常不过——庄稼人就该这样生活。唯仁者才会受到触动，从而写出"一窗相隔两重天，我沐春风他冒寒"（何革）；写出"今我何功德，曾不事农桑。吏禄三百担，岁晏有余粮。念此私自愧，竟日不能忘"（白居易）。令读者一读难忘。是为真诗。

总之，诗生于真的感动。凡是打动了你的题材，就是你的菜。凡是能使你"竟日不能忘"的题材，就是你的题材。清人潘定桂说杨万里："陶成瓦砾亦诗材。"所以，题材不是问题。

二

我不是一个题材决定论者。但我认为，题材非常重要。

写诗固然应该是"篇篇有我"，却并不局限于写个人身世。写社会题材，把自己放进去，也可以做到"篇篇有我"。

选题独到是一种创作意识，要做到人无我有。王蒙说："许多年前，我读到四川大学周啸天教授的旧诗《洗脚歌》与《人妖歌》，大为雀跃。"杨牧说："我尤其喜爱那些机趣横生，韵味十足，书写鲜活事体的篇什，如《超级女声决赛长沙》《澳门观舞》《Y 先生歌》

《代悲白头翁》《隐私歌》《人妖歌》《洗脚歌》，等等。"王、杨两位先生，说的一事相同，那就是题材别致。

在这方面，对我启发最大的是两首清诗。一首是赵翼的《套驹》，这首诗写蒙古少年驯马的技术，题材就很别致，诗又写得活蹦乱跳，得未曾有。另一首是曾国藩的《傲奴》，写一个穷愁潦倒的主人与一个桀骜不驯的仆人发生冲突，奴而能"傲"，立题就新鲜，径取生活中偶发事件入诗，不落窠臼，先就赢得几分。

在他们之前，有宋代的杨万里，所谓"陶成瓦砾亦诗材"（潘定桂）。他能为每一片落叶、每一只昆虫、每一种儿戏写一首诗。在人们熟视无睹的寻常景物和生活现象中，他总能发现不平常的意思。同时采取了一种新鲜泼辣的写法，和种种不直致法子（陈衍）。他开创了一种小品诗，被称为"诚斋体"。

再往前，还有唐代的韩愈，其诗的开拓性，表现在写不美之美和非诗之诗。换言之，就是别人认为不入诗的题材，他能百无禁忌，拿来就是。如"黄昏到寺蝙蝠飞"，把蝙蝠，一个不美的东西，写进诗中，就开拓了审美的视域。

选材别致，不是故意猎奇。人有性分之分，不管怎么选，总得是自己心爱的、心仪的题材。属于这个人的题材，不一定属于那个人。至于得趣，则是相同的。"蓦地相逢慰渴怀，呼名竟似小无猜。最难消受多情拥，是我平生第一回。"（廖国华《友人迎以熊抱》）公共场所男士拥抱，中国人是不习惯的。这在别人，未必是写诗的题材，作者能抉出其中的诗味，出以未经人道语。我喜欢这样的诗。

至于公共题材，则须发人所未发。比如同学会，是很多人都写的题材。江油丁稚鸿笔下的"同窗聚会无高下，尽是呼名叫字人"，突然触着，把别人熟视无睹而又确是同学会的一个重要特点写出了，所以为佳。当然，这是题外的话。

再论题材

宋代诗人杨万里，初学江西派，学陈师道，又学王安石，又学晚唐诗，"学之愈力，作之愈寡"（*杨万里《荆溪集序》*），没有解决题材问题。"淳熙四年(1177)夏之官荆溪，忽若有寤，于是辞谢唐人及王、陈、江西诸君子，皆不敢学，而后欣如也。""步后园，登古城"，"万象毕来，献予诗材。"(同前) 也就是说，感到无往而不是题材，到处都有发现。

比方说《宿新市徐公店》："儿童急走追黄蝶，飞入菜花无处寻。"人人在农村都见过的情景，但别人没有诗而杨万里有，说明这个题材不是别人的菜，而是杨万里的菜。杨万里发现童趣是很好的题材来源，他还写过："童子柳阴眠正着，一牛吃过柳阴西。"(《桑茶坑道中》)（童子与牛各得自在）"日长睡起无情思，闲看儿童捉柳花。"(《闲居初夏午睡起》)（后一句不是情思是什么）杨万里在解决题材问题的同时，创造了一种诗体叫"诚斋体"。

可见题材并不缺乏，关键看你有没有发现的眼光。《毛诗序》说："诗者，志之所之也。在心为志，发言为诗。"志是一个情结，在心中就是"志"，用语言释放出来就是"诗"。情结是受外物刺激产生的，一件事打动了你，使你兴奋，使你困惑，使你耿耿于怀。那么这件事就是你的题材，只要你发言，就可以为诗。题材有大小之分，没有尊卑之分。我获"鲁奖"后，网上有人吐槽说我的题材卑微，理由是我写了些猫猫狗狗的诗。我并不这样看。

例如我所在的小区最近出了一张告示，说某日将要在所有垃圾桶边投毒，各家须把自己的狗看好。投毒的理由是发现有老鼠出来觅食。这件事让人感到很不舒服，因为小区有流浪猫。投毒者为了消灭老鼠，结果可能毒杀老鼠的天敌。因为耿耿于怀，所以得句："小区欲灭鼠，毒杀流浪猫。"句子可以生长，句子之间要形成关系。所以前面加了两句："带犬上层楼，倚人步步高。"有"一人得道，鸡犬升天"那个意思。于是一首诗中，猫、狗、鼠都有了，前两句与后两句形成对比，动物命运的不同，取决于靠山的有无和大小。于是这诗就有了象征意蕴。

曩读《燕山夜话》，书中引时人说林白水的时评，令我印象深刻："每发端于苍蝇臭虫之微，而归结及于政局。"蚊子比猫狗更卑微吧，袁枚有《秋蚊》诗：

"贪官衰世态，刺客暮年心。"由秋蚊的惶惶不可终日，联想到贪官的惶惶不可终日，联想到刺客老年的力气衰而剑术疏，其中有大悲悯的情怀。所以题材有大小，却无尊卑。有些事情平常得很，生活里司空见惯。比如同学会，人人都像模像样地参加过，却不一定都有像模像样的诗。江油诗人丁稚鸿写了一首，让人击节赞赏：

渭北江东总忆君，时光已抹旧时痕。

同窗相会无高下，都是呼名叫字人。

"渭北江东"用杜甫《春日忆李白》"渭北春天树，江东日暮云"，表达两地相忆。这个典故你也会用。前两句，大家都写得出来。三四句就不然了，"同窗相会无高下，都是呼名叫字人"，抓住了同学会一个重要的、人人熟视无睹的特点，就写出了味道。老同学见面，不宜称呼官衔，宜称呼照旧。若改了这个口，就不亲热了。丁稚鸿作品很多，出有专集，但我逢人就宣传他这一首诗，特别是在出席同学会的时候。同学会这个题材，就是丁稚鸿的菜；如果你写不出那样的诗，就表明不是你的菜。

川师（即四川师范大学）已故的王文才教授，青年时代游峨眉山，当时传说大坪有虎，而他所居住的寺庙里有一只黑猫，被老和尚命名为"黑虎"。就这么个小事，触动了他，使他产生出灵感。于是成了诗的题材：

> 云色荒荒石栈行，密林茂草客心惊。
>
> 老僧殿角呼黑虎，满壑腥风冷气生。
>
> ——《峨眉纪游》

前两句写大坪一带深山老林，营造有虎的气氛，人行栈道上，天上有乌云，山中有密林茂草，读之即有猛虎攫人之势。三句"老僧殿角呼黑虎"，本来只是一只猫，却因为以虎名猫，产生那么大的影响："满壑腥风冷气生。"这是根据"虎从风"的谚语营造出来的。全诗虎虎有生气。你看，这样一个猫名，它会是别人的题材吗？

成都诗人何焱林先生，写过一首《芒果》。工宣队受赠芒果这件事情，凡是经历过十年动乱的人，没有不知道的。在座大都经历过、目睹过那种热烈庆祝的场面，当时《诗刊》也许发表过相关的作品，皆与时消没，不闻于世。这个题材，不是那时作者的菜。唯独何焱林的这首《芒果》，可为历史存照：

> 舶来芒果赠工宣，组织诸民百万观。
>
> 一合玻璃嵌翡翠，两兵火铳护丹坛。
>
> 廿人比翼雁行过，十米偏头马背看。
>
> 塑料肖为珍宝影，不知真味是酸甜？

这个题材用七律来写不容易，中间两联须对仗，而趣味也出在这里。首联中"舶来""组织"这些关键词用得很好，一用境界全出。颔联上句"一合玻璃嵌翡翠"就更妙了，芒果是用翡翠色的玻璃匣子装起来的，句子颇富文采。下句"两兵火铳护丹坛"，是说芒果先被供在红色案桌上，两边民兵持枪护卫，"火铳"本指鸟枪之类，其实民兵未必不是背着步枪，说成"火铳"是调侃，表现煞有介事的样子，更其神似。这句的浅俗，与上句的文雅的反差，产生喜剧性。颈联上句"廿人比翼雁行过"，是写送芒果游行的队伍；下句"十米偏头马背看"，是写看热闹的群众。"雁行""马背"的对仗，十分工整。其实游行现场未必有马，但组织围观的群众，打马马肩总是有的吧。总之，"马背"一词用得有趣。尾联"塑料肖为珍宝影，不知真味是酸甜？"这个不须解释，说得太好了。关于这件事的好歹，作者不予置评。却因真实地或略带夸张地写出了生活里一本正经的荒唐，所以成为绝妙的讽刺。堪与元人睢景臣《高祖还乡》比美。

再看另一位成都诗人王聪写的《月下独酌戏作》。题材是现成的，题目是李白的。这一选材极富挑战性。看到这个题目读者就会想，翻得过李白的手板心不？但他翻过了，写出了五言古诗的水平：

　　花间一壶酒，白也曾我有。思之成四人，共醉重霄九。身浸月色中，握之不在手。放手月飞去，去与长庚友。独余颓花前，心事向谁剖：世态观愈多，愈就喜欢狗。

"花间一壶酒"，先照抄一句李白。第二句就是原创了，"白也曾我有"，意思是花间饮酒之事，李白有我也有。"思之成四人"，这句大妙。因为李白诗有"对影成三人"，作者把自己添进去，凑成四个人了，成如容易，别人想到了吗？"共醉重霄九"以下写醉态，在想象中把桌子搬到月宫去了，就像《聊斋》一样。"身浸月色中，握之不在手"，月光是握不住的，只握了一把空气。然而"放手月飞去"，一摊开手，月亮好像又从手中飞出去，写得像玩魔术似的。"去与长庚友"，李阳冰《草堂集序》载"惊姜之夕，长庚入梦"，所以"长庚"既指金星，亦可指李白。"独余颓花前，心事向谁剖"，这是酒醒后的状态。"世态观愈多，愈就喜欢狗"是洋典中用——"我认识的人越多，我越喜欢狗。"本是 18 世纪罗兰夫人的话。狗狗有何可爱？以其忠诚，以其单纯，以其不嫌家贫，以其对人真有感情，等等。最后两句，也含蓄地批评了某些世相和人格。作者在社会上可能遇到了不能容忍之事，但他没有明说。

亲子之爱，是人人都有的情感，却不是人人能写的题材。过去听说，有贫困生上大学，老父送钱到学校去，儿子羞于对人说那是他父亲，便说是家中用人。绵阳诗人文伯伦笔下的《村姬》却别有一番滋味：

樵苏十指血痕斑，耕获连宵月色寒。

　　儿若工棚处对象，休言有母在深山。

　　前两句写老妇砍柴、耕作的辛苦，这个大家都写得出来。关键还是三四句："儿若工棚处对象"，原来是一个打工仔的母亲，结句是她对儿子的叮嘱："休言有母在深山。"生怕儿子犯糊涂，说出事实真相，连累了自己的终身大事。读之令人鼻酸。

　　滕伟明有一篇文章说："周啸天几乎达到了'无事不可入'的地步，他的题材可说是空前多样。《邓稼先歌》也是多主题的，但受到最猛烈的炮轰。噫，选材可不慎欤！"最后一句的意思是，像邓稼先这样的敏感题材，会招致一些人的攻击，所以应该慎取。

　　其实，我写邓稼先并非为选题而选题，更不是想选就选。我曾多次参观九院（邓稼先生前工作单位），可就是没有想过要为邓稼先或九院写一首诗。直到有一天，看了《鲁豫有约之邓夫人许鹿希访谈》，我大受触动。原来献身可以到这种程度：必须彻底隐姓埋名，人间蒸发。做什么，不能告知家人。什么时候回家，什么时候离家，不能告知家人。谈不上物质享受，穿得像农民，常常是水还没开，面条就下锅了。处理核事故现场，挺身而出，义不容辞。超剂量辐射导致癌症，终年62岁。确诊为绝症后，报上才刊登事迹。而邓稼先对家人说："只要我做成了这件事（不说什么事），我这辈子就没白活。"邓稼先去世后，杨振宁安慰邓夫人的话是："希望你从更长远的历史角度，去看待稼先和你的一生。"就是这些东西，深深打动了我。今天所有的中国人，都托邓稼先的福。我觉得，如果不为这样的人写一首诗，我就对不起自己的良知。媒体把"不蒸馒头争口气"这句话炒得尽人皆知，而这首诗真正的主题句是："神农尝草莫予毒，干将铸剑及身试。"

诗写成发表后，获得中华诗词学会第五届华夏杯诗词奖第一名，评委告知说："是邓稼先的事迹打动了你，而你的诗又打动了我们。"著名唐诗学家、我的老师余恕诚教授说："《邓稼先歌》写得神完气足，读来感人，即使放在盛唐优秀诗篇中亦毫无逊色。获得华夏诗词大奖，是理所当然的。"王蒙这样说："诗人歌颂了记载了做成一件大事的邓稼先，也写就了一首大诗，差可无恨。"所以，对于我来说，这是一个无悔的题材。甚至可以说，我欣赏自己能驾驭这样的题材。

总之，判断是不是自己的题材，首先是看你被它打动没有，其次是你对这个题材玩味是否充分，有没有别人想不到的东西。这两条都满足了，那就是你的题材，接下来只是构思和语言到位的问题。如果你想到的，别人也能想到，那么你写出来的便是想得到的好；直到别人想不到了，你写出来的才是想不到的好。而写出想不到的好，是每个写诗者应该追求的境界。

论意象

意象，是诗意的象征符号。远不是所有的诗歌形象都能称之为意象的，如"两个黄鹂鸣翠柳，一行白鹭上青天"，"黄鹂""白鹭"是眼前景，可以称为形象，而不能称为意象，因为它们不是象征物。"洛阳亲友如相问，一片冰心在玉壶"，"冰心""玉壶"则是意象，它们不是眼前景，而是经过提炼的象征符号。

未经提炼的眼前景，只是形象。从生活中提炼出来的象征物，就不仅是形象，而同时是意象。诗歌创作是"情动于中而形于言"。"情动于中"即萌生诗意，诗意原是抽象的，例如"相思"；"形于言"，则须为诗意找到恰当的象征物，于是产生了意象，于是抽象转化为具象，例如"红豆"：

> 红豆生南国，春来发几枝。
> 愿君多采撷，此物最相思。

"春来"，一本作"秋来"；"多采撷"，一本作"休采撷"。

王维《相思》二十字之所以成为千古绝唱，首先就在于诗人给"相思"找到了一个绝妙的象征物——"红豆"。找到了这个象征物，诗就成功了一半，所谓"斜阳芳草寻常物，解用即为绝妙词"（袁枚《遣兴》）。何谓"解用"？说穿了，便是善于提炼，赋物象以意蕴。

诗人杨牧告诉我，他在石河子时，心中曾一千遍追问："什么是新疆建设兵团？"这就是说，他想为新疆建设兵团寻找一个象征符号。一天，他看到退役者摘掉帽徽的军帽上呈现出一颗绿色的五星，喜不自胜——"我找到了！"于是就有了《绿色的星》那首诗，也有了一本诗集的名字。

准此，写《相思》时的王维，恐怕也曾心中一千遍地追问过："何物最相思？"直到有一天，他突然看到或想到了红豆。"红豆"！"绿色的星"！原来新诗和诗词在意象的追求上，是如此这般地相通。

红豆何以能成为相思的象征物呢？首先，红豆的别名是相思子。其次，有一个民间故事，说的是一位女子望夫而死，在她泪尽之处长出树来，结出果实，就是红豆。而红豆的形状，又活像一滴滴血泪。《红楼梦》二十八回贾宝玉在冯紫英家唱曲，打头一句就是"滴不尽相思血泪抛红豆"——这可以说是对红豆这一意象的绝妙阐释。

所以,《相思》这首诗一起,"红豆"两字就占尽地步。接下来,"春来"还是"秋来",无关紧要,关键在于"发几枝"——既关红豆,又关相思。接下来,"多采撷"还是"休采撷"也无关紧要——说"勿忘我"和说"忘记我吧",反正表达的都是同一种深情,后者可能还更加苦涩。关键在于"此物最相思"——诗人心中反复追问的问题,答案找到了。

何物最相思?——"此物最相思"。

前人说,五言绝句须篇法圆紧。如何才能做到篇法圆紧?由这首诗可见,有一个好的意象,就能够做到篇法圆紧。

今人办红豆杯诗词奖,佳句有"一灯红豆小,此夕最相思"(文怀沙)、"夕阳一点如红豆,已把相思写满天"(甄秀荣)、"海外捐红豆,镶钟十二时;心针巡日夜,无刻不相思"(钟振振)。奖金一半应分给王维。

论比兴

《周礼·春官》说:"太师教六诗,曰风、曰赋、曰比、曰兴、曰雅、曰颂。"此称"六诗",《毛诗序》称"六义"。今人一般认为风、雅、颂三义是诗的音乐分类,赋、比、兴三义是诗的不同表现手法。

为什么人们常将赋和比兴对举?或者说,赋与比兴何异?简言之,直说与不直说也。毛泽东给陈毅的一封信,说:"诗要用形象思维,不能如散文那样直说,所以比、兴两法是不能不用的。"说诗"不能如散文那样直说",其实不然。准确的说法应该是:诗要用形象思维,有直说不直说之别。"红军不怕远征难",一起是直说;"三军过后尽开颜",最后还是直说。

比、兴皆不直说,却为二事。朱熹说"比者,以彼物比此物也","兴者,先言他物以引起所咏之词也"(《诗言志辨》),辨析最为简明。《说文》释"兴"云:"兴,起也。"很明白,兴法是诗歌发端的一种方法。

元人傅与砺《诗法正论》说："古诗比兴或在起处，或在转处，或在合处。"林东海《诗法举隅》便谈"兴法起结"，把"高高秋月照长城"（王昌龄）一类以景结情的句子，也算作兴。其实不然。须知傅与砺说的是"比兴"，非专言"兴"。而钟嵘《诗品》释"兴"："文已尽而意有余，兴也。"这个说法把兴会和兴法混为一谈，又不举例，故不足为据。

古人作诗，对诗的开头结尾是很讲究的。开头，好比穿衣服扣第一颗纽扣，必须扣对。宋严羽说："对句好可得，结句好难得，发句好尤难得。"（《沧浪诗话·诗法》）发句要好，须挟兴会为之，要先声夺人，要抢占阵地。我自己写诗，比较注意这一点，如《广元作》"飞车过蜀北，一路饱看山"、《海啸歌》"版板小碰撞，能量大放释"、《八级地震歌》"一山回龙沟中起，龙门九峰皆披靡"等，皆挟兴会以行，却并非兴法。

兴作为诗的一种表现手法，当然有兴会的意思，但不只是这个意思，还须满足一个条件："先言他物以引起所咏之词。"这个他物，一般为景物。如《诗经》第一诗的《关雎》，首章发端是"关关雎鸠，在河之洲"，这是"先言他物"；接下来"窈窕淑女，君子好逑"，才是"所咏之词"。次章"参差荇菜，左右流之"，这是"先言他物"；接下来"窈窕淑女，寤寐求之"，才是"所咏之词"。同属《周南》的《汉广》，首章的发端是"南有乔木，不可休息"，这是"先言他物"；接下来"汉有游女，不可求思"，才是"所咏之词"。次章"翘翘错薪，言刈其楚"，说砍柴砍长，这是"先言他物"；接下来"之子于归，言秣其马"，说娶妇娶良，才是"所咏之词"。大家熟悉的《秦风·蒹葭》也是这样的。

兴的手法，大量见于《国风》《小雅》，是草根的表现方法。在民歌，无论是举重劝力之歌，还是桑间濮上之歌，普遍使用着兴法。如"坎坎伐檀兮，置之河之干兮"（《魏风·伐檀》）、"伐木丁丁，鸟鸣嘤嘤"（《小雅·伐木》）、"爰采唐矣，沬之乡矣"（《鄘风·桑中》）、"青青园中葵，朝露待日晞"（《长歌行》）、"日出东南隅，照我秦氏楼"（《陌上桑》）、"杨柳青青江水平"（刘禹锡《竹枝词》）等，又如"石榴开花慢慢红，冰糖下水慢慢溶"（闽西情歌）、"大田栽秧角对角，老汉踩到媳妇脚"（渠县民歌）等。"劳者歌其事"，民间歌手从眼前景物唱起，有它自然的道理。

这个先言的"他物"和"所咏之词"的关系，简单说，叫"触物以起情"（《升庵诗话》引李仲蒙语），在文义上应该是沾边的，有时也不那么沾边，经常是若即若离的。《古怨歌》："茕茕白兔，东走西顾。衣不如新，人不如故。"这首诗据说是汉代窦玄妻所作，前两句与后两句似不沾边。但也不是完全不沾边，你要说前两句有自况孤单凄惶之意，也是可以的。兴的另一个作用是定韵，这里不详细说它。

这个来自草根的手法，到了文人、准文人口里，可谓后出转精，相当精彩。举几个例子，"风萧萧兮易水寒，壮士一去兮不复还"（荆轲）、"高树多悲风，海水扬其波。利剑不在掌，结友何须多"（曹植）、"明月出天山，苍茫云海间。长风几万里，吹度玉门关"（李白）、"弯弯月出挂城头，城头月出照凉州。凉州七里十万家，胡人半解弹琵琶"（岑参）、"黑云压城城欲摧，甲光向日金鳞开"（李贺）、"风生白下千林暗，雾塞苍天百卉殚"（鲁迅）等。你说，慢着，"高树多悲风""明月出天山""弯弯月出挂城头"倒也罢了，"风萧萧兮易水寒""黑云压城城欲摧""风生白下千林暗"，从直接写景的角度，是不是也可以称赋呢？对。天下事有非此即彼、非彼即此者，也有亦彼亦此、彼此彼此者。兴中有赋的情形，也是常见的。如"风雨江干路，空山泣杜鹃"（李维嘉），便是兴中有赋。"七子山头野色浓，朝占云雨晚占风。欲知来日阴晴事，莫问天公问老农。"（何信征）前二句也是兴中有赋。

至于兴中有比的情况，就更加普遍。《关雎》首章的兴语和所咏之词，比义甚明。刘禹锡《竹枝词》："山桃红花满上头，蜀江春水拍山流。花红易衰似郎意，水流无限似侬愁。"前两句是兴语，后两句直接说出兴语中的比义。前两句就是兴中有比。

接下来说比。什么是比呢？朱熹说"以彼物比此物也"，这个表述，与修辞学中对比喻的表述是一样的。

所以简而言之，比就是比喻。而对诗歌来说，比喻的重要性超过其他修辞手法。亚里士多德认为"善于使用隐喻字表示有天才"（《诗学》）；艾青说，一个好的比喻能够照亮一首诗。以诗词为例，如"不知细叶谁裁出，二月春风似剪刀"（贺知章），将人工喻天工，"欲把西湖比西子，淡妆浓抹总相宜"（苏轼），以美人喻西湖，有"似""比"字样，是明喻。"捕鼠何分猫黑白，行船能不问东西"（李维嘉），上句喻发展是硬道理，下句喻方向路线问题，无"似""比"字样，是暗喻。

至于"比兴手法"，既不是简单的兴，也不是简单的比。它是一个更大的诗学范畴。把"比兴"合成一词，一方面是因为兴中有比，另一方面是因为一加一大于二，可以有更大的包容。

"比兴手法"除了比喻这种情形而外，还有以下一些情形。

一、可以是双关。例如吴一峰、流沙河的《锯柴联句》："烟如迷雾催人泪，砭骨寒风夜夜来。（吴）斧影刀光锯声里，大柴纷纷变小柴。（流）"这首诗的精彩在后两句，是谐音双关，而斧影刀光、大柴小柴都是双关。

二、可以是比拟。比拟中的此物、彼物不一定有相似之处，作为比拟，想当然耳。例如"碧玉妆成一树高，万条垂下绿丝绦"（贺知章）是拟人，"冷烛无烟绿蜡干，芳心犹卷怯春寒。一缄书札藏何事，会被东风暗拆看"（钱珝《未展芭蕉》）也是拟人。

三、可以是寓言。即借端托寓，托物言志，或称比体。孔子说"诗可以怨"，托物言志与诗的怨刺功能是联系在一起的。《诗经》中的《周南·螽斯》《魏风·硕鼠》《豳风·鸱鸮》等，全篇采用比体。到楚辞，比兴手法形成一个传统，甚至形成一个庞大的意象系列：

> 《离骚》之文，依诗取兴，引类譬喻。……善鸟香草以配忠贞，恶禽臭物以比谗佞，灵修美人以媲君王，宓妃佚女以譬贤臣，虬龙鸾凤以托君子，飘风雷电以喻小人……荀卿赋蚕，非赋蚕也；赋云，非赋云也。诵诗论世，知人阐幽。以意逆志，始知《三百篇》皆仁圣贤人发愤之所作焉。
>
> ——魏源《诗比兴笺序》

古人以后宫关系譬喻君臣关系，这个传统也来自楚辞（《离骚》："众女嫉余之蛾眉兮，谣诼谓余以善淫"）。汉唐时代的怨诗，宫怨成为一大部类。有一部分纯属宫词，就是写宫中女性孤独的心情。更大一部分则是寓言，如"承恩不在貌，教妾若为容"（杜荀鹤），寓用人——选拔不看德才，叫人如何修为是好？

汉宫多故事，陈皇后一个、班婕妤一个、王昭君一个，成为宫怨的热门题材，发展为长门怨（李白有作）、婕妤怨（王昌龄有作）、昭君怨（白居易有作）几个系列。这类怨词，作宫词看便浅，作托物言志看，则倍有意味。以昭君怨为例，白居易所作是："汉使却回凭寄语，黄金何日赎蛾眉。君王若问妾颜色，莫道不如宫里时。"这首诗使人联想到老年廉颇的那种心态。清人刘献廷所作是："汉主曾闻杀画师，画师何足定妍媸？宫中多少如花女，不嫁单于君不知。"这首诗的寓意是"墙里开花墙外香"。上海杨逸明有一首："画图选美误平生，远嫁匈奴举世惊。不抱琵琶关外去，汉宫未必尽知名。"用意与刘献廷同，语言略有逊色。他另有一首《看〈西游记〉电视剧》，则是很好的寓言："青狮白象各兴灾，惹得高僧斗几回。谁料人间添魑魅，竟从菩萨脚边来！"这首诗讽刺"靠山"的现象——坏人出在下面，根子却在上面。

宫怨之外，还有闺意，也可以写成寓言。朱庆馀诗云："洞房昨夜停红烛，待晓堂前拜舅姑。妆罢低声问夫婿，画眉深浅入时无？"诗的题目《近试上张水部》表明了作诗的真正目的是应试摸底。张籍《节妇吟》云："君知妾有夫，赠妾双明珠。感君缠绵意，系在红罗襦。妾家高楼连苑起，良人执戟明光里。知君用心如日月，事夫誓拟同生死。还君明珠双泪垂，恨不相逢未嫁时。"题下附注"寄东平李司空师道"，表明作诗的真正目的是拒绝藩镇的拉拢（按，李师道时为平卢淄青节度使）。这两首诗对人性、对女性心理的细致入微的把握达到了化境。寓言诗就该这样做。

四、可以是咏物。如咏花，黄巢《不第后赋菊》："待到秋来九月八，我花开后百花杀。冲天香阵透长安，满城尽带黄金甲。"这是造反派写得最好的一首诗。安徽洪存恕《白牡丹》云："绝艳惟凭素压丹，开从春后百花残。爱看只为重花品，富贵能留本色难。"诗也可以作题画看。顺便说，题画诗之妙，往往在于比兴。

咏物诗如无比兴，便不成其为诗，而成谜语。"上边毛，下边毛，中间一颗黑葡萄"，是诗吗？不是，是谜语。谜底是：眼睛。诗是怎么写的呢："眼波脉脉乍惺忪，一笑回眸恰恰逢。秋水双瞳中有我，不须明镜照夫容。"（刘大白《眼波》）同样写眼睛，有比兴——眼睛是心灵的窗户，这是一首绝好的情诗。"南阳诸葛亮，独坐中军帐。摆起八阵图，要捉飞来将"，是诗吗？也不是，是谜语。谜底是：蜘蛛。而虞世南《咏蝉》就不同了："居高声自远，非是藉秋风。"这是唐诗的绝唱。

刘静松《贺新郎·咏火柴》是一首栝之作："瞧这一家子：小房儿、百来人口，不忧其挤！个个直如擎天柱，要把颓空撑起。躺下是、待燃诗句。瘦骨嶙峋头脑在，但平生发言惟一次。光与火，灿如炬。明知言罢难逃死。叹男儿、成仁取义，前行后继。天降我材何所用？一逞胸中豪气！遭劫难、可能天意？休羡火机华且贵，吸他人、膏血成肥己。藏机巧，赚公喜。"借咏火

154

柴，标榜主体人格，是正气歌，有悲剧感。社科院文研所所长杨义有一篇文章评介过这首诗。

五、可以是囫囵话。"囫囵话"就是话中有话，就是不直致的话。诗家之所以不直致，有两个理由。一个理由是现实的，一个理由是艺术的。

从现实角度看，"下以风刺上"，能直致吗？魏晋之际的阮籍作《咏怀》八十余首，多为囫囵话，颜延年说："虽事在刺讥，而文多隐避。百世而下，难以情测也。"而清人陈沆《诗比兴笺》收咏怀诗达三十八首之多。今人创作处在阮籍延长线上的，是杨启宇《鹧鸪天·游仙》百首。王翼奇云："郑谷春风唱鹧鸪，杨郎新唱大超渠。"其实，杨鹧鸪和郑鹧鸪不是一回事，和阮籍《咏怀》倒是一回事。大致写现代社会历史之怪现状，略寓感慨。《红楼梦》结尾诗所谓："满纸荒唐言，一把辛酸泪。"《庄子·天下》所谓："谬悠之说，荒唐之言，无端崖之辞。"元好问《论诗》所谓："诗家总爱西昆好，独恨无人作郑笺。"

从艺术角度看，比兴是一种形象思维，而且不同于散文，也不同于小说的形象思维，它是诗人必须学会的一种语言方式。"诗缘情而绮靡"（陆机）。就拿拒绝来说吧，直接的拒绝远不如委婉的拒绝来得好。宋代诗僧道潜，是苏东坡的朋友。苏在席上戏弄他，令歌伎做粉丝状，向道潜求诗。道潜题七绝一首，末二云："禅心已作沾泥絮，不逐春风上下狂。"一时传诵。《忻州志》

载，金代元好问妹元严，文而艳，为女冠。张平章谋娶，往访之，询其所作，出《补天花板诗》云："补天手段暂施张，不许纤尘落画堂。寄语新来双燕子，移巢别处觅雕梁。"张悚然而退。这两例，都是难得的好诗。

六、可以是作者无心，读者有意。谭献说："作者之用心未必然，而读者之用心何必不然。"众所周知，王国维用三首宋词中的名句，来讲学问三境界，就是典型的例子。在清代，有些诗案，是"读者有意"造成的。比如"清风不识字，何得乱翻书""明月有情还顾我，清风无意不留人"（徐骏），作者是不是一定就别有用心呢？不说不觉得，越说越像。"举杯忽见明天子（指杯底明朝年号），且把壶儿抛半边""明朝期振翮，一举去清都"，是徐述夔《一柱楼诗集》被人告发的诗句，此案牵连到已故的沈德潜，因为他替徐写过传记，徐书中又引用了据说是他的《咏黑牡丹》，有两句是"夺朱非正色，异种也称王"，不但徐家后人遭殃，连沈也遭扑碑、毁祠、敞坟、碎尸。

这是"比兴"惹的祸！平心而论，徐述夔有才、不遇，吊起嘴巴说惯了，是有心；而沈德潜呢，一生深得乾隆帝眷顾、备极恩荣，应是无意。

论联想

诗是怎样作成的？要讨论这个问题，不妨把问题简化。就像讨论一个数学问题那样。简化到谈一首绝句，一首小诗的写作。诗的起因，往往是一次触着，即外界的触动。比方说，当你看到一个从没看到过的景象，一个触目惊心的景象，或经历了一个事件（直接的或间接的），一个让人揪心的事件，受到了很强的刺激，很强的震动，往往会产生一种冲动，一种动力，一种创造性情绪。不过，仅此不足以为诗。

进而，还需要想象，需要联想，需要诗的受孕。艾青说，"联想是由事物唤起的类似的记忆；联想是经验与经验的呼应"，而"想象是经验向未知出发；想象是由此岸向彼岸的张帆远举，是经验的重新组织；想象是思维织成的锦彩"。又说，"想象与联想是情绪的推移，由这一事物到那一事物的飞翔"。可见，联想始终基于人生的经验，而想象的终端则可以通向超验。

当想象和联想发生，诗思完成了从这一事物到那一事物的飞跃，则可以为诗，换言之，诗就可以成长了。接下来的事，便是语言的建构。闻一多强调诗有建筑美，就是说，诗的语言材料，最终要结构成一个完美的造型，句子与句子之间，甚至字与字之间，要产生凝聚力，或称张力。一首完美的诗，其中的每一个字，都是抠不动的。闻一多还把写诗比作下棋，高明的棋手，每下一个棋子，都具有唯一性。这就是说，每一首诗都应该成为一个完美的作品，无论新诗还是诗词，否则，就会想说爱你不容易。

现身说法，讲两个例子。一次是广元之行，走在古栈道上，下看是"5·12"汶川特大地震垮塌下的巨石，上看是龟裂的危崖，景区采用的安全措施有二，一是用铁丝网箍住危崖，二是用地铆（一称铆索）即水泥桩将松动的崖石生根。安全系数虽然很高，看上去还是触目惊心。这是一个触着，然仅此不足以为诗。当我忽然把这个事和维稳联系起来，完成了从这一事物到那一事物的飞跃时，诗就可以作了："乱石当空累十丸，网箍桩铆冀平安"，是直接的写景，也是铺垫。接下来，"人心毕竟思维稳"，是联想，是主流话语，要说它是主题句也可以。最后，"便到千钧一发间"是棒喝，是警示语，而不是套话。三四两句，一顺一逆，形成语言的张力。三四与一二呼应，结构紧密。顺便说，这首诗犯不犯忌呢？我认为不。它的动机是好的，效果也应是好的。

另一次，是年前从北京返成都，天气晴好，在京郊高速路上，看到道边的钻天杨林木叶尽脱，枝间鸟巢十分惹眼，过目难忘。然仅此不足以为诗。当我忽然把这个景象和空巢现象联系起来，完成了从这一事物到那一事物的飞跃时，诗又可以作了，"京郊地冻艳阳高"，写出北国天气的特点，"地冻"与"艳阳高"的强烈对比，是诗的张力的组成部分。"客至年关咒路遥"，写春运，可以使人联想到民工潮。"木落平林天远大，枝头留守有空巢"是写景，而这个即目之景与春运和春运背后的故事，此空巢与彼空巢，形成微妙的关系。这首诗写出了一种关心，目的并不在于讽刺。

叶子的小诗《出轨》，诗的触着，是温州动车事故。但仅此不足以为诗，诗之所以为诗，完全是因为这种出轨和那种出轨，发生了联想，完成了从这一事物到那一事物的飞跃。诗一开始说"让我们小小地出轨一回"，好像是说男女关系。接下来"但一定要比铁道部做得好"，读者恍悟，原来是说动车事故。接下来，"不能车毁不能人亡"，又不是在说动车事件，回到了男女关系的话题，接下来更妙，"如果你答应了"，简直是在要求一个承诺。如此看来，诗写男女关系，似乎是铁板钉钉了。然而不然，"我们就把约会的地点"，这是半截话，是设置悬念，会引起读者的期待：（约会地点）定在哪儿呢？令人万万想不到，诗人会把这个地点"定在温州高架桥上"——这哪里是在说男女关系呢？明明还是说动车事故。这与其说是讽刺，不如说是一次绝妙的消解。艺术就是艺术。用冯小刚的话说，有意义不如有意思。把约会地点定在高架桥上，在现实中为绝不可能。所以，这是一个想象。

流沙河说，好诗不但可以读，而且可以讲。要是出版社约选一本《新诗三百首》，我将不会遗漏这一首小诗，就因为它不但可以读，而且可以讲，而且是神来之笔。

论语言

没有好的兴会，难以写出好的诗词。有了兴会，还得有词儿。没有词儿，就会茶壶里装汤圆——肚子里有，却倒不出。

不少人动辄侈谈意境，却很少注意到语言。流沙河说诗是"说一说"加"画一画"。而诗中之画，不是架上之画，到底还是靠说。所以意境妙与不妙，全凭语言。语言有味，意境大好。语言无味，意境能好，那是天方夜谭。

故曰：没有语言，成何意境！"红雨随心翻作浪，青山着意化为桥"（*毛泽东*），与"红雨无心翻作浪，青山有意化为桥"（*初稿*），只换了两个虚字，而意境相去不可以道里计，措语使然也。

诗词写作的过程，说穿了就是一个作者同自己商略语言的过程，就是玩味"推"字佳还是"敲"字佳的过程。——"敲"字搞定，一个意境成了。或如朱光潜说，"推"字佳（表明寺内无人），一个意境也成了。总之，没有脱离语言的思维（包括形象思维），也没有脱离语言的意境。

汪曾祺说，有人说这篇小说不错，就是语言差点，这话是不能成立的。就好像说这幅画画得不错，就是色彩和线条差一点；这个曲还可以，就是旋律和节奏差一点这种话不能成立一样。语言不好，这个小说肯定不好。同理，如果有人说这首诗的意境不错，就是语言差点，也是不能成立的。

诗有言不尽意，然无言更不能尽意。诗词语汇之贫富，及表达之流畅与否，决定了诗歌是否有可读性和耐读性。小说家说，只有一个名词，只有一个动词，只有一个副词，只有一个形容词，才能准确表达一个意思，诗词也一样。在你的语汇贮存中，永不要缺少那一个词儿。语汇丰富与否，永远是衡量创作水准的重要尺度。杨沫《青春之歌》出版时，茅盾讲了许多优点，说到缺点，只有一句——语汇不够丰富。

文学语言可以是口语化的，但绝不是口语。文学语言与口语的不同之处，在于它的精练。诗歌尤其如此。"自作语最难，老杜作诗，退之作文，无一字无来处。"（黄庭坚）这段话过去被误解得很厉害，好像是诗语全都要有来处似的——其实别人打头就说有"自作语"，只不过"最难"。

自作语即不含故实的语汇，如"思君如流水""高台多悲风""明月照积雪"等。所谓出口成章。自作语常常表现为对口语美的一种发现——"说盟说誓，说情说意，动便春愁满纸。多应念得脱空经，是那个先生教底？"（蜀妓）"难道天公，还钳恨口，不许长吁一两声？"（郑板桥）为什么这些诗语至今仍有语言感应力呢，不正是因其"多非补假，皆由直寻"么！

来处语即来自书本的、有出处之语，广义地讲也就是成语，这类语汇是作者博览群书，含英咀华，从典籍汲取或熔裁而来的，是读书受用的结果。运用得当，可使人于字面之外，产生更多的联想，故胜语更多。文人说"腹笥甚广"，老百姓说"肚子里墨水多"，意思是：谁读书多，谁有词儿，谁的语言能力就强。陶先淮《赠何诗嫦赴美留学》诗云："中华自古擅风流，岂让欧洲更美洲？碧海青天凭寄语，嫦娥灵药不宜偷。"诗劝人学成归国。后二句语本李商隐诗，以嫦娥切诗嫦，尤臻语妙。

无论自作语还是来处语，用得成章，皆成妙谛。

论觅句

作文是从造句开始的。作文好的学生，无一例外是造句好的学生。

造句，也是诗人的功课。唐代诗人于此非常用功——"句向夜深得，心从天外归"（刘昭禹）、"吟安一个字，捻断数茎须"（卢延让）、"吟成五字句，用破一生心"（方干）等，就是夫子自道。

当兴会到来的时候，假如你觉得没有一首诗足以表达此时此刻的心情，这说明你已经有了新意。一二诗句随着诗思同时到来，古人称之得句。最初的得句，往往就是诗中妙语、主题句。诗人往往据以定韵。其他诗句，则是在得句的基础上，循韵觅得的，古人称之觅句，今人或称造句。

有人说："造句乃诗之末务，炼字更小，汉人至渊明皆不出此。康乐诗矜贵之极，遂有琢句。"此言大谬。"胡马依北风，越鸟巢南枝""去者日以疏，来者日以亲"，非汉人之诗乎？"蔼蔼堂前林，中夏贮清阴""有风自南，翼彼新苗"，非陶公之诗乎？岂不造句、炼字耶？只是得来不琢耳。

以琢不琢为分水岭，诗句大抵分为两种，一曰清词，一曰丽句。清词就是单纯质朴口语化的不琢之句，丽句则是密致华丽书面化的追琢之句。

一般说来，民歌偏于清词，文人诗偏于丽句；汉魏陶诗偏于清词，六朝诗人偏于丽句；李白偏于清词，李贺、李商隐偏于丽句；韦庄偏于清词，温庭筠偏于丽句；李后主偏于清词，花间派偏于丽句；李清照偏于清词，周邦彦偏于丽句，等等。但也没有截然的鸿沟，大体而言，古代诗人大多是清词与丽句相济为用，其效果往往相得益彰。

清词是一种天籁，没有太多的加工，粗服乱头不掩国色。"风吹柳花满店香，吴姬压酒劝客尝"（李白）、"弯弯月出挂城头，城头月出照凉州。凉州七里十万家，胡人半解弹琵琶"（岑参）、"多少恨，昨夜梦魂中"（李煜）、"不如向帘儿底下，听人笑语"（李清照），天然好句，得力于爱好口语和学习民歌。丽句则是锤炼、追琢、推敲、意匠经营的结果，古人工琢句者，往往月锻季炼，未及成篇，已播人口，如"风暖鸟声碎，日高花影重"（周朴）、"晓来山鸟闹，雨过杏花稀"（同前），等等。杜甫曰："不薄今人爱古人，清词丽句必为邻。"我们应取这种态度。

"觅句"这个说法，好像诗句是现成地摆在那里，只待诗人去找到就是。就像罗丹论雕塑，说雕像本来就在石头里，只需将多余的部分剔除就是。像是大言欺人，其中也有妙理。古人形容觅句就像捉猫似的："终日觅不得，有时还自来。"

觅不得，无可奈何。然而，当它不请自来时，总不能让它逃走。晚唐诗人唐求平时出游，得到诗句、联语，即捻稿为丸，投大葫芦瓢中，数日后足成之。李贺骑马出门，从平头小奴子，背古锦囊，得到诗句，即书置囊中。凡诗先不命题。及暮归，始研墨叠纸足成之。俄国作家契诃夫的写作札记，全是只言片语，如"在俄国的饭店里，干净的桌布散发着臭味""人越木讷，马越能理解他""最让人啼笑皆非的人，是小地方的大人物"，等等。他的小说中充满妙语。

我自己在旅途中，会随时掏出手机，用短信的方式记录突如其来的、让我感到惊喜的词语、句子或点子。对我来说，手机就是锦囊。

再论觅句

诗句第一要好记。如何好记？大抵自然的语言、接近口语，一读上口，就好记。以黄仲则诗为例，如"三百六十滩，新安在天上""全家都在风声里，九月衣裳未剪裁""太白高高天尺五，宝刀明月共辉光"，等等，都是自然好记的。如果措语痛快，或沉痛，那就更好记了。痛快的例子莫如高适的"天下谁人不识君"，这种句子，过目难忘，随口便传。黄仲则《别老母》诗云："搴帏拜母河梁去，白发愁看泪眼枯。惨惨柴门风雪夜，此时有子不如无。"末句是沉痛的例子。我写《锦里逢故人》诗，完全是因为有了"万一来生不再逢"这句而写的，全诗是："涸辙相呴以湿同，茫茫人海各西东。对君今夕须沉醉，万一来生不再逢！"

非自然的语言、纯属文言，要理解了才好记，如"强作欢颜亲渐觉，偏多醉语仆堪憎""忽然破涕还成笑，岂有生才似此休""能知有母真良友，若解分财已

167

古人""五度客经秋九月，一灯人坐古重阳""墨到乡书偏黯淡，灯于客思最分明""千载后谁传好句，十年来总淡名心"，如斗大橄榄，耐人咀嚼，诗家健语，多属此种，得力于杜诗者也。

诗语贵新，如用熟语，合用仍佳。唐人殷遥"莫将和氏泪，滴著老莱衣"（《送友人下第归省》），上句扣下第，下句扣归省。沈德潜评："真到极处，去风雅不远。'和氏泪''老莱衣'本属套语，合用之只见其妙，有真性情流于笔墨之先也。"友人星汉有"溪水犹如慈母线，春山缝作老莱衣"，佳处不减殷遥。

如将有同一关键词却毫不相干的两句熟语全成一句，则会萌发新的意味，吾尝试之矣。如"天人千手妙回春"之合"千手观音""妙手回人"于一句，"恩怨些些一笑泯"之合"些些恩怨直须哙"（黄仲则）、"相逢一笑泯恩仇"（鲁迅）于一句，他如"人往高处走，高处不胜寒""文章须放荡，拘忌伤真美""驯虎抒须易，放虎归山难"等，平时练习积累，到时或信手拈来，即成妙谛。

七言句较五言句表现力更丰富，铸单句可，铸复句更佳。单句即七字句，如"劝君更尽一杯酒""天下谁人不识君""但使龙城飞将在"等。至有铸十四字句者，即流水对，兹不表。七字句的好处是贴近口语，不足是一览无余。唐李商隐用句中排，一句中有两分句，构成唱叹，便是并列复句。宋杨万里铸句以活法，"语

168

未了便转"，便是转折复句，如"时有微凉不是风"，一句中有两分句，一个四字句加一个三字句，就不那么一览无余，比较耐人寻味。

　　清黄仲则七律，句法变化更多。如《与稚存话旧》之"纵使身荣谁共乐，已无亲养不言贫"，上句为假设复句，下句为因果复句。《思家》之"门前税急应捐产，江上书归定落花。有限亲朋谁眼底？无多骨肉况天涯"，上联是递进复句，下联是转折复句。"能知有母真良友，若解分财已古人。"（《鲍叔祠》）上下句都有两个分句，是条件复句。"强作欢颜亲渐觉，偏多醉语仆堪憎。"（《元夜独坐偶成》）上下都是转折复句，下句还用了倒装，两句作成对仗，更加耐人玩味。

论佳句

怎样才能写出佳句呢？不妨从以下几方面努力。

一是稳惬到位。在意思好的前提下，做到信达。最好语语天成，如王维的"兴阑啼鸟换，坐久落花多""日落江湖白，潮来天地青"，等等。关键字要像一锤打下去的钉子，动摇不得。"中夏贮清阴"的"贮"字，在表达树林里有取之不尽的阴凉这个意思上，就动摇不得。"翼彼新苗"的"翼"字，名词作动词用，妙于形容，也动摇不得。炼字以不害意为前提。拙作绝句云："流水高山自古弹，鼓琴不易听琴难。"一位博雅的朋友见了，建议改一字曰"鼓琴不易听尤难"。这个"尤"字虽然称得上炼字，但不符我的本意（对鼓琴与听琴不分轩轾），就不能改。

二是隽永深厚。炼字是一种方法。互文是另一种方法，如"少妇今春意，良人昨夜情"（沈佺期），"今春意"不只属于少妇，"昨夜情"也不只属于良人，相当于"明亮的夜晚，你也思念，我也思念"那样的意思。加倍是一种方法，如"月色一贫如洗，春联好事成双"（李子），上句将月色如洗、一贫如洗两个意思叠加，下句将春联成双、好事成双两个意思叠加，倍有意味。语未了便转是另一种方法，如"有弟皆分散"（杜甫），上二语未了，下三已转，就写出欣悲交集的人生况味。

三是未经人道。诗词最忌公共之言，反之，最喜独到语、未经人道语，哪怕有一句独到语也好。如"肃立碑前思痛哭，几人无愧对英灵？"（张榕）下句发人所未发，令人低回不已。有一种讨巧的办法是反用名句，如"秋老天低叶乱飞，黄花依旧比人肥"（聂绀弩），下句从李清照"人比黄花瘦"化出，有反讽的效果。还有一种是借韵脚显示立意的清新。毛泽东《和柳亚子先生》依韵得句"风物长宜放眼量"，令人感觉到"量"字并不单纯是作为韵脚而存在，而是一个响亮、清新、合适的字眼。若不考虑押韵，末三字作"放眼看"，反而味同嚼蜡。

四是传达语气。古文中必不可少的虚字，在诗词中可以省略。亦有不可省者，如"何处春江无月明"（张若虚）疑问加否定构成的一个强势的肯定，语气极为饱满，"何""无"二字就不可省。"蜀道之难难于上青天"（李白）、"弃我去者、昨日之日不可留；乱我心者、今日之日多烦忧"（同上）等句中的"之难""之日"，在文义上可省，在表达语气上绝不可省，所谓"嗟叹之不足故永歌之"。"北风卷地白草折，胡天八月即飞雪"（岑参），那个"即"字，活画出乍来边地的内地人的诧异神情，能省吗？不能省。

五是具有张力。在物理学中，张力是分子引力、反作用力、势能等决定的。而在诗句中，张力是由词语搭配决定的。北宋时，有位年轻人写了一首绝句，第三句是"日长奏罢长杨赋"，王安石替他颠倒两个字，变成"日长奏赋长杨罢"，而且教导他——"诗家语必此等乃健"。这个"健"字，是艺术张力的感性的描述。王安石不愧为语言大师，回头看原来的诗句，虽然很溜，却疲软。改后的这个句子，精神得多——"罢"字置于句尾更顺；"赋"字被放七言句很关键的第四字上，更显；"长杨"作为补语，则有陌生化效果，换言之，令人耳目一新。

论张力

张力是一个物理学名词，英文作 tension，意思是拉紧、绷紧。美国的艾伦·退特用以论诗，遂成为西方诗论话语："我提出张力（tension）这个名词，我不是把它当作一般比喻来使用这个名词的，而是作为一个特定名词，是把逻辑术语外延（extension）和内涵（intension）去掉前缀而形成的。"（《论诗的张力》）

在中国诗论话语中，有一个与之相近的概念，就是"健语"。健语即有张力的语言。王安石将别人的"日长奏罢长杨赋"改为"日长奏赋长杨罢"，说"诗家要此等语乃健"。"语乃健"，即诗句乃有张力。如此看来，诗句具有张力，与字句的安排有直接的关系。把诗比作建筑，字词就是石材。比如修建一座石拱桥，石材该怎么下，怎么安放，须做到严丝合缝，方能承受重力。关于张力的本质，汪曾祺说是信息量，非也。信息量是含蓄，不是张力。张力的本质是准确，启功说，什么叫笔力，就是笔道的准确，笔的运行轨迹得心应手，是因为手对它的控制，正因为如此，它才有力。张力的道理，就是如此。

所以古人下字，首重一个"安"字。"吟安一个字，捻断数茎须"（卢延让）、"不知功到处，但觉诵来安"（《随园诗话》引顾文炜）。一要做到准确，如"细雨鱼儿出，微风燕子斜"（杜甫）的"斜"字，"春潮带雨晚来急，野渡无人舟自横"（韦应物）的"横"字，就准确。二要做到生动，如"气蒸云梦泽，波撼岳阳城"（孟浩然）的"蒸""撼"二字，"泉声咽危石，日色冷青松"（王维）的"咽""冷"二字，就生动。三要做到带劲，今人裴慎之有句曰："无核葡萄如玛瑙，多浆瓜果似金球。"孙艺秋见了，改两字云："无核葡萄欺玛瑙，多浆瓜果坠金球。"带劲了，就具有张力。

字句的腾挪也很重要。腾挪的理由有时是为就声律，如"烽火城西百尺楼"之于"城西百尺烽火楼"，"直到门前溪水流"之于"溪水直流到门前"。因打破诗句习惯表达法，将一个习惯性说法，改成一个比较新颖的表达，诗句顿觉精神，也会产生张力。有时是为了警策，如"日长奏罢长杨赋"，比较散缓，压缩为"日长奏赋"四字，就产生出张力。一部分压缩了，另一部分则成为后缀——"长杨"是赋名，"罢"是时态，置于"日长奏赋"之后，则摇曳生姿。腾挪不仅表现在字句间，也表现在句子之间，"桃花潭水深千尺，不及汪伦送我情"（李白），沈德潜说："若说汪伦之情比于潭水千尺，便是凡语。妙境只在一转换间。"（《唐诗别裁》）其间道理，耐人深思。

习惯是诗歌的大敌，陌生化则会带来刺激，带来惊喜，造成新的意义。压缩或重组，作为一种方法，更多地见于成语典故的化用。如"熊鱼自笑贪心甚，既要工诗又怕穷"（赵翼），"熊鱼"二字，便是《孟子》"鱼我所欲也章"一段话的压缩，非常耐人寻味。"与君一席肺腑语，胜我十年萤雪功"（柳亚子），"萤雪"二字，就压缩了车允囊萤、孙康映雪两个掌故，所以耐人寻味。"士经再辱伤心透，官至八抬秋气横"（滕伟明），"秋气横"就是"老气横秋"的重新组装，重组即有新意。

林从龙说："四字成语，放在三四五六字处，殊觉活泼，此乃造句之一法，在对句中尤显，'才如天马行空惯，笔似蜻蜓点水轻。'"这是什么道理呢？原来七言句的节奏是上四下三，四字成语用在那个地方，念来有两字属上，两字属下，就有陌生化的感觉，好像产生了新的意义。与腾挪出新，是一个道理。林从龙的这个意见，与我的经验不谋而合，我写过"谁挥白发老夫泪，自纂黄缣幼妇词""自从心照不宣处，直到意犹未尽时"的对仗，也是这样的用法。

论夺换

最近，遵嘱为一位前辈的集子写前言，一开始写道：

> 我小时候看过一本苏联读物，书名叫《我看见了什么》。对这本书我永远只记得十来页内容，却非常喜欢这个书名。因为它符合我的一个理念，就是：写作能力是从看书中得来的，看到什么份上，才可能写到什么份上。换句话说，写作的好歹，完全取决于"我看见了什么"。

我看到这位前辈的集子中，最好的东西是曲艺说唱之类的作品。我就直说如此。接下来写道：

> 至于律诗和辞赋，那是作者的业余爱好，写到目前这样也不容易。律诗是中国传统诗歌最精粹的

样式，易学难工。在成都，有一位诗人说："格律上的问题，半天工夫就解决了。语言上的问题，十年工夫不一定过得了关。"这句话门外汉简直就不会懂。怎样才算高水平写作呢？举个例子吧，"5·12"汶川特大地震后，有人这样写："探身火海莫辞劳，野有哀鸿啼未消。知尔从来重孝悌，好生推及到同胞。"写父亲送儿投身救援。前两句，合格水平，后两句，高水平——写得自自在在，而又感人至深。作者目前的诗，已经达到了前两句的水平，离后两句的水平还有差距。

"佳句听人口上歌，有如绝色眼前过。明知与我全无分，不觉情深唤奈何。"袁枚真是个爱诗的人，听别人吟出佳句，就羡慕得要死——怎么他倒有，我倒无？什么是佳句？孔子说："辞达而已。"所谓"辞达"，就是语言到位，四川话说"话要拿一"。这里须有两个到位，一是语汇的到位，二是语言关系的到位。"年年岁岁花相似，岁岁年年人不同"，初唐刘希夷写的，只用了八个字（八个字中"年""岁"二字还是同义词）话就拿一了，弄得大诗人宋之问羡慕得要死。赵洪银送张健出任剑阁县县长的七言绝句，次句为"七十二峰肩上扛"，得到李维老夸奖。我替他书写这首诗，跋语说："古有'红杏枝头春意闹'尚书，今有'七十二峰肩上扛'厅长。"也对他这句诗表示赞赏——语言关系到位也。

人读杜诗，皆知"万里悲秋常作客，百年多病独登台"（《登高》）之妙，不知"汝啼吾手战，吾笑汝身长"（《元日示宗武》）之尤妙也，纯用口语，亦有七八层意思。父看到儿长个，欢喜，一层；父看到儿懂事，欢喜，二层；儿看到父的手战，心酸，三层；父看到儿心酸自己也不免心酸，四层；儿克制不住，五层；父装作没事，六层；将儿的心酸和父的欣慰并置起来，倍觉悲欣交集，七层。总之，十字感慨无端，曲尽人情。同等的佳句还有"病中吾见弟，书到汝为人"（《喜观即到复题短篇二首》），"有弟皆分散，无家问死生"（《月夜忆舍弟》），等等，不但感人至深，而且耐人寻味。

以上几例在语言上属于原创。原创就是直寻，往往贴近口语，以古诗为多，如"池塘生春草"（谢灵运）、"高树多悲风"（曹植）、"明月出天山"（李白），等等。似乎特别适宜表现沉痛朴素的思想感情，如"惨惨柴门风雪夜，此时有子不如无"（黄仲则）。又如网络诗词之"君来一何晚，我去已多年"（秦月明），也为人称道。然而，远不是所有的诗语都能做到直寻而妙。

原创难。就拿讲笑话来说吧，一个人一辈子要讲多少笑话，但有几个是原创的呢？季羡林甚至说，创造一个笑话同发现一个定理同样困难。这个说法可能夸张了一些。不过我回想了一下，自己平素所讲的笑话，出于原创的不超过五个——屈指可数。语言的原创同样不容易。文化元典占有先机，原创多一些，如《庄子》创造的成语就数以百计，《老子》《论语》《孟子》中的成语也不少。而后人要创造一个成语，则困难得多。网络上每年会造出一两个流行语，过一两年就不流行了，能成为成语的又有几个呢？无怪黄庭坚说"自作语最难"——"自作"就是原创。

不过，要论语言丰富，到底还是后人的语言比较丰富。此无他，恰如牛顿所说，是站在前人肩上的缘故。要是每个人都从起点做起，就没办法向前发展了。学问就是积累。前人验证过的结论，今人可以直接拿下。同理，前人创造的语言，也应该为我所用，才能超越前人。黄庭坚说，杜诗韩文"无一字无来历"，贺铸自谓"笔端驱使李商隐、温庭筠，常奔命不暇"，从积极的角度去理解，就是读书多，古人的许多好处他都拿下了。

何啻杜甫、韩愈、贺铸如此，天才如李白也如此，他写歌行，一下笔就拉杂使事、驱使古人奔命不暇。盖其少年时曾三拟《文选》，在读书上是下了死功夫的。有一段诗话这样说："读太白乐府有三难：不先明古题辞义源委，不知夺换所自；……不读尽古人书，精熟《离骚》、选赋及历代诸家诗集，无由得其所伐之材与巧铸灵运之作略。今人第谓太白天才，不知其留意乐府，自有如许功力在，非草草任笔性悬合者。不可不为拈出。"（《唐音癸签》引遯叟）

这段话里提到"夺换"。所谓夺换，就是夺胎换骨，就是读书受用，就是借前人酒杯浇自己块垒，借前人材料而自铸伟辞，也就是"无一字无来历"，"笔底驱使李商隐、温庭筠，常奔命不暇"。这要靠平时的积累，而不是"临时抱佛脚"办得到的。前人写诗有两种情形，一是马（驴）背上哼成，二是摊书满床。摊书满床，容易吓跑灵感。若不是李商隐那种兴会特好的人，切莫照样去做。马背上哼成呢，则怕腹中草莽。若能腹贮五车书，问题就解决了。

语言天分有先天，尤其有后天——阅读的功夫就是后天的功夫。第一是阅读量——看你的书读得多不多。前人谓语汇贮存量为"腹笥"。读书多，语汇贮存量大，腹笥就广，你就不会缺少语汇。第二是读书得间，"得间"就是得解，就是独具会心——主要是对语言关系独具会心。四川人说"要有眼水"，就是说要识货，要能鉴别语言的好坏，而不能"两眼一抹黑"。

我为滕伟明诗集写前言，说过这样一番话："诗才是从阅读中产生的。读到什么份上，才可能写到什么份上。读到见了诗家三昧，不写则已，写必不落公共之言，下笔即有健语、胜语、妙语，而无稚语、弱语、平缓语。"我还说，一个诗人有两个琢磨，一是琢磨生活，二是琢磨语言，两个琢磨都到位时，写出的东西就"不摆了"。你看他写村小："落眍大眼儿，长襟与膝齐。升旗不成列，犹唱妃呼豨。"真是状难写之景如在目前，含不尽之意见于言外。"妃呼豨"是乐府诗里的泛声，一个现成的词，对应"呼儿嗨哟"，令人忍俊不禁，这就是读书得间。写《杨丽萍孔雀舞》才四句就整出一个"八千鸟喙顿忘啄"，据他说，是从剧场有八千个座位得来的，然而，这里有"六宫粉黛无颜色"垫底。他写新娘："里巷小儿齐拍手，就中红脸是新娘。"大类白话，却整抬了李白五个字——你看："襄阳小儿齐拍手，拦街争唱白铜鞮。"（《襄阳歌》）有人说，再不经典的东西，传上一百年都经典了。李白诗传了上千年，连"小儿齐拍手"都经典了。

"郭老不算老，诗多好的少。"这是大家的自嘲。对于更多的人来说，"诗多好的少"，原因一在不能饱学，二在看不到份上去，写起来不免词穷。于是硬着头皮直寻、拼凑、自作、生造，"草草任笔性悬合"。一句话，透支语言。写起来费劲，读起来也费劲。好的诗，要无艰难劳苦之态。要这样，就必须多读书，多贮语，多玩味。

曾缄作《布达拉宫词》以"拉萨高峙西极天"起，接下来写道"黄教一花开五叶，第六僧王最少年"，语言的张力就出来了。语有张力，就是健语。古人谓一代君王为一叶——如"国家六叶，吾门三相"，用"一花开五叶"来表达藏传佛教（黄教）已经五世达赖，妙妙。"高出西极天"拈自李白诗，"某某最少年"拈自吴伟业诗，均如自己出。杨启宇咏史诗云"祖龙幸得今年死，从此高斯是佞人"，夺换自"侯门一入深如海，从此萧郎是路人"（崔郊），却不雷同。萧郎本来不是路人，却成了路人。而赵高、李斯本来就是佞人，然时候未到，你还不能说他是佞人。夺胎换骨，婉而多讽，所以为妙。其《读杜工部集》，有一联曰"倘使当时无李白，颉颃千古只湘累"，在语言上就接近杜诗。杜诗有这样的对仗"酒债寻常行处有，人生七十古来稀"（《曲江》），"寻常"对得"七十"，"当时"也对得"千古"。对法略有不同，道理总是一样的。

有些诗语初看似"自作"，其实有书垫底。如李维老《惜良缘》以流水对结尾："感君千尺澄潭水，润我半生苦旅魂。"直追唐人悼亡。自叙其本事云，其诗先成六句，尾联反复吟咏而未安，搁置经年。一日，吟李白"桃花潭水深千尺"之句，触发灵感，始成完璧。这是有意识夺换的例子。而更多的夺换，则在有意无意之间。如开篇提到的"知尔从来重孝悌，好生推及到同胞"，就有"知汝远来应有意，好收吾骨瘴江边"（韩愈）垫底。又如"尝记花中君爱白，从今只著素衣裙"（孟依依），就有"记得绿罗裙，处处怜芳草"（牛希济）垫底。盖读书受用，常在有意无意之间。

有首歌唱道："樱桃好吃树难栽。"一个人只爱写，不爱读，好比只喜欢栽树而不喜欢吃樱桃，天下有如此道理乎！韩愈说："沉浸浓郁，含英咀华。"又说："口不绝吟于六艺之文，手不停披于百家之编。"近得殷明辉赠《溯洄集》，浏览一过，颇有可观。其后记云："回忆少时，常以能通背《唐诗三百首》饮誉亲朋，其后搦管拈韵，竟得力于此，则昔日背诵功夫，未为白费也。"人有锦心绣口，正是含英咀华的结果。

最后，谈谈自己的写作体会，我是怎样写关于青海玉树地震的两首五律的。写前有一个想法——写出来，要让人不看题目，便知是写青海玉树地震，而不是写汶川地震。

第一首写高原抢险。"不往高原去，焉知抢险难"——这就是玉树了。十字一气呵成，即有张力。接下来紧扣高原抢险难——"有风氧气薄，不雪夹衣单"，两句各有一次转折，按前人的说法，这是"语未了便转"。这两句有杜诗"无风云出塞，不夜月临关"（《秦州杂诗》）垫底。接下来是呐喊，也是释放："滥震何为地？精诚可动天。"有"地也、你不分好歹何为地"（关汉卿《窦娥冤》）垫底。上句说地，下句可用天对，亦可用人对，而"精诚可动天"从字面上看是用天对，从内容上讲则是用人对。最后为精神寻根——"昔闻格萨尔，定力至今传。"格萨尔王是青海藏民传说中坚忍不拔的英雄，生活年代相当于北宋。宕开一笔，诗就有了深度。

第二首换个角度，写义工（写组诗，换角度很重要）——此人名叫黄福荣，身罹糖尿病，从汶川到玉树，一再做义工。舍己救人，不幸牺牲。前一首直抒胸臆，比较发露，这一首就换个写法，不犯本位，尽量含蓄（写组诗，换写法也很重要）。"病骥志千里，长云暗雪山"，上句用曹操诗，改"老骥"作"病骥"以切事情；下句用王昌龄诗，掐掉了"青海"二字。次联"偏逢连夜雨，最是五更寒"是诗化语言。诗化语言的好处是容量大，次生灾害呀、余震呀，一切雪上加霜之事，都包含在"连夜雨"三字之中。"五更寒"来自后主词，对应黎明前的黑暗。"连夜""五更"是活对。两句以"偏逢""最是"勾勒，造成唱叹的关系。"惯饮香江水，宁愁青海湾"，则有岑诗"知君惯度祁连城，岂能愁见轮台月"（《送李副使赴碛西官军》）垫底，也是诗化语言。"求仁仁既得，马革裹尸还"，黄福荣说过"人生不作床箦死"一类的话，他的死是求仁得仁，是死得其所，是重于泰山。所以，不作惋惜语，不作悲痛语，而作泰然语，才是为人物写心。"马革"暗关篇首的"病骥"，这是一种细致的语言关系。

　　这两首诗获得《诗刊》首届（2010 年度）诗词奖。写诗当然不是为了获奖。不过，获了奖，说明评委一定是"看见了什么"的。

论韵律

诗词是诉诸心灵和听觉的艺术，因而有韵律的追求。

诗有内在韵律，有外在韵律。近体诗须约句准篇，还有骈偶和调声。汉语多单音词，汉字是方块字，汉语诗歌句式又比较划一，一组对仗的意思，从语音到文字上可以搞得十分整饬。汉语成语就存在大量的对偶组合，如一清二白、三长两短、四通八达、五颜六色、左顾右盼、南辕北辙、家长里短、国泰民安，等等，在别的语种如英语中，则很难做到。律诗与骈文、楹联、八股文一样，是汉语特有的文体，其形象思维，就是对仗的思维。

外在韵律就是声律，在格律诗中占据主导地位，其精神可以简单概括为四个字，就是"相间相重"。相邻的音节、同联的两句、相邻的两联，平仄安排不同，这是相间。律诗的前半和后半，折腰格绝句的前半与后半，平仄安排大体相同，这是相重。

调声从本质上讲，就是平仄的思维。什么是平仄思维呢？简单说，诗句的出现，是以两个音节为单位，平仄相间、周而复始，"前有浮声，则后须切响"（沈约）。样板戏《智取威虎山》里有一句唱词，原来是"迎来春天换人间"，后来毛泽东给改了，把"春天"改成"春色"。这就是平仄的思维在起作用。汪曾祺说，"迎来""春天""人间"基本上是平声字，安上腔是飘的，没法唱；换个"色"呢，把整个声音扳下来，平衡了。

习惯平仄思维的人，一个诗句形成的时候，平仄基本就调好了。即使没有完全调好，捣鼓捣鼓，腾挪一下，也就好了。"烽火城西百尺楼"（王昌龄《从军行》）不能作"城西百尺烽火楼"，"直到门前溪水流"（常建《三日寻李九庄》）不能作"溪水直流到门前"。这就是平仄思维的结果。

论入声

写作诗词，韵是一定要押的，律诗的平仄是一定要讲的，"不讲平仄，即非律诗"。

然而，押韵是率由旧章，依平水韵，还是改弦更张，依新诗韵？平仄的划分是依平水韵，还是依普通话重新划分？这是诗词写作的两大问题，对此众说纷纭。其实，韵部从来可以调整，这一点上并没有太大分歧。分歧集中到一点，就是入声要不要保留？围绕入声的废存问题，争论者就分化为两派——"废入派"和"存入派"。

入声是古代汉语四声之一，在普通话里消失了（原入声字已分别归属普通话的四声，归属阳平尤多）。这就是"废入派"的理由。

然而，入声却依然存在于吴语、粤语、闽语、湘语、客家话等方言中。没有这个"然而"和有这个"然而"是不同的。没有这个"然而"，事情或许好办得多。有了这个"然而"，你就没法说入声已死。普通话作为官方所推广的纯正的、标准化语言，固然有助于大范围（全国性、国际性）的人际交流，这是毫无问题的。其功甚伟，也是毫无问题的。然而，当这个范围局限到一定区域（如粤语区、吴语区），尤其是文学（小说、诗词）创作时，它的优势就不那么明显。在这里，普通话不但不能把方言干掉，而且得大大乞助、乞灵于方言。有一种随处可见的现象，作大组发言自然而然地操着普通话的人，一转为私下交谈、窃窃私语，马上切换为方音，似乎其中有一种微妙义理，用普通话无法传达似的。事实正是如此。对于天然排斥标准化，追求个性化的文学创作，尤其如此。

"小说是写语言"（汪曾祺），尤其是人物语言，有谁见过现实生活中人说话，操纯正普通话的呢，除非是在演播中的赵忠祥、邢质斌。不用说纯用吴语写作的《海上花列传》，不用说《楚辞》——屈原用楚方言创造的一个庞然大物，只说张爱玲小说中的吴语成分、汪曾祺小说中的京片子、李劼人小说中的四川方言、贾平凹小说中的陕西方言，等等，便是小说语言最生动最微妙的部分，甚至可以说是魂、是根，不但阉割不得，有时碰都不能碰。文学爱好者，聪明的读者，不在吴语区的人读张爱玲、不在北方话区域的人读汪曾祺、不在四川话区域的人读李劼人、不在陕西方言区的人读贾平凹，对于那些微妙处，久而久之，也能心领神会，而不会莫名其妙。有时不是读出来的,而是看出来的。你说怪也不怪。

入声原来植根于一片文学的沃土,那就是唐朝以来世世代代积累下来的、以李杜苏陆为代表的、汗牛充栋的、传统的、经典的诗词文本。熟读、感受、研习这些文本,成为后来者从事诗词写作的一个前提。无怪王蒙将传统诗词比作一棵大树,认为诗词作者都"把这棵中华民族的精神之树,语言之树放在第一位",同时把自己的创作看作是为之添枝加叶、踵事增华——必须与大树"匹配"。入声,自然也在"匹配"的内容之列。

传统诗词在黏对上只讲平仄,在押韵上却要区分四声,平声韵不用说,关于仄声韵,一般不通押。上去声或可通押,但入声绝不与上去声通押。有一些词牌,如《忆秦娥》《满江红》《念奴娇》,等等,其正格一定要用入声韵的。《忆秦娥》的始词为:

> 箫声咽,秦娥梦断秦楼月。秦楼月,年年柳色,灞陵伤别。乐游原上清秋节,咸阳古道音尘绝。音尘绝,西风残照,汉家陵阙。
>
> ——李白《忆秦娥》

这个词调最大限度地发挥了音律的作用,它韵脚很密一韵到底,两片间都有一个三言句部分地重复着上句,对上句尽了和声的作用,同时逼出下一个韵脚来,以唤起新的情绪、新的意念，这在意义上并不必要，但在音调上是需要的。再就是用短促急收的入声韵，大有助于怅惘、迷茫等情绪的表达，这在意义上也不必要，但在音调上是需要的。这是一种纯歌曲的做法，这里面充满神韵。在保留入声的语言区域，用方音来诵读这首词，确实是别有风味。

清初诗人龚鼎孳酒酣赋诗，好用杜诗韵脚，作歌行也这样，别人问他为什么，龚笑道："无他，只是捆了好打。"（王士禛《香祖笔记》）这是一句笑话，但也有些意思——若非龚氏谙熟杜诗，对杜诗用韵之妙心领神会，如何能做到"捆了好打"？北宋李之仪《忆秦娥》（清溪咽），题下注"用太白韵"；毛泽东《忆秦娥》（西风烈）虽未特别说明，也用太白韵，道理是一样的——因为他们深知入声之妙。

凡诗词作者，谁能不受经典文本的沾溉陶育呢。没有一定量的古典诗词垫底儿，在创作资格上就有问题。对经典文本越是熟悉，积淀越是深厚，对入声的认知，越是深入血脉，成为意念，读不来的，却看得来——用张爱玲的话说，"一个字看得有笆斗大"。如把入声取消了，有一种感觉就会随之消失。如果把入声字作平声字用了，不用留神看，那些字自会蹦出来，让人感觉不爽。

正所谓"牵一发而动全身"。一位推动"新声韵"的编者承认："作者一时疏忽，沿用了旧韵的习惯，把已读平声的原入声字，错用作了仄声，造成出律。……有些本刊发表的标明'新声韵'的诗作，其中存在把已读平声的原入声字用作仄声的现象，这是编辑审稿把关不严造成的疏漏。"（赵京战《新韵三百首》）其实，这与其说是"疏忽""疏漏"，不如说是尴尬。因为这里存在一个悖论：不熟悉诗词经典文本的人，写作必别扭，怎么看也不入流。熟悉经典文本的人看"新声韵"诗词，倘不涉及入声，万事皆休；如将入声字用作平声字，感觉亦别扭，怎么看也不匹配。

总之，撼山易，撼入声字难。

清人吴乔说："古人视诗甚高，视韵甚轻，随意转叶而已，以诗乃吾之心声，韵以谐人口吻故也。"（吴乔《围炉诗话》卷一）故不必把韵部看得那样神圣，合并调整的事，不是不可以做。却不必大动干戈，把入声这个根本性的、很敏感的东西拿掉。正如学习文言文，词汇尽可吐故纳新，却不必将文言虚字这个标志性的、很敏感的东西拿掉一样——还是要之乎者也矣焉哉，不要啊吗呢吧的地得。其理由不是别的，同样是由于经典文本汗牛充栋的存在。

当代诗词创作用韵，除"废入"而外，有这样几种主张：1. 诗依诗韵，词依词韵。2. 混合诗词韵而从其便（诗韵分部太窄，词韵对诗韵进行了合并，但对个别韵部有所分解，但总体上讲，词韵较诗韵为宽）。3. 在保留入声字的前提下，厘定新韵。由于不废入声，这几种办法，不管用哪一种，都不会产生别扭的感觉，正如唐诗宋词韵部划分不同，却并没有异样感觉。

吾师宛敏灏先生曾说："予既主张从当代口语取押，或混合诗词韵而从其便。但自作则仍依《佩文韵府》及《词林正韵》等，畏人斥为不知韵也。"（**宛敏灏《晚晴轩诗词选》**）这种态度说保守也保守，说审慎也审慎。

至于新编韵书，我比较拥护中华书局上海编辑所的《诗韵新编》，因为它依据了现代汉语，而又区分出入声字。编纂者是上海文史馆七位馆员，皆属语言学专家，使得这部韵书有一定权威性。此书自 1965 年初版后，多次重印，是一本经过市场和时间检验的韵书，非常实用。愿意以新韵创作的人，大可参考此书，最好注明押韵的根据。

江河奔流，大浪淘沙。要写就写衔接传统的诗词，要写就写经得起时间考验的诗词。以刊物相倡导，自是一种诱惑。有志者不必为了发表，而有所苟从也。

论结构

诗的结构，起承转合，本质上是一种内在韵律。郭沫若说："内在韵律便是'情绪的自然消涨'……这种韵律非常微妙，不曾达到诗的堂奥的人简直不会懂。这便说它是'音乐的精神'也可以，但是不能说它便是音乐。"

林庚谈曹操《短歌行》说，一方面是人生的无常，一方面是永恒的渴望；一方面是人生的忧患，一方面是人生的欢乐——这本来就是人生的两个方面，难得它表现得如此自然。读者只觉得卷在悲哀与欢乐的旋涡中，不知道什么时候悲哀没有了，变成欢乐，也不知道什么时候欢乐没有了，又变成悲哀。这是在说结构，也是在说内在韵律。李白《将进酒》的结构是大起大落，这就是说，它的内在韵律是大起大落的。

《红楼梦》第二十八回写冯紫英家席间行令，拟定四句分叙女儿家的悲、愁、喜、乐，是对令词结构的安排，也是内在韵律的安排。宝玉的一首是："女儿悲，青春已大守空闺。女儿愁，悔教夫婿觅封侯。女儿喜，对镜晨妆颜色美。女儿乐，秋千架上春衫薄。"几句诗概括了女孩子一生的悲欢，最后一句尤为出彩。接下来写薛蟠行令更妙：

薛蟠道："女儿悲……嫁了个男人是乌龟。"众人听了都大笑起来。薛蟠道："笑什么，难道我说的不是？一个女儿嫁了汉子，要当忘八，他怎么不伤心呢？"众人笑的弯腰说道："你说的很是，快说底下的。"薛蟠瞪了一瞪眼，又说道："女儿愁……绣房蹿出个大马猴。"……云儿笑道："下两句越发难说了，我替你说罢。"薛蟠道："胡说！当真我就没好的了！听我说罢：女儿喜，洞房花烛朝慵起。"众人听了，都诧异道："这句何其太韵？"薛蟠又道："女儿乐，一根鸡巴往里戳。"众人听了，都扭着脸说道："该死，该死！快唱了罢。"

妙在何处呢？妙在第三句道出后，众人都诧异道："这句何其太韵？"原来曹雪芹为薛蟠安排的这首小令，除了悲、愁、喜、乐外，还有一重韵律：粗鄙——粗鄙——何其太韵——更加粗鄙。这是一个喜剧性因素，第三句何其太韵非常重要，狗嘴里居然吐出了象牙，它制造出一个惊喜，然后这个惊喜马上就被更加粗鄙破坏掉了。如果没有这样的内在韵律，这一段文字就完全是恶搞，删掉亦不足惜。

七绝作法，元人杨载概括为"以第三句为主，而第四句发之"，其言是也。这也是说结构，说内在韵律的。友人钟振振以排球为喻，说七绝前二句好比一传，三句好比二传，须到位，末句是扣球得分。这就比杨载说得还好，曾登重庆"南山一棵树"观夜景，作诗云：

> 云台露叶舞风柯，快意平生此夕多。
> 人在乾元清气上，三千尺下是银河。

前两句是一传，措手随意；"人在乾元清气上"是二传，把球高高托起；末句是扣球得分，扣得很死。

"5·12"汶川特大地震一周年之际，刊物索句。因为去年写过一首歌行，打算写一首七绝。什么题材呢，短信。在我的手机里，存有许多地震那天的短信，不过是问个平安而已，却读之令人感动。因成一绝：

> 检得去年短信息，温情骤起一丝丝。
> 等闲三字君安在，发自天摇地动时。

前两句引出短信，是铺垫。第三句说"等闲三字君安在"，把情绪压下来，既然是"等闲"三字，又何以叫人感动呢？末句给出阐释——"发自天摇地动时"。一句说平常，一句说不平常，这就是内在韵律，也便是这首七绝的结构。

论章法

前人对于章法有很多讲法，如说杜甫《丹青引赠曹将军霸》画人是宾，画马是主；却从善书引起善画，从画人引起画马，又用韩幹之画肉，垫将军之画骨；末后搭到画人。章法错综，亟宜究心。我看他只是将感触最深的诸点一一列出，既是列序，则须分主次。先声夺人者，宜置篇首，然后即入主笔——刘熙载谓作字须有主笔，主笔不立，余笔皆败，然余笔亦不可忽也。作诗也一样，所谓章法，不过尔尔。

我自己写诗，对起句较用心，好比第一颗纽扣必须扣对。或开门见山，或先声夺人，或做大的笼罩，总要先占地步，为全诗提神，写广元之行是"飞车过蜀北"，写海啸是"版板小碰撞，能量大放释"，写地震是"一山回龙沟中起"，写赌城是"人生何处不博弈"，写悼哥哥是"世间废物多不死"等，这不是我的发明，从前人那里学来的——如"风劲角弓鸣"（王维）、"带甲满天地"（杜甫）、"送客飞鸟外"（岑参）、"黑云压城城欲摧"（李贺）、"海外徒闻更九州"（李商隐），突兀而来，直疑高山坠石，令人惊绝。如"大江流日夜"（谢朓）、"高树多悲风"（曹植）、"明月出天山"（李白）、"蜀僧抱绿绮，西下峨眉峰"（同上）等，居高临下，势如破竹。前人谓有"入门下马气如虹"（李贺）之概、"黄河落天走东海"（李白）之势。鲁迅七绝，几乎首首先声夺人，如"风生白下千林暗""岂有豪情似旧时""无情未必真豪杰""文章如土欲何之"，等等，最为可法。

至于中幅以下，我从来不是计划先行，倒是发散思维，随兴之所至，然而，精气神又凝聚在几个点（关捩点、亮点、兴奋点）上。对关键词与关捩点——是三个，是五个，还是心中有数的。其先后的排序，则主要依据感情跌宕和平仄转韵而定。既要行云流水，又要"郴江幸自绕郴山"，不即不离，不能像挠痒挠不到痒处，那是会很不爽很不带劲很难受的。

去年君来时，相约诗文事；今年春已归，期君君不至。昨日之日同为人，天涯倾盖一相亲。惯披肝胆酬知己，乐向江湖寄此身。若非佳士不握手，必逢清景始写真。数笔能下畸人泪，一生难答慈母恩。书成半夜一嚎啕，画罢投笔自逡巡。可怜八斗精英气，竟杀三江情性人。闻君今旦在鬼录，杨牧太息王甜哭。蜀都米贵居不易，人百其身哪可赎！
纷纷讦告谀苟活，损失于人未必多。如君又非老不
死，吾侪焉能鼓盆歌！永别终须是暂别，西出阳关
君去疾。地下应逢在华兄，休揭疮疤话夙昔！

——欣托居《怀张孟》

"去年君来时"四句款款道来，"昨日之日同为人"
四句另表一枝，"若非佳士不握手"四句持续延宕，
"书成半夜一噙唽"二句异军突起，"可怜八斗精英气"
二句断岸千尺，"闻君今旦在鬼录"四句低回不已，
"纷纷讦告谀苟活"二句稍稍游离，"如君又非老不死"
二句回归本题，"永别终须是暂别"二句突然升华，
"地下应逢在华兄"二句余音袅袅（杨牧谓此二句道尽
张孟一生淤堵于心中的块垒，休是休不了的），诗思虽
有很强的跳跃性，却有内在韵律（感情跌宕）和外在韵
律（平仄转韵）的支配，就像珠子被线穿着，绝不会
散乱。

论唱叹

在诗词尤其是七绝中，唱叹是无所不在的，它是构成诗味的重要元素。杂取古今数例，如"桃花一簇开无主，可爱深红爱浅红"（杜甫）、"可怜夜半虚前席，不问苍生问鬼神"（李商隐）、"深处种菱浅种稻，不深不浅种荷花"（阮元）、"未洗尘沙先进酒，凉州古郡夜光杯"（何郝炬）、"拼得相思到头白，宝刀不负负柔情"（李维嘉），等等。

然而人们谈技巧，很少言及唱叹。修辞书中也没有唱叹这一条。故值得一谈。

"唱叹"一词，源于《荀子·礼论》："清庙之歌，一倡而三叹也。"盖周时宗庙奏乐，一人唱歌，三人赞叹而应和之。曲艺的书帽，有"四川人，爱高腔，前头唱来后头帮"。虽不能说就是那么回事儿，但道理总是一样的。清人据此发明一辞，曰"唱叹之音"（恽敬）。

"清庙之歌"代指《诗经》。以风诗而论，《关雎》

不用说，即如《汉广》《桑中》《黍离》《蒹葭》等，至有副歌，借助曲调，无不一唱而三叹，唱叹的目的，是为了尽情、够味。"在心为志，发言为诗。情动于中而形于言。言之不足故嗟叹之。嗟叹之不足故永歌之。"（《毛诗序》）

《诗经》风诗中有很多诗分正歌和副歌两部分，正歌部分每一段是有变化的，如《汉广》的前四句："南有乔木，不可休息。汉有游女，不可求思。"下段就成了："翘翘错薪，言刈其楚。之子于归，言秣其马。"第三段就成了："翘翘错薪，言刈其蒌。之子于归，言秣其驹。"副歌的部分是不变的，如"汉之广矣，不可泳思。江之永矣，不可方思"。我揣测，正歌部分就是一人唱的，副歌部分就是多人和的。

一唱三叹的根据，在诗的内在韵律。"内在韵律便是'情绪的自然消涨'……这种韵律非常微妙，不曾达到诗的堂奥的人简直不会懂。这便说它是'音乐的精神'也可以，但是不能说它便是音乐。"（郭沫若）

诗脱离音乐，内在韵律依然存在，林庚论曹操《短歌行》：不知道什么时候悲哀没有了，变成欢乐，也不知道什么时候欢乐没有了，又变成悲哀——这本来就是人生的两个方面，难得它表现得如此自然。这就是《短歌行》的内在韵律，也便是唱叹之音。

李白《将进酒》"君不见黄河之水天上来，奔流到海不复回；君不见高堂明镜悲白发，朝如青丝暮成雪"，是联与联的唱叹。上一联的出句与对句，自成唱叹。下一联的"朝如青丝暮成雪"，是当句唱叹。宋代有两人对本朝诗抨击最力，一个是刘克庄，他说："少者千篇，多至万首，要皆经义策论之有韵者尔，非诗也。"(《竹溪诗序》)严羽更一针见血地指出："不问兴致"、"盖于一唱三叹之音有所欠焉"。(《沧浪诗话·诗辨》)于一唱三叹之音有所欠焉，诗就缺少风神。什么是风神？风神一词可以讲得很玄，也可以讲得平实。讲得平实一点，就是风诗的神韵。

从刘、严二人的话可知，诗乏唱叹之音，亦是一弊。当然，对宋诗也不能一概而论，如陆放翁律诗、王荆公绝句，岂乏唱叹之音耶？

在唐诗中，尤其是唐人绝句中，唱叹之音是不绝于耳的。而且由内在韵律，固化为一种写作模式。简言之就是一句唱，一句接，"承接之间，开与合相关，反与正相依，正与逆相应，一呼一吸，宫商自谐"(杨载)。一呼一吸，乃自然的、生理的节律，这正是内在韵律的很好的描述。而开合、反正、正逆，则是唱叹的表现形式。或一句肯定、一句否定，如"桃花潭水深千尺，不及汪伦送我情"(李白)、"莫道今兹风不古，古风长在野人家"(赵洪银)。或半句肯定、半句否定，"不爱江山爱美人"(陈于王)。或半句说彼、半句说此，"数声风笛离亭晚，君向潇湘我向秦"(郑谷)、"一个诗囚扯两半，君宜分浪我分仙"(滕伟明)，等等。

前人说七绝独主风神。也就是说七绝饶有风诗的神韵，有唱叹之音。有的绝句一开始就唱叹，如李慈铭评王昌龄《从军行》"琵琶起舞换新声，总是关山旧别情"，说是以"新""旧"二字相起。注意，在这首诗中，相起的两个字并不放在对等的位置上，四川人说，这是"偏起对"。正着对的如"世有难伸理，人无必报仇"（曾渊如），当然这不是绝句，是五律，道理还是一样的。王士禛称"大江流汉水，孤艇接残春"（费密）为"十字千古"，我认为可以移用来说这十个字。这十字节，也充满唱叹之音。

但七绝中，更多的是唱叹是放在后半，即下一联——"多以第三句为主，而第四句发之"、"婉转变化工夫全在第三句"（杨载），"绝句精要，第三句是"、"绝句健决第四句是"（明·周履靖《骚坛秘语》）。正因为如此，今人钟振振以打排球喻七绝，说第三句是二传，第四句是扣球，这也便是跌宕，也便是唱叹。滕伟明说第三句要捂盖子，第四句要抖包袱，这也便是开合，也便是唱叹。

一联诗句的唱叹，上句要让人感到是半截话，是提唱；所以对下句有所期待，即应答。因此有勾勒字面，也就是把两句联系起来的字面。

勾勒的方法很多，或用否定词，如"深林人不知，明月来相照"（王维）、"不及汪伦送我情"（李白）的"不知""不及"；或用限制语，如"只今唯有西江月，曾照吴王宫里人"（李白）、"唯有门前镜湖水，春风不改旧时波"（贺知章）的"只今""唯有"；或是设问，如"今夜曲中闻折柳，何人不起故园情"（李白）、"日暮征帆何处泊，天涯一望断人肠"（孟浩然）的"何人""何处"，"肃立碑前思痛哭，几人无愧对英灵"（张榕）的"几人"；或用假设语，如"洛阳亲友如相问"（王昌龄）的"如相问"；或是呼告语，如"莫愁前路无知己"（高适）的"莫愁"，"醉卧沙场君莫笑，古来征战几人回"（王翰）的"莫笑"；或为关联词，如"见说白杨堪作柱，争教红粉不成灰"（白居易）的"见说""争教"，"小荷才露尖尖角，早有蜻蜓立上头"（杨万里）的"才露""早有"，"冢上已生三宿草，人间始重万言书"（杨启宇）的"已生""始重"，等等。勾勒要不落套，如杜诗"岱宗夫如何""白也诗无敌"，用语气词作勾勒字面，完全是跟着感觉走。

　　对仗的属性之一，也便是唱叹。以对仗作唱叹，可称对仗式唱叹。这里要说说一种含有对仗因素的句法。这种句法初见于楚辞带"兮"字的七言句，常常成对出现，《国殇》通篇充斥这种句子，如"旌蔽日兮敌若云，矢交坠兮士争先""骖两轮兮絷四马，援玉枹兮击鸣鼓"，等等。在唐诗中，单列的情况更多。仍以李白为例，如"霓为衣兮风为马""虎鼓瑟兮鸾回车""兄九江兮弟三峡"等，虽属单列，仍觉唱叹有味。

　　当"兮"字被逐出唐诗，上四下三怎么对？对仗的要素之一是字数相等，字数不等怎么对？照理说是对不起的。然而，对不起，唐人不但对了，还对得特别有意思——"葡萄美酒/夜光杯"（王翰）、"黄河北岸/海西军"（杜甫）、"黄衣使者/白衫儿"（白居易）、"主人奉觞/客长寿"（李贺），等等。有意思在哪里呢，原来这种句中对的上四，有一字是可以忽略不计的，如前两例；或有两个字捆绑在一起，与对应句的一个字相对立，如后两例。

　　在并不以对仗为必要条件的七绝中，单列的当句对，对整饬诗句的效果特别显著。李商隐是频繁地将这种当句对施于七绝的第一人，如"长河渐落/晓星沉""不问苍生/问鬼神""竹坞无尘/水槛清""得宠忧移/失宠愁""日射纱窗/风撼扉""半作障泥/半作帆""已带斜阳/又带蝉""雨中寥落/月中愁""一片降旗/百尺竿""薛王沉醉/寿王醒""露欲为霜/月堕烟""斗鼠上堂/蝙蝠出""红露花房/白蜜脾""地险悠悠/天险长""他日未开/今日谢""但保红颜/莫保恩""碧鹦鹉对红蔷薇""李将军是故将军""雏凤清于/老凤声""刻意伤春/复伤别"，等等。

　　近人所作如："英雄多故/谋夫病，泪洒崇陵噪暮鸦"（鲁迅），"行太卑微/诗太俊，狱中清句动人怜"（郁达夫），"杀人无力/求人懒，千古伤心文化人"（田汉），"情最生疏/形最密，与君异梦却同床"（钱锺书），"汝亦中年/吾已老，情亲灯火话儿时"（杜兰亭），"望梅亭外枝枝白，知是梅花/是雪花"（李伏波），"前村无路凭君踏，夜亦迢迢/路亦长"（遇罗克），"流水高山自古弹，鼓琴不易/听琴难"（欣托居），等等。

这种句法，一定要作得自然，天然凑泊，因势利导，或妙语天成，或语有出处，最好富于哲理，如"横看成岭侧成峰"（苏轼）；其次富于感触，如"但保红颜莫保恩"（李商隐）。不要矫揉造作，浅薄游戏，徒具形式，如"东涧水流西涧水，南山云起北山云"（白居易），可则可，然何妙之有？

最后现身说法一下。最近收到但仲廉老人的四首诗，就写了诗和他。一首专说知音，要反过来说对牛弹琴这层意思，但这个成语不能照用，因为不新鲜。必须陌生化，因此联想到李白的另一个说法"有如东风射马耳"，好，于是作成第一句"招风马耳/听琴牛"，这就有意思了。全诗为："招风马耳听琴牛，所贵人生臭味投；曲竟知音若不赏，出门一笑大江流。"

论通感

　　运用通感，是诗的诀窍之一。为什么要通感？因为诗拒绝迟钝。

　　人有眼耳鼻舌身，故有视听嗅味触。各种感觉综合运用，人因此而认知世界。感觉容有分工，不能断然切割。在生活中，常常听到这类的话："你的笑容，真甜。"笑容怎么会是甜的呢，这就是通感在起作用。所以，瞎子心中，可以是亮堂的；聋子笔下，可以写出最美的音乐。新诗人会有这样的诗句："荷花的香气，就像高楼上渺茫的歌声。"我写《聋哑人舞千手观音》有"失语时分存至辩，无声国度走雷音"之语，读者或谓之通禅，实亦通感也。诗无通感，即无趣。

　　一般意义上的通感，即指五官感觉，交互为用。唐人写音乐，多出以视觉，如李贺《李凭箜篌引》，有"昆山玉碎凤凰叫，芙蓉泣露香兰笑"，后句即通感。郎士元《听邻家吹笙》"凤吹声如隔彩霞"，后两句说

"重门深锁无寻处，疑有碧桃千树花"，以视觉意象描写音乐，与前"隔彩霞"呼应，这里的"碧桃"是天上碧桃，是王母桃花。灼灼其华，竟至千树之多，是何等繁缛绚丽的景象！它意味着那奇妙的、非人世间的音乐，宜乎如此奇妙的、非人世间的灵境。一个"疑"字，写出如幻如真的感觉。

还有一种写法，是从字面联想，引起通感。如李白《与史郎中钦听黄鹤楼上吹笛》结以"江城五月落梅花"，就是从《落梅风》之曲调名着想。高适《塞上听吹笛》后两句"借问梅花何处落，风吹一夜满关山"写笛声，出以视觉意象，是通感的运用。这个通感的造成，也拆用了《落梅风》三字，却构成一种幻觉或虚景，仿佛风吹的不是笛声而是落梅的花片，它们四处飘散，一夜之中和色和香撒满关山。这也可以说是赋音乐以形象，但由于是曲名拆用而形成的假象，又以设问出之，故虚之又虚，幻之又幻。战士由听曲而想到梅花，想到梅花之落，暗含思乡的情绪。这又是融情于景了。

此外，还有一种通感，即人与自然的通感，也就是天人感应。荆轲刺秦王，临行前作《易水歌》，以两句压千古，为楚歌之绝唱。岷峨滕、杨诸公，皆说"超不过"。诗云：

风萧萧兮易水寒，壮士一去兮不复还！

其所以为绝唱，是因为诗中的主题句，即"壮士一去兮不复还"，所写乃是一种烈士之惨怀（当然也是壮怀），即无必胜的把握，亦有赴死的决心，已是非常感人。而第一句的写景，江上秋风萧瑟，忽然掀起一阵大波，令人凛然生寒，这就是一种天人感应，这就写出了荆轲临行的刹那间，天地为之色变。所以两句就无以复加。

陈维崧词"话到英雄失路，忽凉风索索"（《好事近》）是通感。东坡词"乱石穿空，惊涛拍岸，卷起千堆雪"（《念奴娇》），又何尝不是通感。我曾问李维老，最喜欢哪一首毛泽东词，李老应声说"茫茫九派流中国"，即《菩萨蛮·黄鹤楼》。那首词的结尾"把酒酹滔滔，心潮逐浪高"，就妙在通感。《忆秦娥·娄山关》之"苍山如海，残阳如血"，亦妙在通感。

《庄子·秋水》有一段有趣的对话。庄子与惠子游于濠梁之上。庄子说："儵鱼出游从容，是鱼之乐也。"惠子质问道："子非鱼，安知鱼之乐？"庄子辩驳说："子非我，安知我不知鱼之乐？"庄子知鱼乐，实是凭他的直觉，又称第六感。惠子的质问，表明他的迟钝与隔膜。在诗中表现这种直感的，如"今夜偏知春气暖，虫声新透绿窗纱"（刘方平《月夜》）、"竹外桃花三两枝，春江水暖鸭先知"（苏轼《惠崇春江晓景》）等，可谓人与物的通感。

你也可以说这是移情于物。王国维所谓："有我之

景，以我观物，故物莫不着我之色彩。"(《人间词话》)
其实，一般意义上的通感，如"红杏枝头春意闹"（宋
祁《玉楼春》），视觉通感于听觉，何尝又不是移情于
物的结果。

论空间感

为什么强调空间感? 我的回答是, 时间艺术需要找补。

在美学名著《拉奥孔》中, 莱辛说绘画是"凭借线条和颜色, 描绘那些同时并列于空间的物体", 是空间艺术。诗则"通过语言和声音, 叙述那些持续于时间的动作", 是时间艺术。各有优长, 各有局限。画不像诗那样意味深长, 诗不像画那样一目了然。然而, 诗画在一定条件下也能相互转化。比方说, 一个诗人的兴趣偏于空间显现, 他的诗就会呈现出画意。这就是诗的找补。略举一例:

桃红复含宿雨, 柳绿更带朝烟。

花落家僮未扫, 莺啼山客犹眠。

——王维《辋川六言》

诗中桃花带雨、柳树含烟、满地落花、空中莺啼,是同时并列于空间的景物，而时间定在"山客犹眠"那一顷刻。王维的五律诗中，恒有一联甚至两联三联，专作空间显现："大漠孤烟直，长河落日圆""渡头余落日，墟里上孤烟""明月松间照，清泉石上流""泉声咽危石，日色冷青松""万壑树参天，千山响杜鹃。山中一夜雨，树杪百重泉""楚塞三湘接，荆门九派通。江流天地外，山色有无中。郡邑浮前浦，波澜动远空"，等等。就连"行到水穷处，坐看云起时"这样包含着过程的诗句，诗人也通过"处"字将时间意象空间化了，结尾的"时"字，也并不着意于延续性。《红楼梦》中人香菱说："合上书一想，倒像是见了这景的。"

从这个意义上，我们不难理解为什么诗人皆用形象思维，而苏东坡却只说王维"诗中有画"。

诗中有画，不限于写同时并列于空间的物体。诗太像画也不好。所以，还可以写不同空间的并列，这就接近于蒙太奇。"战士军前半死生，美人帐下犹歌舞"（高适《燕歌行》）的并列，让人看其间的差异。还可以写同一空间的推移，即空间不变时间变。"去年今日此门中，人面桃花相映红。人面不知何处去，桃花依旧笑春风。"（崔护《题都城南庄》）"此门中"空间相同，"去年""今日"时间不同，让人看其间的失落（"人面"）。"雁声远过潇湘去，十二楼中月自明。"（温庭筠《瑶瑟怨》）也让人看失落，只不过是进行中的失落（"雁声"）。"潇湘"在这首诗中与其说是一处空间，不如说是一个时间刻度。

还可以是空间、时间同时变化。"客舍并州已十霜，归心日夜忆咸阳。无端更渡桑干水，却望并州是故乡。"（刘皂《渡桑干》）这首诗用一个字点题，可以叫"忆"。一个是过去的时空（十年并州），一个是当下的时空（桑干北），变化中有重复，重复中有变化。似非而是，似是而非。把伤逝怀旧的永恒的主题，表现得独到而深刻。"君问归期未有期，巴山夜雨涨秋池。何当共剪西窗烛，却话巴山夜雨时。"（李商隐《夜雨寄北》）这首诗用一个字点题，可以叫"寄"。一个是当下的时空（巴山夜雨），一个是虚拟的未来的时空（剪烛西窗），写出了人生的补偿，同等独到、深刻，而更为难能。

诗，可以照写生活时空，即循序前进，如："山重水复疑无路，柳暗花明又一村。"（陆游《游山西村》）"山重水复"在前，"柳暗花明"在后，是循序的。又如蒋捷《虞美人》："少年听雨歌楼上，红烛昏罗帐。中年听雨客舟中，江阔云低断雁叫西风。而今听雨僧庐下，鬓已星星也。悲欢离合总无情，一任阶前点滴到天明。"写少年听雨、中年听雨、暮年听雨三个时空，也是循序的。

诗，也可以颠覆生活时空，这就更加接近于蒙太奇。《西洲曲》写男寻女——"西洲在何处？两桨桥头渡。日暮伯劳飞，风吹乌桕树"——扑空了。接下来，倒转去，写女盼男——"树下即门前，门中露翠钿。开门郎不至，出门采红莲"——白等了。在生活中，白等在前，却后写；扑空在后，却先写。这就是时空的交错。为什么要交错？简单说，是为了表达阴差阳错之感，是为了增强表达效果，也是为了别开生面。

新诗也有这样的写法，如"我的书生也感冒了/穿着薄薄青衫坐在傲雪的梅下/咳嗽等我送药/我去了/雪未至梅未开/手中的药凉了又凉"（叶子《失题》）——傲雪的梅下的青衫书生，是第一时空；雪未至、梅未开和手中的药，是第二时空；第一时空的书生需要第二时空的这碗药，第二时空中"我"却找不到第一时空中的书生，这也是在表达阴差阳错。诗还可以这样写，就是现在的"我"认识了之前的书生，也是时空的交错。

不久前我去了一趟剑门蜀道的凉山铺，据说那里的古柏比翠云廊的更好，更加原生态。"拦马墙"是山路上砌成的一道矮墙，是防止马匹跌入深谷的道路设施。这里的古柏参天，道路甚是萧寂，无多诗意。如果穿越时空，回到千年以前呢，感受会迥乎不同，山间铃响马帮来的情景，将络绎而不绝。因成一诗：

参天皇柏岂非材，禁伐千秋遥胜栽。
铃转时光隧道里，前头应有马帮来。

我是这样想的：如果现实空间乏味，也不要紧。要么营造一个虚拟的空间，像《夜雨寄北》那样；要么找回一个历史的空间，像上面这样。

论角度

《晚霞》杂志征诗题目：伟人毛泽东。点评如次：

这个题目太大，同一题材的作品早已汗牛充栋，要不落窠臼，不落公共之言也难。经过筛选出来的作品，上黑板报都是没有问题的。"井冈山，宝塔山，万里长征未下鞍，钟山风雨酣"，读来朗朗上口，且合于律。不过，你会这样写，别人也会这样写。所以不能出彩，不能让人耳目一新。怎么办好？我看不必对人作总体评价，总体评价你作不了。也不必复述《关于建国以来党的若干历史问题的决议》。因为你是写诗，不是写学习心得。不妨偏师取胜，侧面微挑。比如，写伟人的某一个方面。如写对毛体书法的观感："诗书墨笔指长空，流水行云气势雄。静处毫藏千顷浪，动时风卷万旗红。"二三句写得不错，道出了毛体书法气势磅礴复能沉着的特点。不足处，首句稍嫌芜累，结句太凑韵。于是想起近人咏书之作，我喜欢这样两句："未可轻看三点水，奔腾欲涨洞庭涛。"（杨起南《赠湘乡书法协会》）可谓举重若轻，以小见大，得绝句法。就像是在咏毛体书法。

附记：今天午饭中，接到滕伟明兄的一通电话，说他正吃饭，忽然收到近期《晚霞》杂志，翻开征诗点评，一看就笑了。他说，编辑本来是约他的，被他一口回绝了。"伟人毛泽东"，好大的题目，出得太孬了。就是出个"毛泽东与杨开慧""毛泽东与《湘江评论》"也好嘛。题出得太孬，所以一口就拒绝了。"没想到他们又来找你。你点评得太好。真正是难为你了。"言讫大笑。

我说，还不晓得还有这样一个情节呢。编辑在QQ上约稿，没提这件事。记得在《晚霞》杂志开会的时候，我告退早了，就不知道后来的分工，也不记得答应过写这样的点评没有。只是因为编辑将稿子发过来，不容分说，而他们要求写的字数又不多。于是逮到就写了。倒也没有怎样为难。有话就说，实话实说呗。

按，点评中曰"偏师"曰"侧面"，还有以小见大，都牵涉到角度问题。如同肖像摄影，角度分为拍摄高度、方向和距离。拍摄高度又分平拍、俯拍和仰拍。拍摄方向又分正面、侧面、背面等。拍摄距离则是决定景别的元素。此外，还有心理角度，主观角度，客观角度，等等。因此，既可纪实再现，也可夸张表现。角度选好了，甚至可以掩饰对象的缺点，眇一目者也可以拍成美男，半面妆者也可以如同全面。

如果都正面平拍，岂不千篇一律耶。

论诗趣

张应中说我"以趣味为诗",其言是也。作诗无趣,便是自讨苦吃,聂绀弩所言如此。

诗之无趣,往往是因为想象力的贫弱。创作不是纪实,没有想象,即无创作。故写诗不可黏着事实,老在事实上兜圈子。苏东坡说"作诗必此诗,定知非诗人",说的就是这个道理。滕伟明夜宿竹海,事实上索然无味,中夜客房又添数人,忽发奇想曰:"此中大似旧聊斋,……中夜有客破壁来——"这才是诗。

袁枚咏秋蚊,若拘于事实,岂有诗哉!"白鸟秋何急,营营若有寻",这是从事实出发,接下来不复在事实上兜圈子,忽发奇想——"贪官衰世态,刺客暮年心",从蚊子吸血联想到"贪",从蚊子叮人联想到"刺"。由"贪"想到"贪官",由"刺"想到"刺客"。由"秋"字,想到"衰世""暮年",可谓逸想遄飞,令人拍案叫绝。

想象不怕离奇。关键在于，一个离奇反常乃至荒谬的设计，要给它一个前提，使之变得合理，并产生奇趣，故古人有"反常合道"之说。李贺诗有"百石强车上河水"之句，这是多么离奇，然而他给出的前提，是天气奇寒——"三尺木皮断文理"。而"河水"就是河冰。在一个诗会上，诗友们为"寒冷得如此温暖"这个句子发生激烈争论，或认为是好句，或认为毫无道理，纯属文字游戏。其实，只要给它一个前提就行。岑参诗有"忽如一夜春风来，千树万树梨花开"之句，这不是"寒冷得如此温暖"么。

还有一个人所共知的故事。"柳絮飞来片片红"，多么荒诞的诗句，然而，给它一个前提——"夕阳返照桃花坞"，则化腐朽为神奇，是多么有趣。据说，这是金农的杰作。

论绝句

"诗尚短。我的意见就是向来无长诗之存在。"这是美国诗人兼小说家爱伦坡的意见,他解释说:一切的感动全是由于心理的作用,而且是一时的,不能持久。郭沫若也说,好的诗是短的诗。好的长诗大率是短诗的汇集,或者只有其中的某某章节为好。

绝句是传统汉语诗歌最短小的样式。金圣叹分解唐人律诗,就把一首律诗看成是由两首绝句组成。五古中的《西洲曲》,七古中的"四杰体",也可以看作是由若干首绝句组成的。至于词体的来源之一为绝句,也是一个不争的事实。

在中外民歌中,以四句为基本结构的诗体一直占有很大优势,这绝不是一种偶然的巧合。《诗经·国风》中很多诗是四句一章,一篇往往由几个重叠的章节组成,诗的主要内容,通常在第一章就表现出来了。直到近代的民歌,四句体仍然占有明显的优势。川西坝子有一首迎亲歌："关关雎鸠来说亲，在河之洲请媒人。君子好逑说成了，窈窕淑女抬过门。"是现成的一首绝句。

赵宦光曰："诗也者，正所谓言有尽而意无穷，寄无形于有象。……小可谕大，浅可致深，近可寄远……若夫绝句大旨，则已精而益求其精，已简而益求其简。合四句如一句，绎稠情于单词，无言之言，若尽不尽，说者云绝妙之句，即非格制本旨，然亦不大远其名也。"善哉斯言。

绝句基本上在唐代定型，"为唐人之偏长独至，而后人力莫追嗣者"（杨升庵）。不少歌者因唱了一两首绝句而名闻后世。绝句发展的每个阶段上都产生了大批优秀作家，他们留下大量绝句杰作，形成了多姿多彩的艺术风格和流派。宋人在继承唐代绝句的基础上，从题材、语汇的开拓到手法的翻新，有所创新。元、明时代有专宗唐人绝句者，成就皆不及宋人。清季迄今，高手甚多。

时人陈永正工五绝，如："表立第一峰，茫茫独无侣。云从群山来，作我足底雨。"清空一气，意味无穷——人生会遇到很多的风风雨雨，只有占领了精神高地的人，才能够不受干扰，忍受孤独。诗品就是人品。

绝句须有起承转合。钟振振以排球喻诗，滕伟明则说，转是制造悬念，把话题岔开，是故意卖关子，激发读者的好奇心，合是抖包袱。尝作留别蓬溪同乡诗云：

"长江主簿是前缘，落魄巴渝有后先。一个诗囚分两半，君宜分浪我分仙。"第三句就是卖关子，第四句则是出奇制胜。发到网上，都说是好诗。

王亚平诗云："霸气犹存芳草知，骅骝但等我来骑。西指吟鞭挥暮色，伊人应在水之湄。"第一句写草原，是起；第二句写骏马，是承；第三句写跨马，却不转，让人捏一把汗；末句把话岔开，将转、合作成一句——是虚拟，是想象，是憧憬，把"六十走马"这个纪实性题目，升华到一个象征的境界。由此可见，起承转合亦无定法，运用之妙存乎一心。

绝句就该这样写。

论风调

"风调"是与绝句密切相关的一个批评术语。过去一直用，一直没懂。觉得只可意会不可言传，凭着感觉用呗。朱自清说："论七绝的称含蓄为'风调'。风飘摇而有远情，调悠扬而有远韵，总之是余味深长。"（《唐诗三百首指导大概》）说"余味深长"是不错，但说风调就是含蓄，可见他也没有搞懂，也是隔靴搔痒。

近读陈永正文："古诗可以学问阅历养之，律诗可以工力词采足之，而七绝则纯乎天籁，不容假借也。每有民间妇人小子，信口而歌，七言四句，自然成韵，而魁士鸿儒竟不能道其片言只字者。噫，七言绝句，殆真诗人独擅之体，乌得不谓之最尊者乎！"（《〈历代七绝精华〉序》）忽忆清人论绝句，即有"妇人女子，每胜文人学士"之语，竟豁然开朗，我懂了。

明胡应麟《诗薮》，杰作也。开篇即云："绝句之构，独主风神。"这个"风神"，或书作"丰神"——

"七绝诗须要丰神奕奕，浑脱超妙，二十八字一气贯通，令人信口曼吟，低回不厌。"（邹弢）对不起，是写了别字。这个"风神"，就是"风调"。这个"风"，并非可意会不可言传，它就是风诗的"风"、风人的"风"。质言之，即民歌也。朱熹云："风者，闾巷风土男女情思之词。"郑樵云："出于土风，大概小夫贱隶妇人女子之言，其意虽远，其言浅近重复，故谓之风。"因此，"风神""风调"非他，民歌之神髓也。明王世懋云："绝句源出于《乐府》，贵有风人之致，其声可歌，其趣在有意无意之间。"此言得之。

原来绝句短小，著不得学问力气，故文人学士，较之妇人女子，并无优势，而民间作者，往往天机清妙，复接地气，故措语天真，有文人学士不能道其只字者。如南朝乐府之《懊侬歌》："江陵至扬州，三千三百里。已行一千三，所有二千在。"纯用减法，非文士所能梦见，而王士禛谓有妙理，非掩有风调而何。黄仲则《新安滩》："一滩复一滩，一滩高十丈。三百六十滩，新安在天上。"改用加法，殊途同归，此之谓深得神髓，非独主风神而何。

王夫之论绝句："稍以郑重，故损其风神。……此体一以才情为主……率笔口占之难，倍于按律合辙也。"（《姜斋诗话》）"一去二三里，烟村四五家，楼台六七座，八九十枝花。"不知何朝人作也。流沙河羡之欲死，云："游戏固然，确无深意，但是颇有趣味。有趣味便有益。髫年书此，一遍成诵，终身不忘，不知作者是谁。我若能有一首（一句也好）流传到千年后，便做阿鼻地狱之鬼，也要纵声欢笑，笑活转来，再笑，直到又笑死去。"（《流沙河短文·詹詹草》）可为知者道，难与俗人言也。

唐李、王绝句，并称正宗。胡应麟说："太白诸绝句，信口而成，所谓无意于工而无不工者；少伯深厚有余，优柔不迫，怨而不怒，丽而不淫。余尝谓古诗、乐府后，惟太白诸绝近之；国风、离骚后，惟少伯诸绝近之。"（《诗薮》内编卷六）邵祖平说："诗有风人之诗焉，诗家之诗焉。风人之诗者，兴象融怡，俯仰之间自然流露之谓也。诗家之诗者，组炼精深，语不惊人不肯罢休之谓也。"又说："故七绝者，风人之诗。"（《七绝诗论·七绝诗话》）由此看来，李更正宗。

诗分"风人之诗"和"诗家之诗"，另一种说法，是分"诗人之诗"和"学者之诗"。无论哪种分法，大抵前者都是指天机清妙的诗人，后者都是指学以致用的诗人。当然，饱学者也可以天机清妙。宋荦说："诗至唐人七绝，尽善尽美，自帝王公卿名流方外以及妇人女子，佳作累累。取而讽之，往往令人情移，回环含咀，不能自已，此真风、骚之遗响也。"这段话说得好，不管识字不识字，只要天机清妙，绝句都有佳作。末句中的"骚"字多余。盖风与骚，正自有"风人之诗"与"诗家之诗"之异。

从语言角度讲，诗语有口语和书语之别，而绝句的语言风格，沈德潜谓之"语近情遥"，还有一词叫"言近旨远"，意思是一样的。"旨远""情遥"是意味深长，"言近""语近"则是贴近口语，贴近民歌。胡应麟说："'渭城朝雨'自是口语，而千载如新。"南朝有《大子夜歌》云："歌谣数百种，子夜最可怜。慷慨吐清音，明转出天然。""丝竹发歌响，假器扬清音。不知歌谣妙，声势出口心。""明转""天然""声势出口心"，一句话即出口成章，即王夫之所谓"率笔口占"。故"此等著不得气力学问"（施闰章）、"不关故实书卷"（邵祖平），故云"纯乎天籁"。至有妇人女子，胜于文人学士，其道理就在这里。

　　"不愿无来不愿有，但愿长江化为酒。日夜躺在沙滩上，一浪浪来喝一口。"此无名氏之《将进酒》也，亦可羡煞文人。"入山看见藤缠树，出山即见树缠藤；树死藤生缠到死，藤死树生死也缠。"此乃爱情诗之上上佳作，不可多得。严格说，这首诗并不押韵，但不说你就注意不到，因为它押调，或者说，它用了很宽的韵，民间体系的韵。另一首是："妹相思，妹有真心弟也知。蜘蛛结网三江口，水推不断是真丝。"也是佳作，后面两句，就像是为网络时代写的。出口成章，言近旨远，这就是风调。

　　何谓"言近旨远"？原来好诗的语言，大多浅显。然而它包含的生活体验必是深刻的。而且，往往是人人心中所有，笔下所无的。比如李白《静夜思》，用极浅近的语言，就道出这样一个人生体验：人在异乡，哪怕一切都是陌生的，也还有一样熟悉的东西，就是明月、月光。看见明月、月光，就想起故乡的一切。别人说过吗？中国人从小读，代代读，越读越亲近自然，越读越热爱家乡。在最受欢迎的唐诗排行榜上，这首诗的名次一直居高不下，有人百思而不得其解，其实是有道理的。

说七绝于诸体中最尊，可能有不同看法。说绝句是汉诗的基本诗体，大概是没有问题的。林庚说："绝句至盛唐一跃而为诗坛最活跃的表现形式。张若虚以《春江花月夜》属吴声歌曲，原来正是民歌中的绝句。张作四句一转韵，全诗一波未平一波又起，仿佛旋律的不断再涌现，从月出到月落，若断若续地组成一个抒情的长篇。"金圣叹解析七律，也把它看成两首七绝的组合。

举例而言，如岑参《凉州馆中与诸判官夜集》《胡笳歌》，七古也，前诗一起云"弯弯月出挂城头，城头月出照凉州。凉州七里十万家，胡人半解弹琵琶"，后诗一结云"胡笳怨兮将送君，秦山遥望陇山云。边城夜夜多愁梦，向月胡笳谁喜闻"。李颀《送魏万之京》，七律也，通首云："朝闻游子唱离歌，昨夜微霜初渡河。鸿雁不堪愁里听，云山况是客中过。关城树色催寒近，御苑砧声向晚多。莫见长安行乐处，空令岁月易蹉跎。"皆此类也。

因此，古诗与律诗，以其包含绝句的因子，也可以拥有风调。

论填词

为什么要填词？请给我以理由。

或曰：清真是这样写的，白石是这样写的，玉田是这样写的。夫子哂之。或曰：因为有一个曲调管着。夫子喟然叹曰：吾与汝也！

什么是词？词是歌词。詹安泰说《忆秦娥》，上下片都有一个三字句部分重复着上句，这种重复在意义上并不必要，但在音调上是需要的，对上句尽了和声的作用，同时逼出下一个韵脚来，以唤起新的情绪、新的意念，这是纯歌词的作法。

歌词须有好句。所谓好句，并非精心雕琢之句，而是听众一听不忘之句，如"有个老人在南海边上画了一个圈""我爱你爱着你就像老鼠爱大米"，听众一听不忘，歌词就达到了目的。

倚声填词如何填，是先找词牌，比着词谱往里装字？此笨伯之所为也，没有凑句才怪。填词的不二法门是：后找词牌。先得好句，所谓"立片言以据要，乃一篇之警策"（陆机）。然后根据所得之句，回头去找适合的词牌。比如我要写怀人，先将九眼桥、合江亭作成一个对子"亭合双江成锦水，桥分九眼到斜晖"，一看，应该是《浣溪沙》的句子。于是上下展开，足成一词云：

> 又值风清月白时，书传云外梦先知；绿窗惊觉细寻思。亭合双江成锦水，桥分九眼到斜晖；芳尘一去邈难追。
>
> ——《浣溪沙》

又如达州搞诗歌之乡，龙克索句。我想当地有巴河、州河，唐时元稹贬此地做通州司马、白居易同时贬做江州司马，二人多有唱和。先得句曰"巴水流，州水流"，"元亦休，白亦休"，这是现成的《长相思》调调。又足成一词云：

> 巴水流，州水流，不到通川不聚头。豁余万里眸。元亦休，白亦休，两袭青衫任去留。归来一片鸥。
>
> ——《长相思》

这样做，是不是要省力很多？

有人请教词体特征，夏敬观说："风正一帆悬"是诗，"悬一帆风正"是词。而领字的产生，无非曲调的需要，尤其是慢词长调。宋时凡有井水饮处，即能歌柳词。柳永之所以成为将领字大量运用于慢词的第一人，以其词可歌。

慢词的诀窍是，以领字为关纽，它使句群保持着一气贯注到押韵处的语气。柳永、辛弃疾词都将这一点发挥到了极致，以辛为例罢：

> 落日楼头，断鸿声里，江南游子，把吴钩看了，栏杆拍遍，无人会，登临意。
>
> ——《水龙吟·登建康赏心亭》

依律，"江南游子"处是韵，标点本应作句号。但从语法上看这是一个主语，此处韵脚只是歌唱时在呼吸上的停顿。接着以"把"字为关纽，领起一串句子作谓语。所以，这个句群一气贯注，连闯两韵，直到"登临意"押韵处才煞脚。这也是一种纯歌词的写法。

我写过一首《永遇乐·驾校》，无非就是这个办法：

> 世纪之交，复关在即，驾校人气。大道如天，寰球愈小，咫尺天涯是。翩翩白领，纤纤玉指，有女同车试艺。笑冯谖、无鱼客里，高歌弹铗风味。

槐荫树底，素瓷静递，次第车停车起。诲汝谆谆：
欲达勿速，出入平安遂。心宽于路，间可游刃，一
似行云流水。……

每一韵三句只如一句，这是写长调的不二法门。

词和近体诗一样，声律不可不讲。宛老敏灏戏云：
"写《西江月》如不合律，不如改题《东江月》。"要在
必然中获得相对自由，则须在了解律句、拗句的基础
上，借助典范之作，把握词调的平仄格式。最重要的仍
是领悟律的精神。在曲调失传，词已经被当作诗写的今
天，侈谈四声清浊，则意义不大。

一首好词，应该是语语可歌。评价一首词好不好，
只要琢磨一下这词儿唱起来如何。唱起来准不错的，就
是好词。毛泽东对陈毅说："如同你会写自由诗一样，
我则对于长短句的词学稍懂一点。"说稍懂一点的人，
可能懂得很多；自以为懂很多的人，可能是无知者的无
畏。毛泽东诗词谱作歌曲，动听者居多。可见作者是深
谙填词之道的。清季以还，词人刻意求深，既刻意矣，
岂复有词哉！今世词学，与所谓红学、曹学一样，可供
学者讨生活。其于创作，并无指导意义。孟子曰："盍
反其本乎！"

时人陆蓓容词云："偶尔临妆镜，青丝到我肩。束
成梳起总无言，想起养长时候，想起在谁边。……异乡
携手已前年。忘了相逢，只记好花天；忘了那时言语，

只记好容颜。"（《喝火令》）吴世昌曰："作词不宗《花间》，更何所宗！"如此词者，可谓上宗《花间》，下接流行歌词。诗缘情而绮靡，莫此为甚！

李子词云："红椒串子石头墙，溪水响村旁。有风吹过芭蕉树，风吹过，那道山梁。……某年某日露为霜，木梓走墟场。某年某日天无雨，瓦灯下，安放婚床。……"（《风入松》）这两遍"风吹过"、两遍"某年某日"，充满了歌词的神韵。你说它是创调吗，它正传统。你说它传统吗，它又和流行歌曲接轨，翻出梦窗手心，一首词复活了一个词调。作者为网络词人，"只如相公亦作曲子"，倘使柳永复生，亦当拊掌吧。

故词有写来看的和写来唱的两种，究以后一种为好。

论咏物

一首咏物诗大体有两个层面：一个是表示的层面，是诗的本指，须贴切；一个是暗示的层面，是诗的能指，须浑成。只有第一个层面的咏物诗，不能算好的咏物诗，同时具有这两个层面的咏物诗，才算好的咏物诗。如唐初虞世南咏蝉：

> 垂緌饮清露，流响出疏桐。
> 居高声自远，非是藉秋风。

先看这首诗表示的层面，即咏蝉的层面。首句，"垂緌"二字写蝉的形象，是拟人法。"緌"是什么呢？是古代绅士系在颔下的帽带，又叫冠缨。一说："蝉首有触须，如人之冠缨。"（刘永济）读者多信而不疑。然而端详蝉的标本，便觉其说不妥——蝉的触须在头顶，而且是短短的两根，像角，也像眉，怎样也不像冠缨。一说："蝉喙长在口下，似冠之也。"（孔颖达）按，蝉喙细长如带，部位又在颔下，所以说法成立。接着，"饮清露"三字写蝉的习性。古人不知道蝉吸食树汁以存活，以为它餐风饮露。诗非科学，无妨出以想象。

蝉一名"知了"，本是从声音作想。雄蝉求偶时，能发出亢奋的嘶鸣，成为蝉的一大特征。虞世南这首咏蝉之作，除首句刻画蝉的形象和习性外，其余三句就都是从蝉声上作想的。次句说"流响出疏桐"，盖蝉栖高树，梧桐是古人庭院中常植乔木。"流"字状出一种声声不息的感觉，暗逗下文的"秋风"。"疏桐"则暗逗下文的"居高"。三四句就蝉声发议论——"居高声自远，非是藉秋风。"这两句耐人寻味，通向暗示的层面，即借蝉喻人的层面。

《荀子·劝学篇》有这样两句话："登高而招，臂非加长也，而见者远；顺风而呼，声非加疾也，而闻者彰。"说的是君子"善假于物"。什么是"善假于物"呢？用今天的话说，就是借助媒介来达到人体的延伸。"登高""顺风"在这里是并列的，无所轩轾的。而虞世南却别出心裁地将"居高"和"借秋风"加以轩轾，将蝉声远达的原因，归结于"居高"，而不归结于"藉秋风"。显然，"居高"和"藉秋风"，被人为地赋予了文化的意义。那么，"藉秋风"指什么呢？指外力、指运作、指广告，曹丕论文学说："不假良史之辞，不托飞驰之势，而声名自传于后。"(《典论·论文》) 其所"不假"、所"不托"与"藉秋风"是一类范畴。"居高"呢？正好相反，照应首句的"饮清露"，可知不是指高位，而是指品格、指修养、指造诣，孔子论君子说："其身正，不令而行。"(《论语·子路》) 俗谚云："酒好不怕巷子深。""身正""酒好"和"居高"是另一类范畴。接受理论告诉我们，同一句话出自不同人之口，其效果也不同。一方面是人微言轻，一方面则相反——说话者越有权威，话的分量就越重。"居高声自远，非是藉秋风"就有这个意思，所以令人神远。一联之中，"自""非"二字对举，一正一反，很有力度。有人说，作者在这里是隐然自况。"诗者，志之所之也"(《毛诗序》)，谁又能说不是呢。

这首诗运用了拟人法，从"垂"伊始，贯彻到底。它又是托物言志，同时具备两个层面——表示的层面做到了贴切，暗示的层面做到了浑成，所以全诗充满了神韵。以蝉喻人，在陈诗中就有——刘删《咏蝉诗》云："声流上林苑，影入侍臣冠。得饮玄天露，何辞高柳寒。"这首诗对虞世南诗当有影响。不过，虞世南之作的后来居上，却是显而易见的。

论本事

　　我曾说，诗词作者要向新诗学习的第一条，就是创作意识。何以言之？

　　盖唐人作诗具有很强的社会应用功能——有创作，而没有创作意识。举例而言，比如《送元二使安西》，那是一定先有元二这个人的存在，然后才有这样一首诗。如果说，元二这个人是不存在的，是王维杜撰出来的，那是不会有人相信的。同样，《赠汪伦》《别董大》《送武判官归京》，都是有一个大活人存在的。所以，你可以说这些诗是创作、杰作，却不可以说作者有很强的创作意识。

　　假设一下，如能证明"元二"真是王维杜撰的一个名字，"送元二使安西"是他杜撰的一个事件，虽然有人会因此惊诧莫名，我却不好再说唐代诗人没有创作意识了。因为杜撰、虚构，正是创作意识之表征。唐人小说，就特重杜撰、虚构。鲁迅在《中国小说史略》

说，六朝小说重实录而粗陈梗概，"唐人始有意为小说"——意思就是，六朝人有小说而没有小说创作意识，唐人既有小说又有小说创作意识。

话说到这里，我又不得不推翻我的说法。因为唐人作诗，并非完全没有创作意识。比方说，唐人有一类诗，被人称为本事诗——有一个据说是真实的故事紧紧附着在诗上的，此之谓本事。例如王维《息夫人》诗："莫以今时宠，难忘旧日恩。看花满眼泪，不共楚王言。"孟棨《本事诗》载，宁王夺卖饼者妻，环岁，召饼师使见之，且命文士赋诗，王维即赋此诗。这个本事，和大多数的本事一样，其实是难以证实，也不能证伪的。如果故事是孟棨编的，说明孟棨有小说创作意识。如果故事是王维编的，则说明王维有诗歌创作意识。又如，一首尽人皆知的本事诗——《题都城南庄》，如其本事是真事，崔护的成功是一个际遇；如其事出杜撰，崔护的成功是一种创作。

我认为，所谓本事，其实是唐人故弄狡狯，因为他们不愿示人以虚构，从而给了虚构一个迷人的包装。就像六朝人的志怪小说，总喜欢加一条考据性的尾巴，道出事件发生的确切地名，表明故事出自当事人之口，以证其言之不妄。其实，生活的真实和艺术的真实本不是一回事。谬悠之说，既是中国文学的一个传统（来自庄子），也是文学的一种本质的特征。

怎么忽然想到这个题目呢？因为自己在写作中悟到

了这个道理。例如，上山下乡三十周年之际，有一首诗，是为知青时代的一位好兄弟（他的名字叫熊维）写的："比邻插队共星霜，夜夜挑灯语对床。涸辙相嘘濡以沫，别来江海久相忘。"不出彩。琢磨来琢磨去，觉老在事实层面上兜圈子。于是设想一下，如果彼此忽然在锦里碰头，会是怎样一种心情呢？诗就有了："涸辙相呴以湿同，茫茫人海各西东。对君今夕须沉醉，万一来生不再逢。"李老一读，就在末句下画一条线，表示欣赏。新疆的星汉，一见面就诵得此诗，"万一来生不再逢"——把情抒到极致，好！

诗的题目叫《锦里逢故人》，等于是我杜撰的一个本事。唐人有没有这样的情况，不敢说一定就没有。同写一个内容，同用《庄子》名言："泉涸，鱼相与处于陆，相嘘以湿，相濡以沫，不如相忘于江湖。"为什么一首出彩，一首不出彩？简言之，一首有创作意识，一首没有。苏东坡说："作诗必此诗，定知非诗人。"正可以从此解会。

论改诗

有人说，"好作品不是写出来的，而是改出来的"。这话要看怎么说。如果写了一首诗，立意、措辞乏善可陈，不如干脆划掉，下次再来。不好的诗是不可改的。如果写了一首诗，觉得意趣真切，只是有些粗糙，构思、措语、音韵还不到位、不够味，那就改吧。

李子作《浣溪沙（租居小屋）》，初云"吊起高灯是日光，山河添亮十平方"，意趣好，唯辞未达。易作"一盏高灯是日光"，仍觉不安。最后改为"高吊一灯名日光，山河普照十平方"，顿形精彩。以灯为日光灯，将"日光"二字剥离出来，方有"普照山河"之想。虽说普照山河，却不过十平方而已。然而，词人的心胸是开阔的。

"爱好由来落笔难，一诗千改始心安。"（袁枚）说千改，夸张了一点。总得改了又改，直到自己满意为止。在改诗的过程中，去体会刮垢磨光的乐趣。诗云：

"如切如磋，如琢如磨。"倘得高人指点，必事半功倍。

有两位已故的师长令我至今感念。一位是山西学者兼诗人的宋谋场，他替我改过一个字。原诗云："与君同窗下，三载共情亲。"他圈去"下"字，改为"久"字，使我一下悟到了厚字诀。另一位是槐轩后人刘锋晋，他替我改过一句诗。原诗云："何事青城再度留，前山不比后山幽。"他圈去上句，改为"山有幽名自古留"（按谚云"青城天下幽"），使我悟到了如何开阔思路，使诗意更有内蕴。

改诗的过程，是一个去粗取精的过程。"他山之石，可以攻玉。"毛泽东一向重视别人的砥砺，他曾将七律《登庐山》交胡乔木转郭沫若，让他看看有什么毛病没有——"加以笔削，是为至要。"郭沫若坦陈"欲上逶迤"四字有踟蹰不进之感，建议改为"坦道蜿蜒"，毛取其意不取其辞，最后定稿为"跃上葱茏"。

可有可无的句子，要尽删。未工未稳之句，要尽改。可有可无的字，要易以更有意义的字。时人写秋收打谷，句云"割谷日当空，谷声人语融"，"谷声"二字不稳。"打谷声"不好苟减为"谷声"，但也不能写作"桶声"，以其不韵。不妨参考宋人范成大写打谷的"笑歌声里轻雷动"，改为"雷轻人语融"，便有典、有据、有味。该诗另有一句"田翻犁镜松"——土可以松，"镜"怎么松呢，质感也不对。像这种不稳的句子，必改无疑。

诗词创作贵乎兴会，因此，在写的过程中，最好不要倚赖韵书，以免败兴。到了修改、收拾、字斟句酌的阶段，韵书方可派上用场。元人阴时夫《韵府群玉》摘录典实词藻隶于各韵之下，创为以韵隶事之格，极便作者。清人汪慕杜循其例，取愚古轩《诗韵珠玑》，益以《诗腋》选句，增订为《诗韵合璧》，其书相当实用。诗词作者在斟酌韵字、语词，补苴罅漏时，不妨翻检。

有人改诗，以读者为本位，重视受众意见，不敢自必。惠洪《冷斋夜话》记载，白氏改诗，必听取老妇人的意见，直到她听懂了，才能定谳。有的诗人则不以为然，主张独持己见，一意孤行。可以中庸一下。齐白石论画说："妙在似与不似之间，太似则媚俗，不似则欺世。"改诗也该这样：一定要人能懂，但不必媚俗！一定要独持己见，但不可欺世！

论自注

有位朋友反对诗词自注，以为诗人所欲表达者，必尽数韵之中。故为编辑，逢注必删，视同蛇足。一日，与年轻人论诗，谈及一首纪念辛亥革命的来稿，诗的结句是"不及寒江一钓翁"，哂曰："莫名其妙。"年轻人听了，沉吟数秒，云："非谓袁世凯乎。"盖辛亥之前，袁曾一度称疾，垂钓洹上，留有照片，若《江雪》诗意图然。朋友闻而失语。

由此可知，诗有不必注，有不可不注。简言之，借助辞书即能索解者，悉可不注。如古典、语辞之类。借助辞书不能索解，则须出注。如袁氏垂钓，属于近事，不能由工具书检索。众不可以户说，不如出注，让读者省心。故前贤诗集，颇有自注。杜甫《喜达行在所》题下注曰"自京窜至凤翔"，是交代背景。《赠比部萧郎中十兄》题下注曰"甫从姑子也"，是交代人际关系。均有助于读者之以意逆志。司空图《咏房太尉》

"物望倾心久，凶渠破胆频"，自注："初瑄建亲王分镇天下议，明皇从之，肃宗以是疑瑄，受谗废。先是禄山见分镇诏书，附膺叹曰：吾不得天下矣！"曾绒《丰泽园歌为袁世凯作》一起云："昔日公路之子孙，不爱总统希至尊。六人巧立筹安会，一老戏呼新莽门。"首句"公路"乃袁术字，可以不注。四句"一老戏呼新莽门"，自注曰："袁氏以清丰泽园为总统府，署其门曰新华，国史馆长王闿运过之，阳为不识曰：此新莽门耶。"均属以诗存史。删却自注，多数读者将不知诗意所云，然则可谓此典不可用，此注不可有耶？诗小序及白居易新乐府小序，说明诗的作意，亦有注释（题解）性质。

唐代王维作《息夫人》诗，题下自注"时年二十"，他诗不尔。诗人为什么对这首诗特别注明写作年代呢？原来这年发生了一件事，晚唐孟棨补注道："宁王曼贵盛，宠妓数十人，皆绝艺上色。宅左有卖饼者妻，纤白明媚。王一见注目，厚遗其夫取之，宠惜逾等。环岁，因问之：'汝复忆饼师否？'默然不对。王召饼师，使见之。其妻注视，双泪垂颊，若不胜情。时王座客十余人，皆当时文士，无不凄异。王命赋诗，王右丞维诗先成云：莫以今时宠，难忘旧日恩。看花满眼泪，不共楚王言。"（《本事诗》）如果没有这个注，读者就会以为是就事论事，如同汪遵、胡曾那样的咏史诗，是一日写百首也得的。有此注，才知道王维原来是将这一个故事做了另一故事的包装，即借论息夫人之事，对卖饼人妻作一视同仁的评价，是发人之所未发，而倍有诗味。因此，选这首诗，作者之自注及孟棨之补注绝非可有可无。

滕伟明为杨公析综编集，拟请其自注。杨因公务繁忙，未遑顾及，终成一憾。集中有《自京返蓉》诗云：

为有宏图驰广宇，排空驭气雪涛开。

京蓉相距三千里，缩地一梭归去来。

这首诗不起眼，却不等于不重要。只缺一个注释，恰好在我的笆篓里。当年我任《邓小平与四川》八集专题片总撰稿时，曾访杨公，公尝云："1984 年人代会期间我们省的几个同志商量，请四川籍的中央领导同志和在川工作过的中央领导同志，一起吃个饭，顺便汇报四川的工作。当时请来的，除了小平同志而外，还有胡耀邦、万里、张爱萍等。在会上，我就向小平和其他领导同志汇报了想要建立四川航空公司的想法。因为改革开放已经有几年了，对四川经济制约最大的，我们感觉最头痛的问题，第一是交通不畅，比较便捷的办法是发展航空，来缓解交通对经济发展的制约。当时小平想了一下，说，不只是四川，恐怕西南各省都有这个问题，你们干脆成立一个西南航空公司嘛。在场的领导同志都赞成他这个意见。小平同志当场就指定由万里来负责督促办理这件事情——因为当时万里同志是国务院的常务副总理。"这段话，正好为这首逸兴遄飞的七言绝句作注。诗中所谓"宏图"，便是指成立西南航空公司。写作时间当在 1984 年春。

还有一种情况，诗之语妙，在于用典。以作者读书得间，而发他人所未发，亦须注，否则似自家脚指头动。如白敦仁《白帝城》诗云：

> 无复城头旌旗斜，中原万里净风沙。
> 雕青恶少成何用，一例公孙井底蛙。

自注："王昭远谓李昊曰：'领此二三万雕面恶少儿，取中原如反掌耳。'见《五代史》。"这类出处，非熟读廿四史，博闻强记者，不能无注。否则莫名其妙。检索起来，将如大海捞针。加了这条注，不但读者会心，还使一段鲜为人知的妙语，不致埋没。

由此可知，本文开头提到"不及寒江一钓翁"有反讽之妙，因为缺了一个注脚，有的读者心领神会的同时，有的读者则莫名其妙。加个注脚，是为读者着想，而不是"炫耀自己的才学"或"轻视读者的智商"（星汉《诗词的自注》）。

故选家或因注而存诗，如赵朴初绝句，题云："或问'您何以有如此好精神'，答云'我的精神是打起来的'，有诗为证"：

打起井中水，喜见生波澜。

不惟自饮濯，亦可溉良田。

　　题即是注。注文之妙，有过于诗。诗开篇的"打起"二字，因此而意味深长，置之禅宗公案，亦上乘之作。这也告诉我们一个法门，有必不可少之注，担心遇到讨厌自注的编辑武断从事，则不妨做一个手脚，将注化为诗题或诗序。盖编者删注是常事，删题或删序的事，却很少发生。

论变形

"五四"新文学家废名(冯文炳)在《新诗十二讲》中提出了一个见解，是别人不曾说过的。他说："旧诗的内容是散文的，其诗的价值正因为它是散文的。新诗的内容则要是诗的，若同旧诗一样是散文的内容，徒徒用白话来写，名之曰新诗，反不成其为诗。"

此论令人耳目一新，却是空谷足音。虽然应者寥寥，但给人的印象很深。他为什么这样说呢？《汉书·艺文志》说乐府采歌谣，皆"感于哀乐，缘事而发"。旧诗如此，新诗莫不如此。去年在青岛中国海洋大学会到叶延滨先生，他在讲座中对学生就这样说，新诗是缘"事"而发的。其实不但诗是缘事而发的，散文也是缘事而发的。不过，散文缘事而发，常常只需要实录，也就是直说。而按毛泽东的说法，诗"不能像散文那样直说"。而旧诗中，"像散文那样直说"的情况，确实是普遍存在的，而且被钟嵘概括为一种手法，叫作

"赋"。

举个例子说，如王安石《别鄞女》："行年三十已衰翁，满眼忧伤只自攻。今夜扁舟来诀汝，死生从此各西东。"得到幼女夭折的消息，愧为人父的作者连夜赶去告别，正是"天属缀人心"（蔡琰）。诗写得非常感人，但只是"像散文那样直说"。类似的例子如黄景仁《别老母》："搴帷拜母河梁去，白发愁看泪眼枯。惨惨柴门风雪夜，此时有子不如无。"也写亲情，也非常动人，也是"像散文那样直说"。这似乎告诉人们，只要有极沉痛的、能让人一听不忘的话，就"像散文那样直说"了，亦不失为好诗。不仅如此，如有极豪爽极痛快、能让人一听不忘的话，亦"像散文那样直说"，也会成就好诗，现成的例子如"莫愁前路无知己，天下谁人不识君"（高适《别董大》）、"春风得意马蹄疾，一日看尽长安花"（孟郊《登科后》）。

这样的情况在旧诗中的确是大量存在的，唐代孟浩然称"遇景入咏，不钩（一作拘）奇抉异，……若公输氏当巧而不巧者也"（皮日休《郢州孟亭记》）。他许多诗的题目就是日记式的，如《夏夕南亭怀辛大》《游精思观回王白云在后》等。不但是孟浩然，《全唐诗》中充斥着这种诗题，常见诗如《赠汪伦》（李白）、《白雪歌送武判官归京》（岑参）、《别董大》（高适）、《从韦二明府续处觅绵竹》（杜甫）等，最后成为一种旧诗命题习俗。习惯成自然，我自己也有《主家变故致小狗失所日与之食忽寻之不遇》这样的题目。这大概就是废名说"旧诗的内容是散文的"的理由。这个理由在一定程度上是站得住脚的。但是，对他下面的一句话"其诗的价值正因为它是散文的"，我就不敢苟同了。因为在旧诗中，不像散文那样直说的情况，似乎更多。清代诗家吴乔有《答万季野问》一文最妙。万问"诗与文之辨"，吴答：

> 二者意岂有异？唯是体制辞语不同耳。意喻之米，文喻之炊而为饭，诗喻之酿而为酒；饭不变米形，酒形质尽变；啖饭则饱，可以养生，可以尽年，为人事之正道；饮酒则醉，忧者以乐，喜者以悲，有不知其所以然者。如《凯风》《小弁》之意，断不可以文章之道平直出之，诗其可已于世乎？

"变形说"即：诗文之别在于变形不变形，吴乔此语，大概是最早的经典论述。"意岂有异"，换言之，均属缘事而发。"意喻之米，文喻之炊而为饭"，"饭不变米形"，"啖饭则饱"，散文式的直说，就像这个样子，一句话，无须变形。"诗喻之酿而为酒"，"酒形质尽变"，"饮酒则醉"，诗"不像散文那样直说"，就像这个样子，一句话，需要变形。诗中"事"的变形，或谓之"意象"。"披萝带荔，三闾氏感而为骚；牛鬼蛇神，长爪郎吟而成癖。"（蒲松龄《聊斋自志》）在旧诗中，意象派的传统也是源远流长的。

最常见的诗例莫过于李白《静夜思》，直说只有三个字即"思故乡"，主要的落笔却在看月亮，这就是不直说了。看月亮就是思故乡的一个变形。人在异乡为异客，所接触到的一切都是陌生的，唯一熟悉的能与故乡发生联系的东西，就是月亮。诗中的"明月"，就是一个意象，是故乡的变形。顺便说，这首中国人家喻户晓的诗，第一句本作"床前看月光"，第三句本作"举头望山月"，在《唐诗三百首》中，"月光""山月"一律作"明月"，改动者分别为明代人赵宧光和杨升庵，因为改得好，有刮垢磨光之功，故为蘅塘退士孙洙一并采纳，成为传世的定本。同样是常见唐诗，王维《相思》不是一提笔就奔相思，而是有一个追问，即何物最相思。诗人想到红豆，这不仅是相思的变形，也是相思的具象。在李商隐笔下，"迢递隔重城"的"相思"，是另一种变形和具象，成为唐诗的经典名句："留得枯荷听雨声"（《宿骆氏亭寄怀崔雍崔衮》）。

在旧诗中，相对于"赋"，还有一种（也可称两种）同样常见的表现手法，那就是"比兴"。仍以唐诗为例，崔国辅《怨词》："妾有罗衣裳，秦王在时作。为舞春风多，秋来不堪著。"清代桐城派古文家刘大櫆读出"哀先朝老臣之见弃"的意思。"先朝老臣之见弃"，是诗所缘"事"，以秋衣见捐，喻宫人的失宠，是一重变形。以宫人的失宠，喻老臣之见弃，是第二重变形。唐代的宫怨诗，很多都是借宫怨说"事"，言在此而意在彼的。如杜荀鹤《春宫怨》："承恩不在貌，教妾若为容。"一读即知别有寓意。真在后宫，岂有"承恩不在貌"之理。这首诗一定是落第士子对主考官的抱怨。与章碣《东都望幸》的寓意差不多。章诗云："纵使东巡也无益，君王自领美人来。"其本事见《唐摭言》："邵安石，连州人也。高湘侍郎南迁归阙，途次连江，安石以所业投献遇知，遂挈至辇下。湘主文，安石擢第，诗人章碣赋《东都望幸》诗刺之。"总之，要说这一类诗的"内容是散文的"，那是无论如何也说不通的了。

在新诗中，变形和意象的运用更加普遍，更加"钩奇抉异"。也许正因为如此，废名才觉得"新诗的内容则要是诗的"。举例而言，"我是一条天狗呀/我把月来吞了/我把日来吞了/我把一切的星球来吞了/我把全宇宙来吞了/我便是我了"（郭沫若《天狗》），显然作者并不是一条天狗，他也不是月的光，不是日的光，不是一切星球的光，他只是要表现极度自我张扬的情绪。同一作者的《凤凰涅槃》《炉中煤》，也是一样的手法。"我的寂寞是一条蛇/静静地没有言语/你万一梦到它时/千万呀不要悚惧"（冯至《蛇》），在诗中，作者只是打着比方，关于单恋那件"事"，也没有直接说出来。"我不知道风/是在哪一个方向吹/我是在梦中/在梦的轻波里依洄"（徐志摩《我不知道风是在哪一个方向吹》），这首诗表现出的情绪是迷惘，但关于失恋那件"事"，并没有直接说出来。假若诗人不用变形和意象，而直赋其事，那就会如同废名所说："一样是散文的内容，徒徒用白话来写，名之曰新诗，反不成其为诗。"

然而新诗有没有直赋其事的呢，也不能说绝对没有。《天狗》的作者，同时就有《笔立山头展望》《夜步十里松原》《我是个偶像崇拜者》，光看诗的题目就知道内容。"海已安眠了／远望去只看见白茫茫一片幽光／听不出丝毫的涛声波语／哦，太空！怎么那样地高超，自由，雄浑，清寥／无数的明星正圆睁着他们的眼儿／在眺望这美丽的夜景／十里松原中无数的古松／都高擎着他们的手儿沉默着在赞美天宇／他们一枝枝的手儿在空中战栗／我的一枝枝的神经纤维在身中战栗"（郭沫若《夜步十里松原》）。虽然是直赋其事——夜步十里松原（与旧诗的命题方式一致），但诗人写出了美的发现：无数的星星像生物一样圆睁着他们的眼儿，无数的古松也像有知觉一样高举起他们的手，于是作者为之激动，为之共鸣，为之共振，他的神经纤维竟也和松枝一样地战栗起来。就"像散文那样直说了"，你能说这不是诗么。

艾青说："假如是诗，无论用什么形式写出来都是诗。假如不是诗，无论用什么形式写出来都不是诗。"所以无论是新诗还是旧诗，从本质上讲都必须是诗的，在话语方式上彼此有很大区别，但从本质上讲并无不同。

新诗的变形和意象运用，一定伴随着联想。"联想是由事物唤起的类似的记忆；联想是经验与经验的呼应。"（艾青）2011年温州动车事故发生后，成都诗人叶子写过一首《出轨》："让我们小小地出轨一回/但一定要比铁道部做得好/不能车毁，不能人亡/如果你答应了/我们就把约会的地点/定在温州高架桥上。"这首诗的第一句，好像是说男女关系，与动车事故并无关系。接下来说"一定要比铁道部做得好"，读者恍然大悟，原来是说动车事故。接下来"不能车毁，不能人亡"，是说动车事故又不是说动车事故，因为回到了男女关系的话题。接下来更妙了——"如果你答应了"，是要求一个承诺。写男女关系似乎铁板钉钉。然而不然，"我们就把约会的地点"，这是半截话，是设置悬念。定在哪儿呢？万万想不到，诗人的建议是——"定在温州高架桥上"。板子还是打在动车事故上。这诗之所以为诗，完全是因为这种"出轨"和那种"出轨"发生了联想，完成了从这一事物到那一事物的飞跃。还有一位年轻诗人写了四行诗《送葬》，受到杨牧的激赏："一群人抬着一具尸体/走在离开的路上，也可以这样说/一具尸体带着一群人/走在回家的路上。"前两句是缘事，"也可以这样说"一语，是诗中的关捩，表明诗人有了一个联想，一个变形的构思，结果令人耳目一新，颇富哲理意味。在局部的构思上，新诗经典中也不乏其例，如："远远的街灯明了，好像闪着无数的明星/天上的明星现了，好像点着无数的街灯。"只不过这里的变形，是通过比喻来实现的。

旧诗写作也是一样的，仅仅"缘事"，还不能"而发"。必须搭成联想，完成了思绪（诗绪）从这一事物到那一事物的飞跃，出现了变形，才能"欣然命笔"（毛泽东）。笔者有一次广元之行，走在古栈道上，下看是坠石，上看是龟裂的危崖——为安全起见，一是用铁丝网箍住，二是用地铆（一称铆索）钉住，仍然触目惊心。仅有这个惊心，尚不足以为诗。当我忽然想到"维稳"一词的时候，灵感就到了。写成《广元行》："乱石当空累十丸，网箍桩铆冀平安。人心毕竟思维稳，便到千钧一发间。"另一次，是年关将近时，在京郊高速路上看到两边树上的鸟巢，又觉触目惊心。仅此亦不足为诗。当我忽然想到"空巢"一词的时候，灵感又到了。写成《春运》："京郊地冻艳阳高，客至年关咒路遥。木落平林天远大，枝头留守有空巢。"此诗之所以为诗，也完全是因为此"空巢"与彼"空巢"搭成的联想，机场路上的即目之景与春运及春运背后的故事搭成的联想。

诗歌变形的方式很多，不只意象运用和比兴手法，各种修辞手法，都可以成为变形的手段。如拟人，就是常见的一种。"一根白发落在桌子上，像是一段/可有可无的时光，被人注意或者忽略/都已经不重要了//一根白发终于找到了自己/像命，找到了命运/像人，找到了人生//一根白发长长舒了一口气，仿佛一缕/累坏了的阳光，可以/安安静静地躺一躺了，然后//怯生生地说/我用一生，终于把身体里的黑暗/走完了"（敕勒川《一根白发》）。这首为落发写的诗，整个地用了拟人的手法。这首诗的诗眼，或者说种子，就在最后一两句"我用一生，终于把身体里的黑暗/走完了"，表达了一种解脱的意思。这一句是必须这样写，而前面所有的铺垫，则可以少说也可以多说，可以这样说也可以那样说的。就像王维《相思》，"红豆"是必需的，而"春来发几枝"还是"秋来发几枝"不重要，"劝君休采撷"还是"愿君多采撷"也不重要，都是可以的。

荒诞也是一种变形手法。如"关于这个女人。她的一个情人曾躲进/大衣柜。另一个情人藏在床下。接着她的丈夫回来了/所有的情感一下子绽放/如同一扇久闭的大门/他和他是同一个人，甚至他和他们也是的/在一些时间，一些气候里/像是在模仿。她的丈夫脱去衣裤，照镜子/他就是镜子背后的那人。他躺在床上/则是床下之人的投影"（叶辉《另一个情人藏在床下》）。触动诗人灵感的事，原是生活中最常见最不足道的，被称之为偷情的那种事。但诗人通过这个窗口，却洞悉到人性深处的东西，这种灵机一动，也叫灵感，是诗的受孕。诗中的丈夫脱去衣裤，一照镜子，就成为镜子背后那个人，一躺床上，就成为床下之人的投影，这种荒诞的说法，也就是一种变形。生活中平庸琐屑之事，因为这个变形被催化为一首奇特的诗。

有时，变形只是一句俏皮话。如"看着地图/表弟说/北京真大/刚掉在里面的东西/马上转身，就看不见了/北京真是太大了/三岁的孩子，站台上放一小下/找了三年/也没找到"（刘川《北京真大》）。在这首打击拐卖儿童的诗中，"北京真大"便是一句俏皮话，诗人略加发挥，就完成了一首小诗。前举叶子《出轨》，也便是如此。

常言道，习惯是诗歌的大敌。变形说到底，便是形象思维对惯性思维的突围。形象思维对惯性思维的突围，也不只变形一事，还有词语的陌生化，有一首诗说："他那么老了，居然还有伤害词语的力量/……一觉醒来，我问所有被伤害的词语/它们说，他很无知但又总能把我们照亮。"（格式《和一个伤害词语的人共眠》）在这首诗中，那个伤害词语的人必是一个诗人。伤害词语，说穿了，就是陌生化词语。木心咏雪，诗中不叫雪，叫作"我纷纷的情欲"，木心就是一个"伤害"词语的人。

这是另一码事，需要写另一篇文章。

论想不到的好

写诗的人，应有何种追求？我认为，一个写诗的人的追求，应该是写想不到的好。

盖诗有两种好，一种是想得到的好，一种是想不到的好。此外，还有不好，还有恶诗。

《聊斋志异》有篇《司文郎》，有一个盲和尚最知文，只要把诗文烧成灰，他闻一闻就知道好坏。他的反应有四种，其一受之以心，舒服，是想不到的好。其二受之以脾，还行，是想得到的好。其三格格不入，是不好。其四向壁大呕，下气如雷，是恶诗。写诗的人取法乎上，当然要追求想不到的好。

想得到的好即一般的好，你写得出，我也写得出。诗写一般的好，并不困难，打开任何一本诗刊，你所看到的，大多是想得到的好。如果有一首诗突然让人跳起来，大为雀跃，那么，这首诗一定是写出了想不到的好。

如果我们把想得到的好定为合格的产品，那么，想不到的好就是高质量、高水平。如果我们把想不到的好定为合格的产品，那么，想得到的好就成了次品。

　　什么样的诗才称得上想不到的好诗？举个例子吧。

　　清代大才子袁枚，写了一首《秋蚊》。这首诗的题目别人就想不到，因为一般人见到秋蚊，一巴掌拍死，哪里会为它写一首诗呢？只是想不到，也不一定就好。关键是要写得好。袁枚是这样写的：

> 白鸟秋何急，营营若有寻。
> 贪官衰世态，刺客暮年心。
> 附暖还依帐，愁寒更苦吟。
> 怜他小虫豸，也有去来今。

　　前两句描写很形象，但还属于想得到的好。三四句突然冒出"贪官衰世态，刺客暮年心"，让人一跳三尺高。从蚊子吸血联想到"贪"，从蚊子叮人联想到"刺"。由"贪"想到"贪官"，由"刺"想到"刺客"。由"秋"字，想到"衰世"与"暮年"。在意味上，不是讽刺，而是悲悯。真是想不到的好。接下来又描写两句，最后两句结穴："怜他小虫豸，也有去来今。"充满了对生命的关怀，尤其是对小生命的关怀，令人感动，也是想不到的好。

　　又如黄仲则，也是大才子，有一首七律《偕邵元直游吾谷》：

> 此间看山复看枫，谷口敞与平原同。
> 长崖一障日边雨，高树独摇天半风。
> 侧身忽觉躯干小，交友况在神仙中。
> 山灵极知吾曹乐，留住绝壁残阳红。

这首诗句句都好，如"山灵极知吾曹乐，留住绝壁残阳红"，就好，不过还是想得到的好，在座的努个力，都写得出。唯独"侧身忽觉躯干小"的对句，你能想到下句是什么吗，猜个八九不离十也行。但你想不到，会是"交友况在神仙中"。他完全不按规矩出牌，两句意思全不相干，而"忽觉"与"况在"，"小"和"中"，对得是多么工稳，多么神乎其技哟。想不到的好，就是不按规矩出牌。若按规矩出牌，那有什么想不到！

刘熙载举李白诗句说："'清风明月不用一钱买'，上四字共知也，下五字独得也。凡佳章中必有独得之句，佳句中必有独得之字；唯在首在腰在足，则不必同。"（《艺概·诗概》）这就是说，好诗必有想不到的好句，好句必有想不到的好字。

一本刊物好不好，要看刊登的诗有没有想不到的好，有多少想不到的好。一本诗集好不好，要看其中的诗有没有想不到的好，有多少想不到的好。写诗，尤其编诗，不能贪多务得，因为全部的诗是分母，想不到的好才是分子，分母越大，所得分数越低，分子越大，所得分数越高。所以编集只有一字诀，删。"诗三百"，靠删。《唐诗三百首》《唐诗别裁集》，也靠删。

如果一本诗集，从头到尾，所有的诗都停留在想得到的好，没有一首想不到的好，我就要在这本书上盖上一个章，文曰"不藏书"。"不藏书"是舒芜发明的词。

四川诗词学会有一位赵洪银，前省林业厅长，出过一本《康巴诗稿》。他有一个朋友叫张健，也是厅级干部。李维老每次见到张健，都要说一句话："你和赵洪银两个，是不写'老干体'的厅级干部。"张健讲完这件事，都要自嘲道："而已而已——"

其实并非"而已而已"。如赵洪银送张健之任剑阁县长一诗，前两句是"天降大任于张郎，七十二峰肩上扛"，李维老盛称之。盖剑阁县是剑门关所在的地方，山有七十二峰。"七十二峰"四个字是现成的，但"肩上扛"不是现成的。一个"五行山"把孙悟空都压趴了，怎么可以肩扛七十二峰呢？但他就这么说。读者莞尔，好在恰切！于是，这一句就有想不到的好。他的五绝《丹巴女》：

明丽丹巴女，嘉绒彩绣衣。
未老莫相见，相见惹相思。

这首诗最出彩的是第三句，"未老莫相见"，出人意表。刘海粟晚年见初恋表妹，悔之不迭，把感觉完全破坏了。所以，按常理应是既老莫相见。为什么说"未老莫相见"呢？末句是解释："相见惹相思。"丹巴姑娘太美了，相见就有想法。而这个想法，不加制约，要犯错误——你又不是未婚青年，四川话说"乱想汤圆吃"，是不可以的。

小结一下，这首赞美丹巴女的诗，第一，写出了心动，人同此心，所谓人见人爱。第二，写出了自持，即发乎情止乎礼义，不是一把拉住别人的手不放。第三，写出了俏皮，不怪自己乱想，反怪丹巴女太美，是无理而妙。第四，写得在理——女人怕老，白居易说"红颜未老恩先断"，何况已老，这是有理而妙。全诗既有人情味，又有对人性的揶揄。至于"未老莫相见"的句调，则是从韦庄"未老莫还乡"脱化而来的，是读书受用的结果。这首诗入围第三届华夏诗词奖，表明评委有眼光。如果不拘题材，在我看来，评个二三等奖，何尝不可。

五绝离首即尾，离尾即首，虽好却小，虽小却好，最要一气蝉联，篇法圆紧，唐诗如"君家何处住""君自故乡来""打起黄莺儿"等，最为得体。陈永正《杂诗》，其一曰：

表立第一峰，茫茫独无侣。

云从群山来，作我足底雨。

此二十字抵苏东坡一首《定风波》。人生会遇到很多的风风雨雨，只有占领了精神高地的人，才能够不受干扰，忍受孤独。诗品就是人品。也是想不到的好。

诗写想不到的好，有两条，必居其一。一条是天机清妙。一个西兴脚子，道得"风在戴老爷家过夏，我家过冬"这样的妙语，天性快活，这个是 DNA 决定的。一个荆轲，临行突然来两句"风萧萧兮易水寒，壮士一去兮不复还"，千古佩服，这是兴会所至，妙手偶得，也是天机清妙。安徽有个洪存恕，写咏史诗《霸王》，有两首是这样的：

> 刘季原为猜忌雄，功臣多以狗烹终。
> 何如羽得八千士，百战相从化鹤同。
>
> 末路英雄慷慨殊，神骓赠罢赠头颅。
> 何曾吝赏功臣爵，胯下王孙信口诬。

韩信对项羽吝赏功臣的批评，历来是堂堂之论。作者带着强烈情绪，硬是将这个铁案翻了过来，这不是好异，是有感而发。诗是直说，如翻译成散文，则诗味顿失。须看他如何拿语言，如何将书语转化口语，做到畅快，"功臣多以狗烹终""神骓赠罢赠头颅""胯下王孙信口诬"三句，最畅快最具张力。"以狗烹终""胯下王孙"这样的组词法，非深得文言之妙理，而又熟悉迁史者，何能道其只字！

第二条是饱学，肚子里有货。我小时候看过一本苏联读物，书名叫《我看见了什么》。对这本书我永远只记得十来页内容，却非常喜欢这个书名。因为它符合我的一个写作理念，就是：写作能力、写作水平是从看书中得来的，看到什么份上，才可能写到什么份上。换句话说，写作水平取决于"我看见了什么"。

顺便说，诗教的目的，不是教人作诗，而是教人读诗，做个诗性的人。诗教的鼻祖是孔子，《论语》中没有一首孔子的诗，眼界高的人，往往不肯措手，不肯枉抛心力，整出许多想得到的好。然而孔子最是诗性之人，有其师必有其生，七十二贤，大抵如此，曾点就是一个，"暮春者、春服既成"那段话，真是一首好诗。兴观群怨，温柔敦厚，没有比孔子讲诗更好的人。

读的诗多了，读到份上了，自然下笔如有神，因为有诗垫底儿。滕伟明写蜀南竹海，诗题《竹海夜宿中宵又纳数人》，句云"此间大似旧聊斋""有客中宵入壁来"，由竹海想到聊斋，是读书受用，由"中宵又纳数人"，整出"有客中宵入壁来"，是他天机清妙之处。杨启宇《大泽乡》"幸得祖龙今年死，从此高斯是佞人"，有"从此萧郎是路人"垫底，是读书得间，师其辞不师其意，亦有天机清妙处。王亚平《燕子洞歌》

开篇就是：

> 黑云压城城欲摧，横空泼墨乱烟堆。
> 山呼海啸风雷滚，知是百万燕子来。

状难写之景如在目前，没有去过燕子洞的人，凭这几句就能领略到那里的风光的神奇。"百万"多有气势，如改成"千万"气势就差了。这首诗也有诗垫底儿，首句整抬李贺，第二句跟进得好。第四句的句调，从"知是荔支龙眼来"（苏轼）来。

即不化用，也可以写出想不到的好。如熊东遨"两小无猜大有猜，不伤风化便伤怀"（《僧尼峰》），周燕婷"快将风雪造严寒"（《一剪梅》）——这句有武则天诗垫底儿，陈仁德"俯视茫茫云海涌，悬知海底是峨眉"（《上金顶》），都有想不到的好。

由此可知，写出想不到的好，须有一个前提——"熟读唐诗三百首"。说是唐诗，当然不只是唐诗。熟读成诵，可以使古典作品中的形象、意境、风格、节奏等都铭刻在脑海中，一辈子磨洗不掉。至于平仄、入声、格律、语感等，也都不在话下。因此，我所看到的写出想不到的好，无一例外，都是"循绳墨而不颇"之人，都能做到"随心所欲不逾矩"。没有一个人想要大动干戈，去改良诗体。因为他们觉得传统诗词的各种体裁够用、好用，要改良，不如去作新诗、顺口溜、三句半。

有人把当代诗词的问题，归结到诗体和韵部，主张新古体和新韵。一定要这样也可以。但要推行一种主张，有效的办法只有一个——写出想不到的好。因为每个人都有写作的自由，高兴怎么写就怎么写，谁也碍不着。你说新韵好，你就写出想不到的好。你说新古体好，你也写出想不到的好。只要你写出了想不到的好，不用提口号，不用大声疾呼，不用搞运动，读者自会受到启发，自觉跟进。跟进的人多了，就可蔚为风气。

聂绀弩被划为"右派"，派去农场劳动。他原来只写杂文、评论，但农场指导员要求他写诗歌颂"大跃进"，于是一发而不可收。觉得做对子很好玩，且有低回咏叹之致，买了一些名家诗集读、抄、背（按，这就是下功夫），请高人指点，然后大做特做。其诗往往发端于劳作之微，多以"搓草绳""锄草""刨冻菜""推磨"等为题，而归结及于自嘲与反讽。写"挑水"：

这头高便那头低，片木能平桶面漪。

一担乾坤肩上下，双悬日月臂东西。

"片木能平桶面漪"状难写之景，妙得物理。"一担乾坤肩上下"两句，是反讽，却出以一本正经。对这种近于打油的审美趣味，有些人不以为然，把聂绀弩和启功、荒芜等人贴近口语的诗，都称为"打油诗"。

然而，聂绀弩诗有沉痛，并不油，启功韵语则多打油，所以启功佩服聂诗，谓之"新声"。

> 尔身虽在尔头亡，老作刑天梦一场。
> 哀莫大于心不死，名曾羞与鬼争光。
> 余生岂更毛锥误，世事难同血压商。……
>
> ——聂绀弩《血压》

王蒙评："'余生岂更毛锥误，世事难同血压商'，大概是因血压高而生感慨——诗文工作已耽误了我半辈子，余生还会因为搞诗文而受害？但世事如同高血压，没法商量，所以他显得很无奈甚至很沉痛。"又说："《挽雪峰》颔联'文章信口雌黄易，思想锥心坦白难'，也极为沉痛——文章可以乱写，但真正的思想像锥子扎着我的心，没法子说呀！哪里敢说呀！哪里能被人理解呀！这样字字见血，掷地有声的句子古往今来是不多见的。"所以是想不到的好。

聂绀弩作诗很低调。但写出了想不到的好，又有时代精神，又有创作意识，又有阅读快感，又有对语言的巧妙驾驭，着实让许多人兴奋了一次——想不到诗还可以这样写。既是一个变数，又是一个正果。并不大声疾呼，而应者云集。李子是聂的一个好学生——"高吊一灯名日光，山河普照十平方"（《租居小屋》），田晓菲有专论。我作《洗脚歌》，也在读聂诗之后。由此可见，要推行一种主张，最好的办法，便是拿出想不到的好。

有人喜欢填词，但不识律句，任意而为，名为"新古体词"。这样可不可以？我认为不能一概而论，有两种情况。一种是不认识平仄、不辨入声、不辨格律，也不想认识平仄、认识入声、认识词律，一句话，舍不得花工夫。填个词，只是斗字数，斗拢作数。要是这样的话，吾师宛先生说，最好的办法，就是把《西江月》改题《东江月》，最为省事，比搞一个"新古体词"的名目省事得多。从前，王力招收研究生，有句名言："字都不肯好好写，还能好好做学问！"套用他的话说——平仄都不肯好好认，还能写出想不到的好？

另一种情况，是认得平仄、辨得入声、知道格律，只是"曲子里缚不住"——宋人说苏东坡就是如此。我刻了个印章——"律岂为我设耶"，就是有感于此。拙作《柳梢青》写同学会——末三句作："六十年华，四十体貌，二十心情。"第三届华夏杯诗词大赛给了奖，就是奖这三句的。然而，依律"四十"二字当平，要是改作"六十年华，四旬体貌，二十心情"呢，合律倒是合律了，语言的流畅感和美感就完全破坏了。有了这个奖，令官都准了，《柳梢青》也不必改题《柳梢黄》了。

诗与吐槽

历代诗人，鲜有不被吐槽者。东坡称陶诗"质而实绮，癯而实腴"，佩服得五体投地。而吐槽偏偏来自杜甫："陶潜避俗翁，未必能达道。观其著诗集，颇亦恨枯槁。"（《遣兴五首》）杜甫本人也遭遇过吐槽："郑善夫有批点杜诗，其指摘疵类，不遗余力。"如说："诗之妙处，不必说到尽，不必写到真，……斯得风人之义。杜公往往要到真处、尽处，所以失之。"（《唐音癸签》引《焦氏笔乘》）这种吐槽多少有点道理。至于李白，时人吐槽更多，自嘲云："世人闻此皆掉头，有如东风射马耳。"（《答王十二寒夜独酌有怀》）这种吐槽恐怕就夹带有别的情绪了。

有的吐槽全无道理。如看见别人写一只蚊子，就判定其诗必然卑微。其实未必。袁枚《秋蚊》诗曰："白鸟秋何急，营营若有寻。"一只秋天的蚊子，急得像热锅上的蚂蚁，寻寻觅觅凄凄惨惨的样子。接下来作者写道："贪官衰世态，刺客暮年心。"真是匪夷所思，不知道他从一只惶惶不可终日的蚊子，怎么一下子就整出这样两句，简直是石破天惊。这是联想在起作用，从蚊子联想到"贪"即贪婪、"刺"即针喙。又由"贪"字生出"贪官"，"刺"字生出"刺客"。又由"秋"意，联想到"衰世"与"暮年"。字里行间，全是悲悯了。邓拓引用陈与龄《林白水先生传略》说"发端于苍蝇臭虫之微，而归结于政局"，这种笔法，哪有什么卑微呢。鲁迅说："从血管里流出的都是血，从水管里流出的都是水。"人品不卑微，诗品（文品）就不会卑微。

苏东坡《惠崇春江晓景》："竹外桃花三两枝，春江水暖鸭先知。"读者为之雀跃，清人毛先舒却发一问："为什么不是鹅先知。"这个问题之煞风景，等于吐槽。对待这样钻牛角尖的问题，除了脑筋急转弯，告诉他："东坡见鸭，未见鹅也。"（惠崇《春江晓景》画面上有鸭子）实在是无法可想。鲁迅如是说："感情已经冰结的思想家，即对于诗人往往有谬误的判断和隔膜的揶揄。"（《诗歌之敌》）这"谬误的判断和隔膜的揶揄"，也就是所谓"吐槽"了。陈衍说："东坡兴趣佳，每作一诗，必有一二佳句。"（《石遗室诗话》）"春江水暖鸭先知"本是佳句一个。

鲁迅还说："诗不能凭仗了哲学和智力来认识。"（《诗歌之敌》）有些吐槽，正是因为他说的这个缘故。

杜牧七绝，唐诗之正脉也，《江南春》云："千里莺啼绿映红，水村山郭酒旗风。"杨升庵吐槽道，"千里莺啼，谁人听得？千里绿映红，谁人见得。"（《升庵诗话》）主张"十里"。然而何文焕问他："十里莺啼，又有谁人听得？"还不如"千里"呢。须知诗可以"思接千载，视通万里"（《文心雕龙·神思》）。有人说"白发三千丈，缘愁似个长"上句是说人的头发长度的总和，这也让人哭笑不得。诗不该这样读。还有一种比吐槽更劣的，即断章取义，如说杜甫《赠卫八处士》诗，是杜甫从老远来，卫八只招待他韭菜下黄粱饭，杜甫一生气就拜拜了，所以结尾是"明日隔山岳，世事两茫茫"。这人还执教北大中文系，结果让系主任胡适知道了，只好也请他"明日隔山岳"，把他给辞退了。

杜牧《赤壁》云："东风不与周郎便，铜雀春深锁二乔。"佳作也。而宋人许顗《彦周诗话》吐槽道："孙氏霸业系此一战，社稷存亡、生灵涂炭都不问，只恐捉了二乔，可见措大不识好恶。"殊不知诗人说二乔，就关系到社稷存亡、生灵涂炭，反而耐人寻味。这叫做绝句之侧面微挑。

周汝昌先生读韩愈《调张籍》之开篇："李杜文章在，光焰万丈长。不识群儿愚，那用故谤伤。"在好奇心驱使下，就想考证一下当时吐槽李杜的"群儿"倒底指哪些人。费了偌大的工夫，结果很是失望，连一个名字疤疤都没有找到。诚如杜甫所说："尔曹身与名俱

灭，不废江河万古流。"（《戏为六绝句》）

《全唐诗话》载，刘长卿以诗驰声上元、宝应间，皇甫湜云："诗未有刘长卿一字，已呼阮籍为老兵；语未有骆宾王一字，已骂宋玉为罪人矣。"说的什么意思呢？说的是当时有一种现象，即被吐槽者（阮籍、宋玉那样的大作家）对吐槽者（实力远不如刘长卿、骆宾王，连个名字疤疤也留不下的人）具有碾压一般的优势，然而吐槽者不知天高地厚，这"槽"还是如鲠在喉，照吐不误。因为他得了一种毛病，叫审美鉴赏力不高，才会蚍蜉撼树，不自量力。

审美鉴赏力的提高，有赖大量鉴赏实践，"操千曲而后晓声，观千剑而后识器。"（《文心雕龙·知音》）不怕不识货，就怕货比货。"朝辞华夏彩云间，万里南美十日还"，措语的来历是李白《朝发白帝城》。初看"万里"比"千里"，"十日"比"一日"，各放大十倍，但不等于诗句好了十倍。这是因为"一"是一个基数，是无穷小的感觉；"十"就没有这个感觉。再说，"千里江陵一日还"还有一个语言上的来历，就是盛弘之《荆州记》中写"夏水襄陵"那一段美文，此句之所以精彩。

《诗经一百首》序[1]

《诗经》是中国文学史上第一部诗歌总集，收入西周初年至春秋中叶的民间和上层诗作三百余篇，当时称"诗"或"诗三百"。这些诗反映了周人农牧渔猎、婚恋风俗、建筑娱乐、部族繁衍、徭役战争等方方面面的生活状况，生动表现了周人的七情六欲及宇宙人生、伦理道德、历史文化、宗教哲学等各种观念。诗中活动着从天子贵族到农奴贱隶等形形色色的人物，展示了极为丰富的历史场面，从而成为周代社会生活的一面镜子，开创了中国现实主义的文学传统。

在《诗经》中，诗篇是按风、雅、颂三大类编排的。这种分类原则及风、雅、颂的本义，自古学者说法不一。后世渐趋一致，普遍认同的意见是：这种编排和分类的依据是音乐。《诗经》是一部声诗，宋代学者郑

1　本文为商务印书馆 2021 年出版的《诗经一百首》序言。

樵在《通志》序中提出：风土之音曰"风"，朝廷之音曰"雅"，宗庙之音曰"颂"。《诗经》有十五国风（汉以前称邦风），小雅、大雅，周颂、鲁颂和商颂。

《诗经》在艺术上有很高的造诣，其影响于后世最大的莫过于赋、比、兴的表现手法。最早提出赋、比、兴概念的是《周礼·春官》："太师教六诗，曰风、曰赋、曰比、曰兴、曰雅、曰颂。"在这"六义"之中，风、雅、颂是诗的音乐分类，赋、比、兴则是诗的不同表现手法。关于赋、比、兴，前人有不同的概括，而以宋代李仲蒙之说为善："叙物以言情，谓之赋，情物尽也；索物以托情，谓之比，情附物者也；触物以起情，谓之兴，物动情者也。"（胡寅《斐然集》一八《致李叔易》引）

赋之"叙物以言情"，主要是指直接叙述、抒情、写景、状物等手法。《诗经》多叙事之作，而抒情诗中也往往有叙事成分。所以，赋法的运用相当广泛。《诗经》中没有纯粹的写景之作，但诗中的抒情往往与写景相结合，做到了情景的交融。《诗经》多对话描写。用第一人称叙事的诗，如《邶风·静女》《卫风·氓》等，多属代言。用第三人称叙事的诗，也往往夹有对话的描写。诗中的对话颇具人物性格，合于特定情景，如《召南·野有死麕》《郑风·溱洧》。还有全篇由对话构成的"对话体诗"，如《齐风·鸡鸣》《郑风·女曰鸡鸣》。这种夫妻问答，大约是当时民歌的一种形式。

比之"索物以托情"，即譬喻。对于诗歌，比喻的重要性超出一般的修辞手法，一个好的比喻往往能照亮一首诗。在《诗经》中，比有两种情况：一是通篇由譬喻构成，即"比体诗"，如《周南·螽斯》《魏风·硕鼠》《豳风·鸱鸮》《小雅·鹤鸣》等篇。二是作为修辞的、在局部上运用的比喻。《诗经》中的比喻已具明喻、暗喻和借喻等多种不同的形式。

兴之"触物以起情"，是民间创造的一种诗歌开篇程式。兴语的作用，主要表现在发端和限韵上。有时除了限韵，还与下文略有映带，或兴而赋，或兴而比。《诗经》中的兴法的运用是灵活多变的，不仅用在一篇的开头，有时也用在篇中，往往是意义上另起一段的开头。如《卫风·氓》从开篇起一直用赋法，而第三章、四章则各以桑之落与未落起兴，兼有比义，分别隐喻新婚之初小日子的滋润和男子变心后处境的黯淡，前后呼应，手法高明。朱熹《诗集传》标明兴的，有二百六十五章，其中《国风》就占了一百三十八章。可见，兴已成为《诗经》开篇的一种程式，这对后世影响极大，从汉乐府直到现代，各地民歌仍普遍采用这一方法。

综上所述，赋、比、兴手法有不同的作用，但在具体写作中，这三种手法的运用又是彼此结合，互相渗透的。"宏斯三义，酌而用之，干之以风力，润之以丹彩，使味之者无极，闻之者动心，是诗之至也。"（钟嵘

《诗品》)

《诗经》的语言，是富于形象性、音乐性和表现力的。此时诗人懂得调声，双声、叠韵和叠字得到普遍运用。"叠韵如两玉相扣，取其铿锵；双声如贯珠相联，取其宛转。"（李重华《贞一斋诗话》）不仅使得诗歌诵读起来音韵和谐，朗朗上口，而且妙于形容。《诗经》的修辞手法多种多样，就辞格而言，赋、比、兴而外，尚有夸张、对比、衬托、对仗、排比、层递、设问、反诘、顶真、回文、拟声、双关、反语，等等，积累了丰富的经验。

《诗经》是一部声诗，也就是配乐歌唱的诗。一篇作品往往由数章组成，每章句数或同或异。特别是在《国风》和《小雅》中，由数章组成一篇的重章叠咏，非常普遍，可看作是《诗经》结构上的一种基本程式。所谓重章叠咏，是指诗的基本内容在前章中已得到表现，而以后各章只在前章的基础上适当改变一些字句，由此构成以章为单位的重叠歌咏。

重章叠咏的方式，主要有三种。一是易辞申意，即每章歌词大体相同，只在某些地方更换一两个字，略寓变化而已。二是循序推进，即在易辞申意时，改换的字在程度上有推进，使诗意逐渐加深。三是加"副歌"的叠咏，也就是诗篇在作部分叠咏变化时，各章有几句的歌词完全相同，相当于当代歌曲中的副歌。这相同的几句歌词，多数放在末尾。有时放在开头，如《豳风·

东山》。重章叠咏的产生，当与音乐和集体歌唱这一事实相关。为了尽兴，一首歌曲常反复演奏多次；为了便于记忆，歌词必须简单易记。乐曲反复演奏，每遍配合的歌词却不用新填，因为歌词的主要内容只要一段就已表达清楚，简单的做法是将已唱过的歌词加以反复。为了避免完全雷同，只需在某些部位约略改变一些字面以示变化。

《诗经》确立了乐府声诗在中国传统诗歌中的优势，汉魏六朝乐府、唐人绝句、宋词元曲及明清时调戏文，即与之一脉传承。本编选诗经名篇共一百零一首，予以注释简析，以飨读者。经典学习应提倡直接阅读原典，故不逐句白话翻译。是为序。

《古诗一百首》序[1]

中国文学史上所称的古诗（作为诗体的古诗，则属于另一个范畴），就是先秦汉魏六朝诗。不过，《诗经》作为一个特例，并不包含在内。

楚辞的出现，标志着中国诗歌进入了个体创作的时代。屈原是中国诗史上第一个伟大的诗人。司马迁说："国风好色而不淫，小雅怨诽而不乱。若离骚者，可谓兼之矣。上称帝喾，下道齐桓，中述汤武，以刺世事。明道德之广崇，治乱之条贯，靡不毕见。其文约，其辞微，其志洁，其行廉，其称文小而其指极大，举类迩而见义远。其志洁故其称物芳，其行廉故死而不容自疏。濯淖污泥之中，蝉蜕于浊秽，以浮游尘埃之外，不获世之滋垢，皭然泥而不滓者。推此志也，虽与日月争光可也。"（《史记·屈原列传》）

1　本文为商务印书馆 2021 年出版的《古诗一百首》序言。

古诗的黄金时代是两汉，尤其是东汉。汉诗有两大系统，一是乐府诗，一是文人五言诗。"自孝武立乐府而采歌谣，于是有代赵之讴，秦楚之风，皆感于哀乐，缘事而发，亦可以观风俗，知薄厚云。"（班固《汉书·艺文志》）汉乐府诗是继国风之后，古代民歌的又一次大汇集，汉乐府有比较完整的故事情节，颇能描摹人物的口吻神情，较国风中的叙事之作，演进之迹甚明，《焦仲卿妻》《陌上桑》为汉乐府之双璧。汉乐府开拓了叙事诗的新阶段，同时也开启了五言诗的时代。五言体较四言体的句容量大为增加，其特点是把《诗经》变化多端的章法、句法和韵法整齐划一，把诗经的低回往复一唱三叹的音节变成直率平坦，更宜于抒情达意。这种诗体得到文人效仿，在东汉取代四言诗成为诗坛创作主流。

梁昭明太子萧统《文选》选编的古诗十九首，标志着东汉文人五言诗的最高成就。"十九首"全是短篇抒情诗，虽非成于一人之手，却有共同的时代主题——汉末动乱时世中寒士的失落和寻常夫妇的两地相思，"平平道出，且无用工字面，若秀才对朋友说家常话，略不作意。"（谢榛）可谓"深衷浅貌，短语长情。"（陆时雍）"文温以丽，意悲而远。惊心动魄，可谓几乎一字千金。"（钟嵘）"观其结体散文，直而不野，婉转附物，怊怅切情，实五言之冠冕也。"（刘勰）

汉末建安时代军阀混战，天下大乱。产生在这一时期的诗歌，一方面反映着社会的动乱与民生的疾苦，充满悲天悯人的情调；一方面便是表现乱世英雄建功立业，收拾金瓯的使命感或雄心壮志。建安诗人多于鞍马间为文，"观其时文，雅好慷慨，良由世积乱离，风衰俗怨，并志深而笔长，故梗概而多气。"（刘勰《文心雕龙·时序》）其代表作家为三曹、七子和蔡琰。曹操深于乐府，其诗悲凉苍劲；曹植五言诗华丽雍容，有极高声誉；蔡琰《悲愤诗》堪称诗史，直启杜诗之先声。

魏晋之际是乱和篡的时代，统治者倡言名教而政治迫害滋多，老庄玄学行时，佛教亦乘虚而入，士人谈空说有，行为流于放诞，文学遂成苦闷的象征。正始与建安时间相隔不过二十年，而文风一变。积极入世、反映现实、慷慨悲歌成了过去，代之而起的是时而师心使气、时而讳莫如深的作风，阮籍的《咏怀》"厥旨渊放，归趣难求"（钟嵘），其与西晋太康时代左思的《咏史》，对唐代五言诗有深远影响。

从魏晋到南北朝，是文学的自觉时代，文士逐渐认识到了文学的审美特点，使创作有了自觉的艺术追求。晋宋易代之际，出现了中国诗史上另一伟大诗人陶渊明。陶渊明从田园风光和农村生活中汲取创作的素材和灵感，肯定了人生的意义，提出了个人的社会理想，其五言诗达到平淡与醇厚的统一，情景与哲理的结合，平实而有深度，创造了一种新的美学风格，迥异于魏晋以来渐趋绮靡的诗风。陶渊明诗著唐诗之先鞭，他也因而成为"六朝第一流人物"（**沈德潜**）。谢灵运为永嘉太守，用诗描绘了浙江、彭蠡湖的自然景色，讲究对偶的形式之美，成为与陶渊明齐名的山水诗人。

佛经的传入，对中国文学的思想、语言和音节都产生了影响。声律学和骈偶学的出现导致诗歌创作声色大开，促成新体诗亦即律诗的兴起，成为中国诗歌的又一转关。由于汉字四声的发现，在齐永明间诗人沈约等提倡下，出现了回避声病、讲求调声的新体诗，是当时诗界的一件大事。这种新体诗，到唐代定型为五言律诗，得到科举考试的采用，而成为最重要的一种诗体。综上（**建安以来**）所述，"汉魏晋宋，齐梁陈隋，八代之阶级森如也。枚李曹刘，阮陆陶谢，鲍江何沈，徐庾薛卢，诸公之品第秩如也。其文日变而盛，而古意日衰也。其格日变而新，而前规日远也。"（**胡应麟《诗薮》外编二**）

东晋以来，长江流域经济增长，商业发达，城市繁荣，世风奢靡，音乐文艺蓬勃发展。南朝乐府机关采集民歌，主要满足统治阶层声色娱乐的需要，所以现存南朝乐府内容比较狭窄，绝大多数是情歌，文人加工的痕迹较为明显。南朝乐府以五言四句体为主，歌曲数百种，以《子夜歌》系列最受欢迎。《西洲曲》在五言四句体的基础上，发展成为长篇，堪称南朝乐府最成熟、精致的作品。

北朝民歌多半是北魏以后的作品，陆续传到南方，由梁代的乐府机关保存。与南朝乐府相比，北朝民歌口头创作居多，以谣体为主，数量较南朝民歌为少，而内容比较开阔，艺术表现质朴刚健，生气勃勃。《敕勒歌》虽由鲜卑语译来，却是北朝乐府的上乘之作。《木兰诗》歌颂一位女性代父从军的事迹，诗中写木兰固然英雄，却毕竟是一位女性，用笔明快而细腻，唱叹有情，是北朝民歌的杰作。

本编上承《诗经一百首》下启《唐诗一百首》，选诗范围为先秦至隋代，共计选诗一百二十首。异文择善而从，异体字改为通行字(如靁作雷，猨作猿)，并予注释简析，以飨读者。

《唐诗一百首》序[1]

唐代是中国诗歌史上的黄金时代。明人胡应麟说："甚矣，诗之盛于唐也（太好了，诗在唐代所达到的盛况呀）：其体（体裁）则三、四、五言，六、七、杂言，乐府，歌行，近体，绝句，靡弗备矣（没有不备的）；其格（品质）则高卑、远近、浓淡、浅深、巨细、精粗、巧拙、强弱，靡弗具矣（没有不具的）；其调（风味）则飘逸、浑雄、沉深、博大、绮丽、幽闲、新奇、猥琐，靡弗诣矣（没有不到的）；其人则帝王、将相、朝士（官员）、布衣、童子、妇人、缁流（和尚）、羽客（道士），靡弗预矣（没有不参与的）。"（《诗薮》外编三）

唐诗开辟了中国诗歌史上的新纪元，六朝开始的新体诗运动得到最终完成；五七言古近体诗体裁大备；唐

1　本文为商务印书馆 2021 年出版的《唐诗一百首》序言。

诗诗歌数量，超出西周到南北朝一千六七百年间存诗总数的二至三倍；在群众参与创作的基础上，每隔几十年就雨后春笋般涌现一批成就卓越的诗人，具有独特风格的诗人超过从战国到南北朝著名诗人的总和。

在唐初宫廷内外都产生了一批优秀诗人，宫廷内有沈佺期、宋之问、杜审言等人，宫廷外有王勃、骆宾王等四杰，从内容上突破了宫体诗的狭小天地，使五言律诗完熟定型，七言古诗面目一新。陈子昂正式反对齐梁，倡言风雅兴寄、汉魏风骨，打出以复古为革新的旗帜，始从理论和实践上为唐诗发展端正了方向。

开元天宝之间，诗歌发展呈跃进性趋势，积极浪漫主义诗风成为时代主流，大批卓越诗人如雨后春笋般涌现。伟大的浪漫主义诗人李白是这一时期最杰出的代表。李白生活在开元天宝时代，一方面感受着欣欣向荣的时代氛围，一方面又察觉到社会潜伏的危机。他一生长栖山林而心存魏阙，做过皇帝的客卿，更是市井平民的朋友，因爱国心切而系身囹圄、曾被流放，不平凡的生活造就了他不平凡的思想性格：既怀儒家济世的人生理想，又对现实存在极端不满，思想行为放荡不羁，追求精神的绝对自由。他通过对壮丽河山的歌唱，表现理想与现实的矛盾，抒发蔑视世俗、笑傲王侯、纵情欢乐、恣意反抗的情怀。其创作状态是天马行空，不拘格律，随意挥洒，十幅一息。至如《蜀道难》《将进酒》等篇，"可谓奇之又奇，然自骚人以还，鲜有此体调也"（殷璠）。时代的特点结合着诗人的独特生活经历和思想性格，使李白将浪漫主义精神和浪漫主义表现手法高度统一，成为屈原以后最伟大的浪漫主义诗人。

李白而外，以岑参、高适为代表的边塞诗派，以王维、孟浩然为代表的田园山水诗派，云蒸霞蔚，共同创造了盛唐气象。岑参长期深入边塞，足迹遍及天山南北，以审美态度歌咏边塞的一切，《走马川行奉送出师西征》等篇尤富奇情壮采，堪称"西部诗人"。王维深受佛教思想影响，以丹青妙手为诗，诗中有画，《辋川集》诸诗，颇具禅机。盛唐文艺洋溢着音乐的精神，得到长足发展的诗体是七言歌行与七言绝句，王昌龄将边塞和妇女题材入七言绝句，以深厚的人道主义关怀和醇厚的艺术境界赢得"诗家天子"之称。

安史之乱前后，现实主义逐渐取代浪漫主义而成为时代潮流。杜甫横跨两个时代，是与这个大动荡时代、与苦难民众同呼吸、共命运的诗人。他以丰富真切的生活体验、深沉博大的儒学情怀、海涵地负的艺术才力，关注时代民生，以时事入诗，再现了近半个世纪的历史画卷，成为一代"诗史"。杜甫是传统诗艺的集大成者，是文人叙事诗第一大宗师，又是唐代最善于驾驭各类诗体的诗人，几乎每一种诗体在他的手里都得到新的发展。七言律诗最能体现汉语诗歌的魅力，而这种形式是到杜甫手里，才成为重要诗体的。以《春望》《登高》为代表的杜诗，在总体上亦以沉郁顿挫、千锤百炼为特色。

大历时代的诗人，在生活、思想、艺术上都无力追踪李杜，大都远宗谢朓、近继王维，寄情山水和日常生活，审美趣味偏于清空幽隽。而"诗到元和体变新"（白居易），出现了继承杜甫的现实主义诗歌大潮和新乐府运动。中晚唐诗歌风格流派比盛唐更多，杰出诗人除白居易外，还有韩愈、元稹、张籍、王建、柳宗元、刘禹锡、李贺、杜牧和李商隐等，可谓百花齐放，各具风采。

白居易、元稹推尊杜甫，提倡诗歌要面向时事、为政治服务，是新乐府运动的领袖人物。《长恨歌》《琵琶行》等叙事诗，以易传之事为绝妙之词，突破其诗论的局限，遂成千古绝唱。韩愈、孟郊则从艺术创新的一面发展杜甫，开新奇瘦硬的诗风，对宋诗有较大的影响。刘禹锡怀六朝情结，得民歌神髓，所作七言绝句，影响深远。

李贺歌诗从楚辞、南朝乐府挹取芳润，多以怀才不遇和恋情为题材，创造了一种迟暮黄昏的梦幻情调，在手法上特重象征和感性显现，开启了晚唐唯美主义的诗风。晚唐杜牧清新俊爽，李商隐包蕴密致，在七言律诗、七言绝句的创作上尤为出色。李商隐七言律诗如《无题》诸诗，注意语言、对仗、声律和典故的精心选择和组织，形成精丽而富于暗示的诗风，是中国古典诗歌通向词境的一大转折点。

"小子何莫学乎诗（年轻人为什么不学习诗呢）！"（孔子）诗教说到底是一种美育。它教人读诗、爱诗、懂诗，使人意气风发，视野开阔，富于亲和力，拒绝负面情绪，懂得语言魅力。读也，写在其中矣。读到什么份上，写到什么份上。

本书实选唐诗一百三十余首，以年代先后为序，同一作者的作品，以五七言古体、律诗、绝句为序，予以注释简析，目的是为中小学生、广大青少年提供一份最低限度的阅读、欣赏与背诵的名篇，养成他们的学习兴趣，而兴趣是最好的老师。

"九层之台，起于垒土。"（老子）有了这样的垫底，何愁栋梁之不起，大厦之不成。

《宋诗一百首》序[1]

　　诗至宋而极其变。何以言之？由于诗歌在唐代焕发出空前异彩，极盛难继，迫使宋代诗人穷则思变。这是诗歌内部的原因，当然还有外部的原因。

　　宋代高度集权而国势不如汉唐，外侮频仍，未曾出现汉唐那样大一统的盛世，文学创作上便难以出现汉赋、唐诗所表现的恢宏的气象。宋代上层穷奢极侈，朝廷对北方实行以金帛换和平的妥协外交，对官吏实行高薪饷的笼赂政策，农民负担太重，起义频仍。阶级矛盾、民族矛盾的尖锐，政治斗争的激烈，影响到诗文创作，是较强的政治色彩。宋代科举考试策论，加之南宋理学在思想界据统治地位；活字印刷术的发明，典籍与著作容易流通，为文人饱学创造了条件，宋人以学问为诗、以议论为诗便形成风尚。

　　1　本文为商务印书馆 2021 年出版的《宋诗一百首》序言。

宋代诗人无意于盛唐，他们选定杜甫和中晚唐诗人的方向，取材广而命意新。钱锺书认为，宋诗对唐诗不是冒险开荒、发现新天地，而是把唐诗的道路加长、河流加深。宋诗在技巧上比唐诗精细，而且更有书卷气，或者说更有文化氛围。唐诗技巧已甚精美，举凡用事、对偶、句法、声韵，唐人妙处尚天人相半，在有意无意间，宋人则纯出于有意，欲以人巧夺天工。其风格和意境虽不寄生在杜甫、韩愈、白居易或贾岛、姚合等人的身上，总多多少少落在他们的势力圈里。(参《宋诗选注·序》)

　　宋诗与唐诗在风格上大较是：唐诗缘情，情辞俱美，丰腴温润；宋诗主意，深析透辟，瘦劲而枯淡。唐人重浑成完整的艺术感受，贵在蕴藉而空灵；宋人重精心刻画的技巧工夫，不免发露而费力。唐诗自在而宋诗典雅，唐诗圆熟而宋诗生涩，唐诗豪迈而宋诗深细。诗学家故有唐音、宋调之分。从文学继承的角度讲，所谓宋调，还是可以溯源到中晚唐直至杜诗。

　　宋初诗坛之风气变迁大体可分两期，前期学唐，后期渐变。宋初士大夫承晚唐五代之余，对通俗浅显的白居易闲适诗情有独钟，号称"白体"。唯王禹偁大力张扬杜甫、白居易的现实主义精神，遂主盟一时。宋初一批山林诗人或宗贾岛，在艺术上追求奇巧，务为推敲，唯搜眼前景，而构思深刻，代表诗人有魏野、林逋等。真宗朝台阁文人杨亿、钱惟演等专学晚唐李商隐，其诗讲究典丽精工，开了以才学为诗的风气，结集为《西昆酬唱集》，号"西昆体"。

仁宗朝的梅尧臣反对意义空洞、语言晦涩的西昆体，诗风平淡。其诗对人民疾苦体会很深，字句也较朴素，古诗得力于唐代韩愈、孟郊等，律诗则受王、孟的影响。他主张"诗家虽率意而造语亦难。若意新语工，得前人所未道者，斯为善也。必能状难写之景如在目前，含不尽之意见于言后，斯为至矣"（欧阳修《六一诗话》引）。苏舜钦与梅尧臣齐名，称"苏梅"，风格以奔放豪健为主。欧阳修诗与梅尧臣齐名，称"欧梅"；然而他对语言的把握，对字句和音节的感悟，实在梅、苏之上，风格也较为雄赡。

从神宗元丰到哲宗元祐十多年，是宋诗发展的鼎盛时期。陈衍曾把元祐上接开元、元和，称为"三元"，认为是中国诗史三个繁荣时期。此期出现的王安石、苏轼、黄庭坚，是诗坛的三大宗匠。苏轼天才和阅历都超越一代，在诗、文、词各方面都达到了时代的最高峰；王安石、黄庭坚诗歌成就都不如苏轼，但在宋代均可称为大家。王安石更多地表现出对唐音的继承发展，而黄庭坚则更多地表现对宋调的开拓新创。

苏轼是宋代堪与李、杜方驾的作家。苏轼在文艺上有多方面成就臻于一流，有点像文艺复兴时代的巨人。其诗冠代，与黄庭坚并称"苏黄"，与陆游并称"苏陆"。苏诗总体特色是气象宏阔，铺叙婉转，意境恣肆，笔力矫健，与其文有相通之处。散文化、议论化倾向，继韩愈有进一步发展。江西诗派原来主要是从形式上学杜的，而南渡之后，国难当头，宋代诗人遭遇到天崩地裂的大变动，这才对杜诗发生了一种心心相印的关系，从而赋予了当时诗歌以沉重的生活内容与忧患意识。

南渡以后民族矛盾上升，和战之争成为当时政治斗争的主要内容。尽管主和势力在高宗朝一直占据上风，但主战势力从未偃旗息鼓，爱国主义仍成为一种文艺思潮，其在诗歌创作中的杰出代表是陆游。陆游的创作力十分旺盛，今存诗近万首。其作品不但数量多，而且题材广泛，内容丰富。平生诗风虽经藻绘、宏肆、平淡三变，但思想内容上始终贯穿着一条红线，那就是爱国主义精神。在艺术上，陆游是一位转益多师的诗人，其诗比较全面地反映了那个时代的社会面貌，又经常通过瑰奇的想象来表达对理想的热烈追求，是现实主义与浪漫主义的高度结合。陆游诗的风格主要表现为雄浑奔放、气象开阔，而不失晓畅平易、清新自然。

与陆游同时齐名的杨万里、范成大，是有独特贡献的诗人。在感怀时事，抒写爱国情怀这一点上，他们与陆游有共同之处。在诗歌题材和创作手法的开拓上，却有不为陆游所掩的独到成就。杨万里是一位别开生面、独具一格的诗人，又是一位高产作家，"游居寝食，非诗无与"，所作极有特色，时人谓之"诚斋体"。其诗不以重大题材见长，内容俯拾即是，形式则用七绝，表现出作者所具的稀有天才和十足童心，他到处都有发现的喜悦，能为小到一片落叶、一只昆虫写一首诗。在艺术上，杨万里创辟了一种新鲜泼辣的写法，将七绝一体的表现力，尽量加以发掘。论者谓之"活法"。范成大所写的六十首《四时田园杂兴》，把王孟式的田园风光描写和李绅、聂夷中式的悯农情感融为一体，把以前田园诗的两大系统结合起来，算得是中国古代田园诗的新的范本。

南宋后期，宋金对峙已成定局，国人习于苟安。江西派的瘦硬诗风已不为时人所喜，于是出现了江湖派诗人，其七绝平直流畅，长于炼意。此外翁卷等永嘉四灵，自抒性灵，诗风野逸清瘦，生新可喜。宋末危急存亡之际，诗以抗元图存和亡国实录为主要内容，文天祥作为宋末民族英雄，是影响较大的诗人。

要之，宋诗的总体成就虽不如唐诗，但它取材广而命意新，意新而语工，富于书卷气即文化的品味，所以开出新的生面。虽说唐中有宋，宋中有唐，然而考其大较，仍有互不相能处。所以宋诗的光彩不为唐诗所掩，自有其不可磨灭的贡献。本编共选宋诗名篇一百二十一首，逐篇注释并予赏析，以飨读者。

《唐宋词一百首》序 [1]

　　自隋以来，西北各少数民族和西域各国音乐大量传入内地，民间音乐也得到搜集和整理，产生了"杂胡夷里巷之曲"的"燕乐"。唐代成熟的都市文化，追求享乐消费的社会风气，导致了以娱宾遣兴为目的的曲子词的流行，吸引了文人参与创作。

　　李白词二首是公认最早的文人词。到中唐，大批的文人染指词体，产生了张志和《渔歌子》、白居易《忆江南》、皇甫松《浪淘沙》等大量杰作，然皆属于小令。晚唐温庭筠专注于词体创作，所作《菩萨蛮》《更漏子》诸词，意象密集，多用装点字面，特重感性显现。温词重境界的构造，于是形成"词别是一家"（*李清照《词论》*）的面貌，王国维总结道："词之为体，要眇宜修，能言诗之所不能言，而不能尽言诗之所能

1　本文为商务印书馆 2021 年出版的《唐宋词一百首》序言。

言。诗之境阔，词之言长。"（《人间词话》）

五代赵崇祚选晚唐、西蜀词为《花间集》，花间词人将温庭筠词风作为传统词风肯定下来，形成流派，标志着词体的婉约正宗的确立，使"词为艳科"的观念深入人心。而南唐词人以忧患意识入词，产生了词史上空前启后的大家——南唐二主与冯延巳。后主李煜以白描的手法，长短错综的词调，抒写亡国的深哀巨痛和宇宙人生的感喟，如《虞美人》《乌夜啼》《浪淘沙》诸作，可谓"眼界始大，感慨遂深"（王国维），"粗服乱头，不掩国色"（周济），从内容到手法上都突破了传统，提高了词体的格调和地位。

宋王朝的统一，结束了自唐安史之乱以来两百余年的分裂割据状态。南北各地涌现了以汴梁、杭州为首的一批大都会，反映市民阶层生活情调的声乐蓬蓬勃勃地发展，使词体得到了长足发展。北宋初期晏殊、欧阳修等作家，主要从事于小令的制作，词调与风格都接近南唐。而晏殊词情中有思，词风圆融；欧阳修词豪宕沈挚，有太白遗风；范仲淹《渔家傲》以边塞题材入词，略引豪放的端绪；晏几道词多恋旧伤逝，颇具悲金悼玉之情，多寓华屋山丘，人生无凭的感怆，上承后主而较有词采。

经过张先等人继先启后的过渡，到了柳永，始大力从事慢词的创作，如《雨霖铃》《八声甘州》《望海潮》诸作，把赋法引进词中，在句法上运用领字，从内容和形式上给宋词带来根本性的变化，有力扭转了词坛风气，对当世影响极大，号称"凡有井水饮处，即能歌柳词"（叶梦得）。从此词调日渐增多，而慢词一变而为宋词最主要的一种体裁，词体亦由诗的附庸一变而为大国。

苏轼的功绩主要在于题材内容的扩大，不仅写儿女离别、男女相思，更在词中抒发个人宽广胸襟，表现日常生活，举凡咏史、怀古、说理、谈禅无不可入，他"以诗为词"，使词体突破艳科的藩篱，从而大大拓展了疆域、提高了境界。至如《江城子（密州出猎）》《念奴娇》《水调歌头》等豪放、清旷之作，开启了与婉约相对立的词风。

周邦彦上继柳永而扬弃了其通俗性、直接性，代之以包蕴密致的浑厚风格，在音律上更加精审而规范，在技巧上更加考究而深细，如《瑞龙吟》《兰陵王》《风流子》诸词，莫不精于音律，以赋为词，语言典丽，讲究法度，似乎穷尽了词这种样式可能有的种种状态，故被誉为"词中之老杜"（王国维）。

女词人李清照亦工音律，倡言"词别是一家"（《词论》），如《一剪梅》《醉花阴》等，无不情境深挚，造语清新，而南渡后所作《声声慢》《永遇乐》等，则熔国破家亡与身世飘零之感于一炉，出以白描手段，声情并茂，在后主的基础上更有发展。

宋室南渡前后，民族矛盾急剧上升，和战之争成为政治斗争的主要内容。主和势力一直占据上风，而主战势力亦从未晏旗息鼓，爱国主义乃成为时代文艺思潮，慷慨言志与感喟伤时成为词的两大主题，豪放词风遂得到发展的契机。南宋初期词人如张元幹、张孝祥等，大都亲历靖康之变，志在恢复，故能上承苏轼，下开辛派词风。

辛弃疾是南宋最伟大的爱国词人，他生在北方，青年时代即投身抗金复国的斗争，南下后受朝廷妥协苟安政策的羁縻，壮志难酬，只得将满腔热忱与孤愤，发而为词。他在苏轼基础上进一步拓展了词的表现内容，继承其豪放风格，开拓出雄奇阔大的词境。辛弃疾饱览群籍，腹笥极广，熔铸经史，"以文为词"，"以论为词"，如《水龙吟（楚天千里）》《摸鱼儿（更能消）》《永遇乐（千古江山）》等篇，莫不深于寄托，长于用典，虽称豪放，不失词体之本色。影响一代，在南宋词坛形成一个豪放词派即辛派，重要作家有陈亮、刘过、刘克庄、刘辰翁等。

宋金对峙成为定局，恢复之声渐渐衰微，代辛派而起的是以姜夔为代表的格律词派。姜夔上承北宋周、柳，精心追琢，意境清空，音律严整，曲多自度，如《暗香》《疏影》等，有较高艺术成就。

总而言之，词体大体产生于唐，流行五代，极盛于宋。本编从宋人尊为"百代词曲之祖"的李白词选起，实选唐五代词二十五首，宋词九十九首，共得一百二十四首。对于作品之异文，参照流行版本，择善而从，不另作说明。

《元曲一百首》序[1]

广义的元曲应包括元人杂剧。而与唐诗、宋词并称的元曲，则指元代散曲。它是在宋词以后新兴的诗体，或称词余。与传统诗词比较，在表现手法、意境、风格、韵味上，元曲都形成自己的特色。

元散曲的艺术特色，首先是一个"俗"字。元散曲保持了通俗文学的特征，广泛采用北方流行的方言俗语，有的作品通篇使用口语，充满生动活泼的生活气息。不过，这也不是一个"俗"字能盖尽的。读者只须注意一下文人的散曲，就会发现，作者在使用方言俗语的同时，也舞文弄墨，运用或借用诗词的雅言与意境，可谓熔雅俗于一炉。

除了那个"俗"字，元散曲的艺术特色还可以用两个字来概括——那就是"露"和"谐"。简言之，无

1　本文为商务印书馆 2021 年出版的《元曲一百首》序言。

论从创获、创作主流还是从代表作品看，相对于诗词的含蓄婉曲而言，元散曲的艺术特色是"露"；而相对于诗庄、词媚而言，元散曲的艺术特色则是"谐"。

所谓"露"，即语言风格的豪辣和直露。清人刘熙载即指出："词如诗，曲如赋。赋可补诗之不足也。"的确，在表现手法上，传统诗词重比兴寄托，重言外之意，重含蓄之美；元代散曲本于说唱文艺，别开豪辣一路，重情感直抒、白描铺叙，多意外之言。王季思说词曲"分别处在一少说，一多说；一只说到七八分，一则说到十分"（《曲不曲》）。元曲特有的"鼎足对"，较之传统诗词的对仗，特点亦在尽兴尽致。

关于"谐"，刘熙载说："洪容斋论唐诗戏语，引杜牧'公道世间惟白发，贵人头上不曾饶'，高骈'依稀似曲才堪听，又被吹将别调中'，罗隐'自家飞絮犹无定，争解垂丝绊路人'。余谓观此，则南北剧中之本色当家处，古人早透消息矣。"（刘熙载《艺概·词曲概》）《粟香随笔》载有王芰舫《看桃花为阴雨所阻》（蝶恋花）词，末句是"天公也吃桃花醋"，有人认为这是正宗的曲味。

传统诗词或主载道，或主性灵，而以载道为主，比较强调文艺的教化作用，不重视文艺的游戏功能。元代的曲家却习以游戏为常，曲中不但处处有"戏语"，处处杂有搞笑的成分。朱光潜说："尽善尽美的人不能成为谐的对象，穷凶极恶也不能成为谐的对象。引起谐趣的大半介乎二者之间，多少有些缺陷而这种缺陷又不致引起深恶痛疾。"(《诗与谐隐》) 于是，元代散曲引入了在传统诗词作家看来不登大雅之堂，鄙不屑为，也不敢为的题材和内容。

元代散曲家造成谐趣的艺术手法，大致有以下几端。一是语言的雅俗并举，及节奏的多变。元散曲在语言形式上较诗词更多逞才弄巧、文字游戏，重叠、接字、排比、回文等手段运用更多，更花样翻新。传统诗词无论何种风格，在语言上和节奏都讲究谐调之美，在一篇诗词作品中，语言风格大体上是统一的，节奏上是桴鼓相应的。元人周德清所谓："造语必俊，用字必熟；太文则迂，不文则俗；文而不文，俗而不俗。"(《作词十法》) 雅言和俗语的并置，加上节奏的突变，有意无意形成不协调的语言风格，于是造成谐趣，造成不同于诗词的"蒜酪味"和"蛤蜊味"。还有构思的出人意表，漫画化的手法，误会的手法，更重要的是喜剧冲突的设置。喜剧性是比搞笑远为深刻的东西，那就是作者通过揭示事物现象和本质之间的矛盾，而产生的谐趣。

元散曲谐趣形成的社会原因，从创作主体看：元代的散曲作家是社会地位急剧下降的文人。文化落后的蒙古贵族入主中原，蒙古人、色目人贵族掌握了军政大权，汉人、南人地位卑下，备受歧视。科举考试中断，文人位列官吏僧道医工猎民之下，称"九儒十丐"。汉族文人，除少数依附统治者外，大多数在政治上没有出路，与民间艺人结为"书会"，从事散曲、戏曲创作。

元代文人受到的政治压迫虽然厉害，但当时的思想统治却相对放松，儒家传统伦理道德观念、载道派文学观念动摇，游戏人生、低调人生形成一种社会思潮，退隐、叹世成为散曲创作的重要内容，这使得散曲作品中充满叹息、嘲讽的声音，"谐"的因素乘势增长。

从受众客体看：元散曲写出来是供演唱的，它在案头是一种诗歌，演唱起来则是一种曲艺，其受众是广大城乡群众，尤其是市井小民。这些受众文化程度不高，多数是文盲，他们到勾栏、戏院的目的十分明确，就是寻求娱乐、开心和放松。散曲作品中的搞笑，就是迎合这一层次受众需要的。或不免流于低级趣味，也是毋庸讳言的。

刘永济说："散曲者，诗余之流衍，戏曲之本基也。"元代散曲家多是戏剧家，戏剧家兼为散曲家。元代的戏剧深受唐参军戏和宋元杂剧作风影响，喜欢在曲子里使用民间口语，夸张手法，进行搞笑，使曲子洋溢着幽默、诙谐的喜剧趣味。以戏为曲，也就是作家在进行散曲创作时，以代言的口吻叙事，叙事多有情节，情节富于戏剧冲突，尤其是喜剧冲突，从而使作品富于谐趣。

本书主选元散曲名篇，适当节选元杂剧名段，排列大体以作者生年为序。为反映元曲对后世影响之一斑，附录明人小令三首，《绕池游》(《牡丹亭·惊梦》) 一套，清代《哀江南》(桃花扇·余韵) 一套。都为百篇，予以注释简析，以飨读者。

《明清诗一百首》序[1]

有人认为一切好诗到唐朝已被做完,"唐以后诗,但以参考史事存之可也,其语则不足诵"(章太炎)。但清代诗人赵翼不这样看,《论诗》云:"李杜诗篇万口传,至今已觉不新鲜。江山代有才人出,各领风骚数百年。""满眼生机转化钧,天公人巧日争新。预支五百年新意,到了千年又觉陈。"唐宋以后,中国封建社会发展到新的阶段,产生了一系列重大的历史性社会变革。不少生活内容、精神境界,是前人无从梦见的。同时,五七言古近体仍然具有强大的生命力。诗人们运用这些体裁去反映和表现自然、社会和人生之真善恶、美丑,仍然佳作累累,美不胜收。"我愧虽无李白才,料应月不嫌我丑。"(唐寅)这是很好的心态。

明清时代的诗学著述的数量和质量,远超宋人,更

1　本文为商务印书馆 2021 年出版的《明清诗一百首》序言。

不用说唐人了，诸如《怀麓堂诗话》《谈艺录》《四溟诗话》《艺苑卮言》《诗薮》《唐音癸签》《姜斋诗话》《原诗》《带经堂诗话》《说诗晬语》《随园诗话》《瓯北诗话》，等等，在总结评论前人得失的同时，提出了不少有价值的诗歌主张和见解，思想的火花，逐处可见。而这些诗话的作者，如李东阳、徐祯卿、谢榛、王世贞、王夫之、王士禛、沈德潜、袁枚、赵翼等，多为卓有成就的诗人。此外如高启、钱谦益、吴伟业、王士禛、查慎行、黄景仁、龚自珍、黄遵宪卓荦十余家，亦可谓"江山代有才人出，各领风骚数百年"了。

明代开国即诏复衣冠如唐制，为表现博大昌明的汉官威仪，盛唐气象遂为文士憧憬。高棅编选了影响卓著的《唐诗品汇》，按时代体裁细分正始、正宗、大家、名家、羽翼、接武、正变、余响、旁流等九格，悬为诗歌范式。这就决定了明诗继续元诗宗唐的大方向。而长达百年之久的前后七子的复古运动已朕兆于此。"文必秦汉，诗必盛唐"（李梦阳）的理论偏颇，一定程度限制了明诗的成就，"人但见黄金、紫气、青山、万里，则以于鳞体"（《诗薮》）。不过江南有一批诗画兼长的才子，如唐伯虎等，作诗不事雕琢，纯任天真。徐渭、李贽等反对模拟，李之童心说为性灵派主张奠定了基础。

清代诗家蜂起，诗派林立有逾明时。清代诗人惩于元诗绮靡、而明诗恋旧及诗境浅狭的流弊，转益多师、取径较广，在继承的基础上不断创新，而现实主义始终为诗坛之主流。故诗歌出现了百花竞艳的复兴局面，成就超过元明。清初"江左三大家"吴伟业别开生面，创作成就斐然可观。他饱经沧桑，而善取重大主题作为叙事长诗。如《圆圆曲》《楚两生行》等数十篇，取易传之事为绝妙之辞，"格律本乎四杰，而情韵为深；叙述类乎香山，而风华为胜"（《四库总目提要》）时称"梅村体"，可以颉颃唐代的元白。康熙、雍正年间，社会已趋稳定。王士禛远绍南宋严羽，高介"神韵说"，以七言绝律擅长，古淡自然，清新圆润，为一时景从。盛唐风调，复赌于斯。其间挺生查慎行，出入苏、陆而兼采唐音，"故梅村后，欲举一家列唐宋诸公之后者，实难其人。唯查初白才气开展，工力纯熟""继诸贤之后。"（《瓯北诗话》）乾隆朝沈德潜倡"格调说"，诗宗汉魏盛唐，其诗平正朴实，所编著《唐诗别裁集》《说诗晬语》于诗学影响深远。

乾隆、嘉庆时代，号称三大家的是袁枚、赵翼、蒋士铨，而以袁枚成就最为突出。袁枚《随园诗话》，继明公安之后提倡抒写性灵，诗作从内容到形式都令人耳目一新，偏嗜情趣追求，堪称清代的杨万里。扬州八怪中的郑燮，诗书画号称"三绝"，既关心民间疾苦又具有充分的个性，《道情十首》与题画绝句，脍炙人口不逊唐宋名家。同时诗坛出现了一颗巨大的彗星，即早熟而短命的诗人黄景仁。其诗才甚高，善写社会不平和个人遭遇的不幸，表现出一种力透纸背的孤独感。同时著名诗人不少，但要"求一些话语沉痛，字字辛酸的真正具有诗人气质的诗，自然非黄仲则莫属"（郁达夫）。

鸦片战争的洋枪洋炮打开了中国的大门，随后太平天国革命风起云涌，中国的社会性质发生了重大变化，诗坛也发生了重大变革。在时代风暴到来前夕，被誉为"三百年来第一流"（柳亚子）的龚自珍，发启蒙思想家特有的敏感，忧念时局，呼唤风雷。其诗驰骋想象，冲决常规，语言瑰奇，富于暗示，在万马其喑中具有振聋发聩的力量。《己亥杂诗》七绝组诗三百余首构成的大型组诗，上继唐人、下启来者，其独创性表现在叙事抒情结合的格局，成功塑造了一个冲绝网罗、呼唤风雷的诗人自我形象。

晚清诗坛有一些远离社会现实的旧派，与诗坛新风对垒。如宗尚汉魏六朝盛唐的湘湖派，宗尚宋诗的同光体等，就诗论诗，亦各有偏长独至。太平天国以失败告终，资产阶级改良主义政治运动兴起、上层社会内部发生激烈的守旧与革新的冲突、西方声光化电科技知识的传入，引起了一场"诗界革命"。黄遵宪、梁启超最称翘楚。黄遵宪以改良主义思想为武器，广泛借鉴古人和学习民歌，大胆使用新名词和流俗语，创为"新派诗"。"熔铸新理想以入旧风格""元气淋漓，卓然为大家"（梁启超）。康有为亦倡言"意境几于无李杜，目中何处着元明"。(《与菽园论诗》) 梁启超更求新声于域外，倡导译介拜伦、莎士比亚、弥乐顿等人作品以为楷模。这时诗人尽管仍沿用五七言古近体的形式，然实已出现形式为内容突破的趋势。至此，旧体诗的老调子已经唱完了，离新诗的诞生已为期不远。

从以上粗陈梗概、挂一漏万的叙述中，读者也会感到明清诗堂庑深广，确有可观。纵观这小半部诗史，第一流诗人大多产生于发生重大社会变革之际。诗歌一直肩负着重大历史使命，反映着时代的面貌，表现了时代的精神。爱国诗人，关心民瘼的诗人比比皆是。以《诗经》、乐府诗、杜甫、白居易为代表的现实主义诗歌传统得到充分发扬光大。

明清时调山歌却以新鲜活泼的体调，唱出了惊世骇俗的歌声，《山歌》《挂枝儿》《罗江怨》《打枣竿》等为明代文学一绝；而清代的俗曲《马头调》《寄生草》等，亦成就相当，是南朝乐府以来中国民歌的又一次重大收获。

本书依照编者的审美标准，从浩若烟海的明清诗中，择重选取思想内容、语言形式不为唐宋所囿、令人过目难忘的名篇佳作一百二十二首。予以注释简析以飨读者，俾其尝肉一脔而知一镬之味一鼎之调焉。

《今诗一百首》序[1]

所谓今诗，指现代人所创作的在体裁上衔接传统的诗词。"人事多代谢，往来成古今。"（孟浩然）"古今"是相对的概念。任何"古"的，曾经"今"过；而任何"今"的，必然作"古"。以"今"为断代概念是权宜之计。若以一百二十年为一代，上限可以推到 20 世纪之初（1900）。

用秋瑾打头，因为她是反清的民主革命志士，其诗作不好像梁启超那样归入晚清。而其诗直面人生、书写当下、衔接传统，合于这个读本的选诗标准。

自五四新文化运动以来，新诗创作成为中国诗歌创作的主流，新诗的诞生是对"旧诗"的一种抵制。然而，一百年过去，人们却发现，当代中国文坛出现一个奇特的现象，为世界文学史所罕见，那就是文学"旧

1　本文为商务印书馆 2021 年出版的《今诗一百首》序言。

体"的半死半生。"半死"指文言文，因为它基本上退出了文学创作的领域（不过辞赋仍有广阔的应用市场）。"半生"是指"旧诗"写作，呈现一种复兴状态。从首都到各省、到地市州，以及港澳台，以及海外华人聚居地，都有诗词学会的组织，很多人都在写"旧诗"、读"旧诗"，而且佳作累累。"现当代史上，出现了一大批有造诣的旧体诗词作者，他们的作品并非与现代绝缘……它们是中国的，更是现代的，理应被视为中国现当代文学不可或缺的形态之一，甚至可以说它们更直观地体现了对中华传统文化的承续与再创造。"（《人民日报》）

在新文化运动的健将看来，"旧诗"的弊端之一是难作，"旧诗和文言文真正要做到通人的地步，是很难的事。作为雅致的消遣是可以的，但要作为正规的创作是已经过时了"（郭沫若《沸羹集》）。然而会者不难，像鲁迅、郁达夫、田汉、茅盾等新文学巨子，由于旧学根底深，写起来不但游刃有余，而且并非"雅致的消遣"。观其所作，雅好慷慨，多"为时为事"（白居易）之作，多"发挥幽郁"（陈子昂）之作，而且绝无标语口号化倾向。

毛泽东以非常之人，作非常之诗。其写作之在状态，不是"在马背上哼成的"，就是"浮想联翩，夜不能寐"，"遥望南天，欣然命笔"。又察纳雅言，从善如流，如"腊象"改"蜡象"、"热肤挥汗"改"热风吹雨"，等等，都是虚心采纳别人意见后而作的润色。可见创作态度的严肃认真。然而，他却说："这些东西，我历来不愿意正式发表，因为是旧体，怕谬种流传，贻误青年；再则诗味不多，没有什么特色。"（《致臧克家等》）

毛泽东诗词都是被发表的。最早发表的《沁园春·雪》，是1945年重庆谈判时，被柳亚子和《新民晚报》副刊捅出去的。其次是1957年《诗刊》筹备创刊，主编臧克家要求他发表的。于是，新中国最权威的诗刊，创刊号打头阵的却是十八首"旧诗"，可谓占尽风光。从此，《诗刊》不可能排斥"旧诗"。而"诗词入史""诗词入教材"，在20世纪50年代，就成为了一个事实。

20世纪前半叶，能够在报纸杂志上发表旧体诗词，如赵朴初、郭沫若等，是一种特殊待遇。曾经有一段时间，人们认为诗词、甚至认为汉字已经走到了尽头。又有一段时间，人们认为毛泽东诗词就是传统诗词最后的辉煌。这其实是低估了汉字和诗的生命力，也低估了后人对汉字、诗词的接受喜悦的程度和驾驭能力。

开放之年，值词章改革之大机。于时思想解放，文禁松弛，诗家取题日广，创获尤多。"以鸟鸣春""以虫鸣秋"（韩愈），"所有的狗都应该叫，就让它们各自用上帝给它的声音叫好了"（契诃夫），悦耳之声是处可闻，令人心情畅美。"没有读遍当代诗词，就说它超越唐宋，固然是妄下结论；但要说它根本不可能超越唐宋，同样是妄下结论。"（钟振振）王蒙将传统诗词比做一棵大树，谓直干虽成，而生机犹旺。仍旧是"老树著花无丑枝"，仍旧可以添枝加叶，踵事增华。

鲁迅书信说："我认为一切的好诗，到唐代都已写完。"这句话广为流传，其实是断章取义。因为后面还有一句话："今后若非能翻出如来手心的齐天大圣，大可不必措手。"也就是要"增量"，要盘活"存量"。你翻不出"如来手心"，写出来的东西只是唐诗宋词的克隆，就不如直接读唐诗宋词。当代诗词之所以有未来有希望，就是在于有人翻出了唐人的手心。大河奔流，披沙拣金，往往见宝。不是平仄协律，不是类同唐诗宋词，而是传统体与现代性的结合，有新的思维和语言，方能彰显传统诗词在当代的生命力与特色。

因此，本书的选诗标准有三：一曰书写当下。不书写当下，没有时事，没有开放的思想意识，题材是传统题材、思想是陈旧思想、情调是士大夫情调，或者为标语口号传声筒，"雷同则可以不有，虽欲存焉而不能"（袁宏道）。二曰衔接传统。不衔接传统，就不是诗词，就该去写新诗、新民歌、东江月。三曰诗风独到。衔接不等于复制，任何经典文本，它的美都是不可复制的。"若无新变，不能代雄。"（萧子显）

有了书写当下、衔接传统这两条，允称小好；加上诗风独到这一条，堪称大好。

作品好不好，流传与否是不骗人的硬道理。宋诗中有一首《山村咏怀》："一去二三里，烟村四五家，楼台六七座，八九十枝花。"流沙河羡之欲死，云："我若能有一首、一句也好，流传到千年后，便做阿鼻地狱之鬼，也要纵声欢笑，笑活转来，再笑，直到又笑死去。"所以，本编优先考虑的就是那些一百年间早已脍炙人口的作品。对于新新作者，则偏重于那些具有阅读快感，"可以使读者眼前一亮，心里一颤，喉头一热的作品"（**杨逸明**），尤其是本人历年著述与讲座中，常常提到的、欲罢不能的作品。"认诗不认人"，如是而已。

因囿于见闻及篇幅有限，仅录约七十余家诗词（曲）一百四十余首，略加注释、简评，以供读者尝鼎一脔，固不免挂一漏万之讥。还望读者提出宝贵意见，以待望于来日之续编。

《新诗一百首》序[1]

将五四以来的白话诗称为"新诗",是一种权宜之计。

一部旧诗史是格律化的诗史;而"新诗迅速普及,致胜之因,全在自由。一、抛掉旧体诗词的格律,诗人获得形式的自由。二、舍弃典雅陈古的文辞,诗人获得语言的自由。三、放逐曲达宛喻的传统,诗人获得意趣的自由。那时的新诗又叫自由诗。新体灿然而光,旧体黯然而晦"(*流沙河*)。由于是自由体,它的美(*形式美*)只能处于不断的探寻中。唯其如此,便没有惯例可循。新诗较诗词,更深入生活细节,更重视思维深度,对于好句、意象、构思、内在韵律,有更高的要求,因而更难以藏拙,更需要原创性,更需要天才。

新诗发煌之初,废名有一个意见,未必所有人都能

1　本文为商务印书馆 2021 年出版的《新诗一百首》序言。

同意，却是不应忽略的，因为他试图说明新诗与诗词在本质上的不同——"旧诗（即诗词）的内容是散文的，其诗的价值正因为它是散文的。新诗的内容则要是诗的，若同旧诗一样是散文的内容，徒徒用白话来写，名之曰新诗，反不成其为诗。"（《新诗十二讲》）此论令人耳目一新，可惜的是，什么是诗的内容，什么是散文的内容，他没有讲清楚。

新诗的思维语言是白话，白话是生活语言，也是活的语言。它是活泼的、开放的、日新月异的。在语汇上，白话比文言更丰富；在表达上，更注意追求语言的张力。张力就是带劲。"我不骗你，我不是什么诗人"（闻一多《口供》），逆挽如挽弓，就有张力。"时间开始了"（胡风），突兀也有张力，表达了一种"历史从我开始"的、一代人的自负感。"让所有的日子都来吧/让我编织你们"（王蒙），祈使句，表达一代新人的自我陶醉，表达也有张力。很难想象同样的意思，用文言，纳入五七言古近体，还这么带劲。

其次，新诗的完成度高，更有技巧的追求，更容易做到应有尽有，应无尽无。诗词的句式、句数固定，却不免凑字、凑句、凑韵。新诗力求醇化、净化，没有字数、句数的限制，故无须凑字、凑句；没韵脚也能成诗，故无须凑韵。"亲爱的维纳斯啊/在战乱时期人类不得不挣脱你的拥抱/你留在人类肩上的两条断臂/也许再也无法被和平接上了。"（严力）新诗中通感非常活跃，字句的语言关系十分密切，无缝的连接，没有多余的话，感觉特别自然。前人说杜甫七律或"只须前半首，诗意已完，后四句以兴足之。去后四句，于义不缺，然不可以其无意而竟去之者"（吴乔《答万季埶诗问》）。新诗更是天衣无缝。

第三，新诗较之诗词，更有意识地追求陌生化。柳亚子曾经说：作诗词难，作新诗更难。何以言之？周作人说，诗词"是已经长成了的东西，自有它的姿色与性情，虽然不能尽一切的美，但其自己的美可以说是大抵完成了"（《论人境庐诗草》）。容易写成似曾相识的东西，训练出"创造性模仿"。其负面作用很明显，那就是"抑制勇于创新的诗人，扶助缺乏创见的诗人，把天才拉平，把庸才抬高"（斯蒂芬·欧文《初唐诗》）。明诗对于唐诗，就是如此。

杜甫说："少壮能几时，鬓发各已苍。"（《赠卫八处士》）李煜说："沈腰潘鬓消磨。"（《破阵子》）新诗不能这样直说。"那个小男孩/已提前三十年出发/我如何才能赶上他？"（张应中《童年》）"那个小男孩"，便是童年的"我"。对于现在的"我"，又是非"我"——是"他"。三十年过去了，教"我"如何去找回"他"？"我"非"我"，非"我"即"我"——不说沧桑，却含三十年沧桑；不说伤逝，却含太多惆怅。新诗丰富了汉语的表现力。

其四，内在韵律，这个是古今通邮的。曹操《短歌行》一面写人生的无常，一面写永恒的渴望；一面写人生的忧患，一面写人生的欢乐——"读者只觉得卷在悲哀与欢乐的旋涡中，不知道什么时候悲哀没有了，变成欢乐，也不知道什么时候欢乐没有了，又变成悲哀。"（林庚语）这就是内在韵律。新诗对内在韵律的追求，更甚于外在韵律。郭沫若说："不曾达到诗的堂奥的人简直不懂"，进而指出"内在韵律便是'情绪的自然消涨'。"他的俳句："声声不息的鸣蝉呀/秋哟！时浪之波音哟/一声声长此逝了……"（《鸣蝉》）前两句是涨，后一句是消，完全传达出秋日鸣蝉的听觉之美，和逝者如斯的内心感受，这是秋声，你就说它是大自然的音乐也可以。

其五，一般说来，传统诗词是以真实经验为基础的诗歌，就拿李白的"燕山雪花大如席"来说吧，"燕山究竟有雪花，就含着一点诚实在里面，使我们立刻知道燕山原来有这么冷。如果说'广州雪花大如席'，那可就变成笑话了"（鲁迅《且介亭杂文二集·漫谈"漫画"》）。而新诗的想象可以颠覆常识，如洛夫的"中午/全世界的人都在剔牙"（由于时差绝无可能，但人毕竟剔牙），"一群兀鹰……也在剔牙"（常识：兀鹰无牙可剔），其吊诡的想象就是超验的。

新诗的成就，从来没有被高估过。然一百年间，代有才人。据说每一个新诗人，都认为自己写得最好，这何尝不是好事。举 100 首新诗，自然会挂一漏万，以偏概全。本书选诗的标准，一是偏于经过时间检验，早成名篇的；二是篇幅短小，容易成诵的；三是本人有幸读到，且有所会心的。谚云："口之于味，有同嗜焉"，又云："谈到趣味无争辩"，各有道理。

有兴趣的读者，可循此进一步广泛阅读，是为至盼。

《历代诗词分类鉴赏》卷首语[1]

一、叙事·传奇

讲个故事吧，讲个故事吧，在这无尽的长夜里——

悠悠往世啊，你洞悉一切秘密，任何佳话传奇你从不忘记，一切你都保留收集——

一项研究表明，幼儿在临睡前会感到孤独和恐惧，而大人说故事的那种亲切的调调儿，对孩子来说不啻是一种安慰，并能引起他们对生活的憧憬和好奇。

一个东方的国王，因为被妻子欺骗而恨所有的女性，决定每天娶一个女子，第二天早上就将她处死。一位聪明的女子，请求国王让她妹妹来陪她过夜，夜里就给妹妹讲故事。第二天早上故事没有讲完，国王就让她

1　本文为凤凰出版社 2009 年出版的《历代诗词分类鉴赏》各卷卷首语集萃。

继续讲下去，竟然讲了一千零一夜，直到国王将那个荒唐的决定彻底放弃。

富有诗意的叙述包含着人生的奇妙和美好，富有诗意的叙述宣布了生命的胜利。

讲个故事吧，讲个故事吧。

二、咏史·怀古

当赫拉克利特在爱琴海畔，说着人不能两次涉足同一条河流时，孔子在黄河岸边叹息：逝者如斯夫，不舍昼夜！

泰戈尔向未来世纪深情一问：一百年以后读着我的诗集的读者啊，你是谁呢？

生命伊始，便处在不停地送往迎来之中，人在不断地为新生事物的出现而惊喜而雀跃的同时，亦必为美好事物的消逝而感伤而顿足——失明的陈寅恪低吟道："今日不知来日事，他生未卜此生休！"

然而，日光之下并无新事——正在发生的事，过去兴许已经发生；曾经发生的事，将来兴许再发生。谚云：观今宜鉴古，无古不成今。培根说：读史使人明智。

愿收在这里的每一首诗都为你打开一扇新的窗子，愿你能听到某一个春朝或秋夕歌唱过的清新或沉郁，越过千百年传来它悲欣交集的歌声。

三、军旅·边塞

人类企求和平，历史充斥战争——有人说，和平是两次战争的间歇。

似乎又存在这样的二律背反——太平时代的人自私计较，逸乐成风；共度时艰的人坦荡无畏，英雄辈出。

岂曰无衣，与子同仇！烽火照西京，心中自不平！少小虽非投笔吏，论功还欲请长缨！起来，不愿做奴隶的人们，把我们的血肉筑成我们新的长城！——孟子曰：生于忧患，死于安乐。

捍卫边疆，抗敌御侮的战争，能展示一个民族的刚烈血性。那匍匐华夏大地的万里长城，从嘉峪关到山海关，从居庸关到玉门关，上演过多少感天动地的大片，产生了多少不朽的歌吟。

听吧，那穿越时空的羌笛，或许能引你拂拭那一段尘封的历史，感受那一颗颗激荡的心，你兴许会得到——灵魂之洗礼。

四、田园·山水

田园与山水，不仅供给了人们的衣食之需，从其作为文学的题材那一天开始，也成了人们艺术精神活动的一方家园。仁者乐山，智者乐水——此中有真意，欲辨已忘言。

千百年来，描绘田园山水自然风光的作品，千汇万状，牢笼百态——雄奇、瑰丽、清幽、空灵、真朴、简淡——美感纷呈。荷载着博大深厚的思想意识，超凡脱俗的精神气质，丰富饱满的审美情感，闲逸多姿的人生趣味，及生动传神的艺术表现。

绿色环境产生绿色的诗，看看杜甫笔下的锦江风光：舍南舍北皆春水，但见群鸥日日来；清江一曲抱村流，长夏江村事事幽；自去自来堂上燕，相亲相近水中鸥——

而今天江岸的巨幅标语是：还两江清水，造一片绿荫。

锦江重温旧梦，不会为时太远吧？本书广告词——增强环保意识，常读山水诗词。

五、感遇·言志

立志、工作、成功是人类活动的三大要素。

工作随着志向走，成功随着工作来，这是一定的规律——先立乎其大者，则其小者不可夺也。

马克思说：人所知道的，我都想知道。又说：在科学上面没有平坦的大道可走，只有在那崎岖小路的攀登上不畏劳苦的人，有希望达到光辉的顶点。

最碍事的性格是志大才疏，最常有的感慨是怀才不遇。不少人都有宏大的志向，只有少数人愿从身边小事做起。最好的职业是个人爱好的那一行，然而，有时候是职业选择你。

三百六十行，行行出状元。毛泽东瞧不起的人，是大事做不来、小事不愿做的人。赵忠祥有一句话值得欣赏——如果叫我打扫清洁，我愿做打扫得最干净的那个人。

从古以来，就有这样的人：有埋头苦干的人，有拼命硬干的人，有为民请命的人，有舍身求法的人——鲁迅说，这就是中国的脊梁。

六、相思·爱情

问世间情为何物，直教人生死相许！

谁为爱情发动一场战争？谁为爱情置江山于不顾？谁为爱情看破红尘？谁为爱情守身如玉？天涯海角觅知音，碣石潇湘无限路。梁山伯与祝英台，罗密欧与朱丽叶——两情若是久长时，又岂在、朝朝暮暮！

爱是生命的内驱力，是源于本能的冲动与渴求；爱是两颗心灵碰撞而爆发的耀眼的火光，是宇宙间永远飘扬的一面旗帜。

爱使性本能得到升华，上升到似乎与性无关的目标。爱能移人性情，创造生命的奇迹，提升生命的境界，使人类得以延续。爱让男人更有力量，让女子更加美丽。侠骨怀柔情，懦夫有立志。诗人从情诗起步——他的第一件作品是单恋或倾慕。

啊，假如春天没有花，人生没有爱，到底成了个什么世界？

七、友谊·亲情

在人类历史上，最通用的惩罚是监禁；而感化罪犯最有效的途径，则是亲友的探视。这从一个方面说明，对人来说，亲情和友谊是多么重要。

亲情，指的是直系亲属姊妹兄弟间的血缘纽带，这种感情是天然亲和的，是无条件的。"永痛长病母，五载委沟蹊""有弟皆分散，无家问死生"——此千古之伤心事也。故"人人"必始于"亲亲"。

有些话你不能对父母讲，不能对配偶讲，可以和朋友说。海内存知己，天涯若比邻。落地为兄弟，何必骨肉亲。多一个朋友多一条路，少一个冤家少一堵墙。

亲情友谊推广的价值，在一"和"字。历史的教训表明，窝里斗，与人斗，都是没有前途的。而倡导以人为本，建设和谐社会，则非常正确，非常光荣，非常明智。

辑古今之佳作，与亲友而共享，实有助优良传统之发扬，和谐世界之创缔焉。

八、饮酒·品茗

茶酒的朋友，盐米的夫妻。柴米油盐酱醋酒茶，古称开门八件事——前六为常设，后二为余事。欲把西湖比西子，从来佳茗似佳人。何以解忧？唯有杜康。

现代医学证明，适量喝酒，对促进血液循环是有好处的。而茶，则有清新明目，提神醒脑之功用。在温饱有加的时代，茶与酒并行不悖，实题中应有之义。

至于茶之品尝，酒之酿制，剑南春之命名，紫砂壶之工艺，尽君把玩，耐人深味，蔚为文化，博矣深矣。

清人吴乔以饭喻文，以酒喻诗，堪称妙譬。而茶处两间，为散文诗焉。

东坡思茶多妙语，李白斗酒诗百篇，古往今来，佳作累累，或音情顿挫，光英朗练，脍炙人口，传唱至今，汇为一编，以飨君子。

诸君于茶余酒后，洗心饰视，必能发挥逸兴，或可一扫幽郁也。

九、节令·风俗

民族首先是按语言来划分的。如果一位华侨根本不会说中国话，那么他就不再是一个中国人了。

第二是什么呢？第二应该是风俗。你看那些打工仔，为什么不惜花去一年工资的三分之一，一定要挤进爆满的车厢，匆匆赶回家过年？这就是年节的感召力和一个民族几千年来的习惯在起作用。

有一次，在机场候机厅碰见一位西崽，本来已经在美国拿到绿卡了，可还是住不惯，他每年必定要回国一次，其目的仅仅是为了吃上下酒的猪耳朵！可见即使是简单的饮食风俗，也是挥之不去的。

一个民族的风俗，又主要表现在传统节日上。只要翻开古典诗词，读读那些描写传统节日的佳篇，马上就与古人没有距离感了，爱国爱乡之情便油然而生了。

所以爱国主义教育，不一定全讲正气歌。

讲一讲中秋词，也有异曲同工之妙呢。

十、咏物·花鸟

先民从自然崇拜开始对世界的认知，他们一天的快乐，或始于昨夜的一阵花香，或许发自清晨的数声鸟语。

晋陶渊明独爱菊，自李唐以来，世人甚爱牡丹。不是爱花即欲死，玩物未必即丧志。

每一种植物都有一个动人的名字。在故乡，一种并不好看的粘粘草，名字叫作"美（每）人脱衣"。诗人用玫瑰表达爱情，以莲花象征高洁，用雄鹰象征勇猛，用鸽子来呼唤和平。香草美人，以譬君子。

请不要诬蔑动物，动辄骂人"禽兽"。请不要把恶的行为叫作"兽行"。人们为什么养宠物，因为禽兽并不比人更坏。

居住都市的我，多么希望像古人一样——晚上能看见满天的星星，早上被清脆婉转的鸟叫吵醒——而后幸甚至哉，歌以咏志。

十一、谈诗·论艺

如切如磋，如琢如磨，人生之快事也。

魏晋名士，谈空说有，为一时风尚。至陶渊明而一变——或"相见无杂言，但道桑麻长"，或"奇文共欣赏，疑义相与析"。以文会友，论诗谈艺，遂相沿成习。

王蒙云：呜呼，何今日喜写传统诗词之人之多也？固是生活安定，寿命延长，中华文化弘扬高唱之佳兆也。虽不乏佳篇，也时见陈词滥调、画虎成犬、无病呻吟、装腔作势之作多多。——欲药其病，首当虚心，尊我传统，尚友古人。

"汝果欲学诗，工夫在诗外"——诗须写生活、写沧桑、写兴会。妙悟固然重要，语言、韵律、技巧亦不可忽也。诗人论诗谈艺，好用诗体——老杜称"戏为"，遗山有专攻，渔洋瓯北，各擅胜场，妙语连篇，金针度人，仅就七绝一体而论，即逾万首之多。

展卷读之，每觉古人先获我心。沉浸浓郁，含英咀华。如入宝山，断不空手而归也。

十二、闺意·宫词

在漫长的历史长河中，有多少妙龄女子，为了久成不归的征夫而苦苦守候，直至熬干了她们的青春。又有多少如花美女，拥挤在一个叫深宫的笼子里，全神贯注地倾听铜壶滴漏和那个咫尺天涯的男人的脚步声，内心饱受嫉妒的折磨——

为节妇树贞节牌坊的时代万劫不复，林忆莲却唱起幽怨的歌：爱上一个不回家的人，等待一扇不开启的门——

世界上最遥远的距离，不是生死相隔，而是用冷漠的心对爱你的人掘了一条无法跨越的沟渠。是谁在抱怨，半夜三更还没有听见熟悉的脚步？是谁在哭泣，泪水打湿了一个又一个不眠的夜晚？是谁在妒忌，全心全意的付出没有得到相应的回报？逝去的宫怨，在商品经济的时代是否又借尸还魂？

千万别让这条沟渠越来越宽啊，身处围城的人们，不要在隔膜中越走越远，不要在忙忙碌碌中失去了——真爱。

十三、讽刺·嘲谑

空穴有来风，愤怒出诗人。上以风化下，下以风刺上。周厉王使卫巫监谤者，人民道路以目，阻塞言路，是为壅君。

讽刺的力量在于真实，鲁迅说，真实地或略带夸张地写出某人的缺点，被写的人便说是讽刺。故秃顶于灯泡，有深讳焉。

或婉而多讽，或淋漓尽致——一棒一条痕，一掴一掌血。或正言欲反，或直言无忌。或寓谐于庄，或庄谐并辔——集雅俗于一炉，杂刚柔而互济。谑而不虐，是为得之。

人非圣贤，孰能无过。君子有过失，当如日月蚀。言之者无罪，闻之者足以戒。有则改之，无则加勉。口说不算，实行才好！

或附之以调侃，或加之以嘲戏。良药苦口，忠言逆耳。有一种力量叫幽默，有一种愚蠢叫自闭，有一种文采叫打油，有一种开心叫打趣。

君子曰：何乐而不为也！

诗话一五六则

一　广义的诗教，不是教人作诗，而是教人做个诗性的人。诗教的鼻祖是孔子，《论语》中没有一首孔子的诗。眼界高的人，往往不肯措手，不肯枉抛心力，止于想得到的好。然而孔子最是诗性之人。

二　诗教说到底是一种美育。它教人读诗、爱诗、懂诗，而并不要人人都成为诗人。孔子说"小子何莫学乎诗"，而不说"小子何莫做乎诗"。孔子不作诗，孔门弟子也不作诗，但讨论起诗歌来，都有很高的见地。他们是一群心智健康的人，是一群诗性的人。

三　马克思说："对于非音乐的耳，再美的音乐也是没有用的。"而美育的目的，就是要让人具有一对音乐的耳，以及一双慧眼。（阎肃词："借我一双慧眼吧。"）换言之，就是培养其审美直觉的能力。

四　《礼记·经解》云："孔子曰：入其国，其教可知也。其为人也，温柔敦厚，诗教也。"何谓"温柔敦厚"？一言以蔽之，近人情耳。故张问陶云："好诗不过近人情。"

五　在人一生的教育中，诗教的作用超过"思教"。冯小刚谈电视剧拍摄理念，曰：有意义不如有意思。写诗亦如之。所谓意义，即思想教育。所谓意思，即审美教育。此之谓"诗可以兴"。审美教育，莫如诗教。

六　在我看来，《声律启蒙》的重要性不亚于《三字经》，更不用说《弟子规》。可以教儿童认识汉语之美，领略平仄思维与对仗思维的魅力，领略母语的魅力，从而由热爱母语而热爱家乡、民族和祖国。背得一段也好。

七　奥登说："诗的功用无非是帮我们更能欣赏人生，反过来说，帮助我们承担人生的痛苦。"普陀山的普济寺有一块匾额曰"与乐拔苦"，就像是这话的缩本。

八　诗使人以审美态度观赏人生。郑家诗婢一个说"胡为乎泥中"，一个说"薄言往诉，逢彼之怒"时，就消解了涂炭之苦。杨子荣见坐山雕，答"天王盖地虎"曰："宝塔镇河妖"，就化险为夷，作用相当于对诗，有游戏的意味。

九　李后主之词超越词人一己之利害，把一切众生伤逝的悲哀都写出来，也就帮助众生承担了人生的痛苦。所以王国维说他："俨有释迦、基督担荷人类罪恶之意。"

一〇 只要是诗人，必有慈悲的一面。谭元春评曹操："此老诗中有霸气，而不必王；有菩萨气，而不必佛。""有菩萨气，而不必佛"，也便是诗心深契佛心的一转语。

一一 "欢愉之辞"可以帮助我们更能欣赏人生，"穷苦之言"则帮助我们承担人生的痛苦，这是一块金币的两面，缺一而不可。所以陶渊明说"欣慨交心"，弘一法师说"悲欣交集"，王蒙说"泪尽则喜"。

一二 "金刚怒目"与"菩萨低眉"，也是一块金币的两面。所以，"诗可以怨"，其于佛心，虽不中亦不远矣。

一三 诗词学会要谈诗词，不可越俎代庖，忘了本等。将近来读到的惊艳之作，与人分享，即善莫大焉。

一四 诗者，释也。人秉七情，应物斯感，或为之苦恼，或为之困惑，或为之激动，或为之神往，"心有千千结"。须释而放之，才能复归宁静，复归圆融。故白居易曰："泄导人情。"释放即放下，放下即般若。以此观之，诗心之深契佛心，非偶然矣。

一五 在通常情况下，诗心归诗心，佛心归佛心，无须混为一谈。诗的立场是执着人生的，满足人们的精神需求；而佛的态度是通向彼岸的，满足人们的灵魂需要——风马牛不相及。不过，唐诗高处往往通禅。或者说，诗心深处，往往契合佛心。

一六　有一种观点认为，喜悦会影响诗的深度。王蒙说："我二十二岁以前也是这样想的。而我后来的经验与修养是'泪尽则喜'。喜是深刻，是过来人，是盔甲也是盾牌……请问，是'为赋新诗强说愁'深刻，还是'却道天凉好个秋'深刻呢？是泪眼婆娑深刻呢，还是淡淡一笑深刻呢？"

一七　诗的方法，也通于禅。司空图说："不着一字，尽得风流。"禅宗则说："不立文字，教外别传。"严羽说："大抵禅道唯在妙悟，诗道亦在妙悟也。且孟襄阳学力下韩退之远甚，而其诗独出退之上者，一味妙悟故也。"

一八　诗才，是从阅读中产生的。读到什么份儿上，才可能写到什么份儿上。读到见了诗家三昧，不写则已，写必不落公共之言，下笔即有健语、胜语、妙语，而无稚语、弱语、平缓语。

一九　什么是诗人？我有一个定义——凡用全身心去感受、琢磨人生而又有几分语言天赋的人，便有诗人的资质。

二〇　一个诗人有两个琢磨，一是琢磨生活，二是琢磨语言，两个琢磨都到位时，写出的东西"不摆了"。

二一　只琢磨语言，不咀嚼生活，会失之浅，（陆游曰："纸上得来终觉浅。"）失之油滑。只琢磨生活，不推敲语言，会失之粗，所谓字词句不到位。粗浅，非诗之至也。反之，是深细，是精深。

二二　作者一要妙悟，二要饱学，三要不端架子，四要不落俗套，五要文白兼善。天机清妙而学富五车者，偶尔为之，便成妙谛。

二三　我小时候看过一本苏联读物，书名叫《我看见了什么》。对这本书我只记得十来页内容，却非常喜欢这个书名。因为它符合我的一个写作理念，就是：写作能力、写作水平是从看书中得来的，写作水平取决于"我看见了什么"。

二四　我有一句话，是依照孔子的一个句式造的一个句，就是"读也，写在其中矣"。这是我自己的一个人生体验，就是人的写作能力，是从哪里来的？是从天上掉下来的吗？不是。人的写作能力是从阅读中得来的。

二五　每个人都可以直接阅读生活。但是每个人的生活经验都不相同。你不能拥有别人的生活，那么，通过阅读，你能间接地获得别人的生活经验。所以阅读非常的重要，写作能力是从阅读中得来的。

二六　最好的语言，杜甫称之"老"，老练、老成的"老"。就是说，它非常成熟，哪怕他说的就是白话，但是你就觉得无可挑剔，觉得这个话就要这样说最好。要做到这一点，确实需要在"读"的方面下很大功夫。

二七　熟读成诵，可以使古典作品中的形象、意境、风格、节奏等都铭刻在脑海中，一辈子磨洗不掉——程千帆如是说。至于平仄、入声、格律、语感等，也都不在话下。写出想不到的好，无一例外，都是"循绳墨而不颇"之人，"随心所欲不逾矩"。没有一个人想大动干戈，去改良诗体。

二八　诗家刘梦芙自叙曰："余诗沾溉唐以下诸家，于汉魏两晋未尝用心，气格未致高浑，辞句每患浅弱。"此真人不说假话。我素不能饮，亦为之浮一大白。

二九　一切艺术都含有几分游戏的意味，诗歌也是这样的。由诗歌派生出的文字游戏很多，如酒令、诗钟、联句、步韵，等等，不一而足。在孔子的"《诗》可以兴，可以观，可以群，可以怨"之后，还可以加一句"可以玩"。

三〇　人不能两次在同一条河流中蹚过。田晓菲女士说："不仅要牢记新诗的诞生是对旧体诗的抵制，还要记住新诗的出现改变了旧体诗的创作。"善哉斯言！

三一　从来诗词不外乎两种，一种是创作，一种是组装。诗词在古代，有社会应用功能，联句、唱酬、步韵是写作习俗，而节日、聚会、离别、生日是写作由头。其间创作，唯天才能之；组装，则比比皆是。

三二　创作须有感而发，有话可说，切忌找些话来说。找些话来说，是谓拼凑。

三三　初学宜做加法，追求应有尽有。学到一定程度，则要做减法，追求应无尽无。

三四　作品好不好，要看完成度高不高。完成度高的作品，做到了八个字："应有尽有，应无尽无。""麻雀虽小，肝胆俱全"，是应有尽有；"凫胫虽短，续之则忧"，是应无尽无。

三五　题材不是问题，关键要看是不是你的"菜"。第一，是否真正有所触动。第二，是否引起生动的联想。第三，腹笥中有没有够用的语汇。第四，语汇有没有意想不到的组装。鲁迅说："从水管里流出的都是水，从血管里流出的都是血。"

三六　当代作者须强化创作意识——写个人经历，从自己跳出来；写社会题材，把自己放进去。尽弃登临聚会无关痛痒之作。

三七　每一首诗词都应该成为一次美的发现。要新题，不要滥题。一本诗集，观其题多一时登览、又逢佳节、浮华交会、闻风慕悦、送往劳来、步韵奉和之类，则其诗可知。

三八　写诗之乐在于发现。杨万里诗曰："小荷才露尖尖角，早有蜻蜓立上头。"是蜻蜓发现了小荷，是杨万里发现了蜻蜓的这个发现，是以妙到毫巅。

三九　读诗之乐亦在发现。当我说杨万里发现了蜻蜓的发现时，听众中有人说："您发现了杨万里的发现。"满座为之粲然。诗友在一起，交流读诗的发现，胜过交流自己的习作。

四〇　毛泽东说，朱自清不神气，鲁迅神气。神气之文，乃有阅读快感。聂绀弩说："完全不打油，作诗就是自讨苦吃。"切勿小看口语，其快感来自不隔。

四一　诗词是情绪释放的产物，故始于兴会。佛罗斯特云："诗始于喜悦，止于智慧。"所谓喜悦，即乘兴而来，佛语谓之欢喜；所谓智慧，即兴尽则止，佛语谓之般若。兴会是创作欲望、创作动力，又称灵感、兴致、兴趣。

四二　诗须缘事而发，否则为无病呻吟。然所缘之事，或不止一端，竟至百端交集。更有甚者，竟若无端。故李商隐诗云："锦瑟无端五十弦，一弦一柱思华年。"

四三　陈衍说："东坡兴趣佳，不论何题，必有一二佳句。"例如："竹外桃花三两枝，春江水暖鸭先知。"佳句永远是和好心情做伴的。然而有人读这首诗，却问："为什么不是'鹅先知'呢？"对于这样扫兴的人，真是无法可想。你只能告诉他：见鸭，未见鹅也！

四四　兴会是驾驭语言的状态，兴到笔随，事关诗之成败。所以作诗怕扫兴。宋诗人潘大临九月九日遇风雨大作，刚有了一句"满城风雨近重阳"，突然催债人敲门，顿时扫兴，失去状态，永远地留下了一个残句。

四五　郭沫若说，只有在最高潮时候的生命感是最够味的。宋谋场曾感喟，有些人写了一辈子诗词，却不知道诗味是什么。周作人则说，没有兴会而作诗，就像没有性欲而做爱。不幸的是，这种不在状态的写作，并不少见。

四六　诗要说公道话，痛痒切肤的话。不要说冤枉话、隔靴搔痒的话。有人写四川地震曰："老天底事生狼藉，霜月无光照蜀川。"这是灾区父老的感受吗？

四七　总在讽刺别人，绝不是第一流的诗人。须从讽刺自己做起，即鲁迅所谓解剖自己。写社会题材，把自己放进去。怀有恕道，你可以写出第一流的讽刺诗。如果你做了官一样地贪，你就没有资格讽刺别人的贪；如果你发达后一样地淫，你就没有资格讽刺别人的淫。

四八　兴会来自对新鲜事物的敏感。严羽说："唐人好诗，多是征戍、迁谪、行旅、离别之作，往往能感动激发人意。"何以言之？因为空间开阔，思绪活跃，万象新奇，提供诗材。

四九　"只有那种能向人们叙述新的、有意义的、有趣味的事情的人，只有那能够看见许多别人觉察不到的东西的人才能够做一个作家。"（巴乌斯托夫斯基）唐相国郑綮自谓诗思在灞桥风雪中驴子上，还是这个道理。

五〇　我敬服巴乌斯托夫斯基的观点，他说，对生活、对我们周围一切的诗意的理解，是童年时代给我们的最伟大的馈赠。如果一个人在悠长而严肃的岁月中，没有失去这个馈赠，那他就是诗人。

五一　李子词有："推太阳，滚太阳，有个神仙屎壳郎，天天干活忙。"（《长相思·拟儿歌》）"有个神仙屎壳郎"，妙得很！这又说明了，对儿歌怀有浓厚兴趣的人，没有失去童年馈赠的人，就是诗人。

五二　有出息的诗人，应设法到广阔天地去，接触新鲜事物，开拓题材，增加兴趣。要写就写最够味的感觉、最有把握的东西。宁肯写得少些，但要写得好些。切莫仅凭年年都有的那些个纪念日、喜庆事，闭门造诗，那样做的结果，必然是"黑毛猪儿家家有"。

五三　未经提炼的眼前景，只是形象。从生活中提炼出来的象征物，就不仅是形象，而同时是意象。

五四　意象是诗歌形象，同时又是象征符号，是一个筐，容量极大。李后主笔下的"春红"是一个意象，不具体说哪一种花，一切的春花、一切已经消逝了的美好事物、一切过往的年华，都可以装进去。

五五　王维《相思》二十字之所以成为千古绝唱，首先就在于诗人给"相思"找到了一个绝妙的象征物——"红豆"。找到了这个意象，诗就成功了一半，所谓"斜阳芳草寻常物，解用即为绝妙词"。

五六　选题一经确定，就要考虑语言材料，此之谓裁词。李商隐的獭祭，从本质上讲就是裁词。诗的意象，也可以在裁词的过程当中产生。可以由"红豆"想到"相思"，也可以由"相思"想到"红豆"。

五七　赋与比兴何异？直说不直说也。毛泽东给陈毅的一封信，说"诗要用形象思维，不能如散文那样直说"，也不尽然。准确的说法应该是：诗要用形象思维，有直说不直说之别。"红军不怕远征难"，是直说；"三军过后尽开颜"，还是直说。

五八　直说又称直抒胸臆，如"莫愁前路无知己，天下谁人不识君""君不见沙场征战苦，至今犹忆李将军"皆直说。故殷璠说："適（高適）诗多胸臆语。"《皱水轩词筌》云，小词以含蓄为佳，亦有作决绝语而妙者，如韦庄"陌上谁家年少足风流，妾拟将身嫁与一生休，纵使无情弃，不能羞"之类是也。决绝语以外，沉痛语也可以直说。

五九　王国维说，有专作情语而绝妙者，如牛峤之"须作一生拼，尽君今日欢"、顾夐之"换我心为你心，始知相忆深"、柳永之"衣带渐宽终不悔，为伊消得人憔悴"、美成之"许多烦恼，只为当时，一晌留情"，等等，求之古今人词中，曾不多见。

六〇　古人作诗，对诗的开头结尾是很讲究的。开头，好比穿衣服扣第一颗纽扣，必须扣对。宋严羽说："对句好可得，结句好难得，发句好尤难得。"（《沧浪诗话·诗法》）发句要好，须挟兴会为之，要先声夺人、要抢占阵地。

六一　我自己写诗，对起句较用心，好比第一颗纽扣必须扣对。或开门见山，或先声夺人，或作大的笼罩，总要先占地步，为全诗提神。

六二　当想象和联想发生，诗思完成了从这一事物到那一事物的飞跃，则可以为诗，换言之，诗就可以成长了。接下来的事，便是语言的建构。

六三　意象是以小见大，意象是侧面微挑。譬如"貂鼠袍"，当诗人想到它是一件战利品，由赌场的胜负联想到战争的胜负时，这时他就完成了由此物到彼物的飞翔，他就可以作诗了。剩下来的只是语言如何到位的问题。"将军纵博场场胜"就是一语双关，"赌得单于貂鼠袍"的"单于"就不是闲字。几句话写出了一个常胜将军的风采。想象在这里发挥了关键的作用。

六四　诗从何处作起？一是得了好句，可以作起。二是有了一个绝妙的意象，可以作起。三是有了一个好的构思，可以作起。四是浮想联翩，有许多兴奋点，可以作起。总之是从人无我有处作起。

六五　众人围绕一事，你一言我一语时，最是集思广益，抵得浮想联翩，诗家当留心于此。例如明明寻得旧凳，别人偏猜是寻小芳(事见《甲午清明访徐家坝觅得插队圃余抄书所坐旧凳》一诗)。诗就可以从这里作起。

六六　浮想联翩，即思路开阔，放得开。梁简文帝曰："文章且须放荡。"其言是也。孟郊《登科后》"春风得意马蹄疾，一日看尽长安花"之妙，即在"放荡"。或曰："亦露寒俭之态"，不为无见。那是另一个问题。

六七　与"放荡"相反的是"矜持"。林语堂批评归有光文"矜持"，不如袁枚的放声大哭，一字一泪。又批评侯朝宗将与李香君一段哀艳之情，写成不足五百字的《李姬传》，全将个人感伤隐伏起来，矜持至此，真气煞人。诗更怕这个。

六八　诗中情景一定是掺和了诗人的想象的，诗人笔下的情景，不必是一个现实的生活场景，也就是一种"愿景"吧。读诗最重要的是体会诗人的那个兴会和心境。

六九　从事写作的人有一个误区，就是写不出来的时候就抓狂，自卑感就很强，这其实是一个误区。写不出来，应该怎么办呢？那就读呀，"述而不作"呀。"读也，写在其中矣"，有一层意思就是：阅读能够获得与写作同等的快乐。

七〇　写出好作品，是作家对社会所做的贡献。大家都可以分享，可以拿来就是。阅读和欣赏，其实是一种再创作，所以能获得与写作同等的快乐。

七一　传播非常重要，特别是对那些好的作品的传播。我造了这么两句话："诗唯恐其不好也，不必出于己；好诗唯恐其不传也，不必为己。"人间要好诗，诗唯恐其不好，不一定非要出在自己手里。读到一首好诗，应该像自己写了一首好诗那样欢欣鼓舞。而且唯恐它不传，唯恐不能有更多的人知道，所以到处逢人说项斯。

七二　闻一多强调诗有建筑美，就是说，诗的语言材料，最终要结构成一个完美的造型，句子与句子之间，甚至字与字之间，要产生凝聚力，或称张力。

七三　一首完美的诗，其中的每一个字，都是抠不动的。闻一多还把写诗比作下棋，高明的棋手，每下一个棋子，都具有唯一性。这就是说，每一首诗都应该成为一个完美的作品，无论新诗还是古体诗词，否则，就会想说爱你不容易。

七四　诗词写作的过程，说穿了就是一个作者同自己商略语言的过程，就是玩味"推"字佳还是"敲"字佳的过程——"敲"字搞定，一个意境成了；或如朱光潜说，"推"字佳(表明寺内无人)，一个意境也成了。

七五　没有脱离语言的思维(包括形象思维)，也没有脱离语言的意境。

七六　汪曾祺说，有人说这篇小说不错，就是语言差点，这话是不能成立的。语言不好，这个小说肯定不好。同理，如果有人说这首诗的意境不错，就是语言差点，也是不能成立的。

七七　当兴会到来的时候，假如你觉得没有一首诗足以表达此时此刻的心情，这说明你已经有了新意。一二诗句随着诗思同时到来，古人称之得句。最初的得句，往往就是诗中妙语、主题句。诗人往往据以定韵。

七八　诗要上口，要有胜语。有人不能背诵自己所作，不是记性的问题，是无胜语。胜语皆好记，出以口语更好记，如"三百六十滩，新安在天上""全家都在风声里，九月衣裳未剪裁""太白高高天尺五，宝刀明月共辉光"等。如出文言，则要理解才好记，如"强作欢颜亲渐觉，偏多醉语仆堪憎""忽然破涕还成笑，岂有生才似此休""能知有母真良友，若解分财已古人""五度客经秋九月，一灯人坐古重阳""墨到乡书偏黯淡，灯于客思最分明""千载后谁传好句，十年来总淡名心"等。以上所举皆黄仲则诗。

七九 语言一怕东拉西扯，即无片言以据要；二怕火气太重，即做作太过，其反面则是自然精纯。

八〇 诗须有好句，小诗尤须立片言以据要。欲求句句皆妙，往往反而不妙。

八一 天下诗人，往往差一句挂在别人嘴上的诗。须多读慎作，不作则已，作则必期于成。怎样才算"成"呢？须看读者传不传，编者想不想登。只要有哪怕是一句诗，被别人挂在嘴上到处说，那就"成"了。

八二 绝句尤须片言据要。黄仲则别老母诗："搴帏拜母河梁去，白发愁看泪眼枯。惨惨柴门风雪夜，此时有子不如无。"末句沉痛深至，力透纸背，诗家必争此一句。其余铺垫，皆为此句而设。

八三 有人说："造句乃诗之末务，练字更小，汉人至渊明皆不出此。康乐诗矜贵之极，遂有琢句。"此言大谬，"胡马依北风，越鸟巢南枝"，非汉人之诗乎？"蔼蔼堂前林，中夏贮清阴""有风自南，翼彼新苗"，非陶公之诗乎？岂不造句、练字耶，只是得来不觉耳。

八四　以琢不琢为分水岭，诗句大抵分为两种，一曰清词，一曰丽句。清词就是单纯质朴口语化的不琢之句，丽句则是密致华丽书面化的追琢之句。

八五　清词是一种天籁，没有太多的加工，粗服乱头不掩国色。丽句则是锤炼、追琢、推敲、意匠经营的结果。古人工琢句者，往往未及成篇，已播人口，如"风暖鸟声碎，日高花影重""晓来山鸟闲，雨过杏花稀"等。杜甫曰："不薄今人爱古人，清词丽句必为邻。"我们应取这种态度。

八六　妙语有两种，一种是书语，一种是口语。口语多清词，书语多丽句。好的作者有一种语言上的潇洒气派，能在两间来去自如，东坡诗、易安词就是如此。

八七　现成词藻亦有妙用。拙作云："嫦娥乃肯作空姐，为我青天碧海行。"以"青天碧海"代夜空。钟振振云："人在乾元清气上，三千尺下是银河。"以"乾元清气"代高处。假如没有这样的借代，还会如此迷人吗？

八八　纯用清词，如素面朝天，须底子好。纯用丽句，如浓妆艳抹，固可以藏拙，弄不好则适得其反。

八九　作诗者欲成大器，须具备两个条件。一条是天机清妙，或谓"多于情"；一条是学识渊博，或谓"深于诗"。天机清妙者，不学而能。学识渊博者，肚里有货，因看到份儿上，而写到份儿上。是之谓锦心绣口。

九〇 黄庭坚说："自作语最难。"所谓"自作语"，当指原创而能流行之语。古人书中，以先秦诸子为多，先秦诸子以《庄子》为多，先秦以下，以《史记》为多。那都是语言的天才。一般人只能从书语和口语中多所汲取。

九一 写诗如做报告，第一等是深入浅出，第二等是深入深出，第三等是浅入浅出，第四等是浅入深出，即以艰深文浅陋。

九二 诗词最忌公共之言，反之，最喜独到语、未经人道语。哪怕有一句独到语也好，如："肃立碑前思痛哭，几人无愧对英灵？"（张榕）下句发人所未发，令人低回不已。

九三 "凡佳章中必有独得之句，佳句中必有独得之字；唯在首在腰在足，则不必同。"（《艺概·诗概》）这就是说，好诗必有想不到的好句，好句必有想不到的好字。

九四 作诗有一种讨巧的办法是反用名句，如"秋老天低叶乱飞，黄花依旧比人肥"（聂绀弩）。下句从李清照"人比黄花瘦"化出，有反讽的效果。

九五 作者有几种情况，一种叫写来了，一种叫没有写来，一种叫撞上了，一种叫改得出来。或有一间未达，如踢足球，球在门边滚来滚去，只差临门一脚，改诗即须补这一脚。孔子曰："不愤不启，不悱不发。"

此之谓也。

九六　习惯、重复是诗歌的大敌，因为会导致感觉的迟钝。今人写得绝类唐诗，就不如读唐诗；今人写得绝类宋词，就不如读宋词；今人写得绝类清诗清词，就不如读清人诗词。难道不是这样吗？

九七　习惯是诗歌的大敌，陌生化则会带来刺激，带来惊喜，造成新的意义。

九八　袁枚说，凡人作诗，一题到手，必有一种供给应付之语，老生常谈，不召自来。若作家，必如谢绝泛交，尽行麾去，然后心精独运，自出新裁。及其成后，又必浑成精当，无斧凿痕，方称合作。其言是也。

九九　林从龙说："四字成语，放在三四五六字处，殊觉活泼，此乃造句之一法，在对句中尤显，'才如天马行空惯，笔似蜻蜓点水轻'。"原来七言句的节奏是上四下三，一个成语用在那个地方，扯作两半，熟词生用，即有陌生化的感觉。拙作有："自从心照不宣处，直到意犹未尽时。"

一〇〇　"日闲奏赋长杨罢"（王安石）。把"长杨赋"三音词拆用，殊觉神完语健，亦是陌生化的效果。与成语用在七言之三四五六处，异曲同工。

一〇一　将有同一关键词的两个成语并作一句，会萌发新的意味，吾尝试之："天人千手妙回春""恩怨些些一笑泯""人往高处走，高处不胜寒""文章须放荡，拘忌伤真美""驯虎捋须易，放虎归山难"等，此须平时练习积累。

一〇二　套话陌生化，亦可出新。殷遥云："莫将和氏泪，滴着老莱衣。"上句扣下第，下句扣归省。沈德潜评："真到极处，去风雅不远。'和氏泪''老莱衣'本属套语，合用之只见其妙，有真性情流于笔墨之先也。"

一〇三　打牌最怕遇到高手，而高手呢，最怕参与者不按规矩出牌。散宜生诗、李子词就不按规矩出牌。天机清妙，所谓下笔如有神者。

一〇四　前人创造的语言，也应该为我所用，才能超越前人。黄庭坚说，杜诗韩文"无一字无来历"，贺铸自谓"笔端驱使李商隐、温庭筠奔命不暇"，从积极的角度去理解，就是读书多，古人的许多好处他都拿下了。

一〇五　关键不在"无一字无来历"，而在凡有来历，务必精彩。不但书语如此，口语也如此。元稹所谓"怜渠直道当时语"，"当时语"并非自作语。以拙作《邓稼先歌》为例，"放炮仗"语出钱三强，"不蒸馒头争口气"出自俗谚，"人生做一大事已"隰栝陶行知"人生为一大事来，做一大事去"。皆有"来历"，并非"自作"，取其有味。

一〇六　衡量一个现代人会不会写旧诗，要看他会不会写近体诗；如果不会写近体诗，直是不当写作诗词，连古体诗也写不好的。

一〇七 "桃花才骨朵，人心已乱开"（张新泉），虽不合律，自是佳句。可见，平仄不是硬道理。又如"街把人挤扁，人把街拉长"（张人俐），形容小镇集市，亦佳句。

一〇八 调声从本质上讲，就是平仄的思维。简单说，诗句的出现，是以两个音节为单位，平仄相间、周而复始，"前有浮声，则后须切响"（沈约）。

一〇九 习惯平仄思维的人，一个诗句形成的时候，平仄基本就调好了。即使没有完全调好，捣鼓捣鼓，腾挪一下，也就好了。"烽火城西百尺楼"不能作"城西百尺烽火楼"，"直到门前溪水流"不能作"溪水直流到门前"。这就是平仄思维的结果。

一一〇 协调平仄不出腾挪、夺换二法。"烽火城西百尺楼""春色满园关不住"是腾挪，"分曹射覆蜡灯（换蜡炬）红""迎来春色（换春天）满人间"是夺换。

一一一 清人吴乔说："古人视诗甚高，视韵甚轻。"不必把韵部看得那样神圣。合并调整的事，不是不可以做，却不必大动干戈，把入声字这个根本性的、很敏感的东西拿掉。正如学习文言文，词汇尽可吐故纳新，却不必将文言虚字这个标志性的、很敏感的东西拿掉一样。其理由不是别的，是由于有经典文本汗牛充栋的存在。

一一二 对用韵和平仄特别在意的人，不可与谈诗词。正如对笔顺特别执着的人，不可与谈书法一样。律是为他设的。李白、岑参、李贺少律诗，老杜多拗句，问其所以然者何，其必曰："律岂为我设耶！"至若以诗律衡骈体，必以"南昌故郡，洪都新府"为不通，"敢竭鄙诚，恭疏短引"为妄作。

一一三　有宽格律，有严格律。有活格律，有死格律。有真格律，有假格律。美听之道，存乎一心。

一一四　江河奔流，大浪淘沙。要写就写衔接传统的诗词，要写就写经得起时间考验的诗词。以刊物相倡导，自是一种诱惑。有志者不必为了发表而有所苟从也。

一一五　我是这样想的：如果现实空间乏味，也不要紧。要么营造一个虚拟的空间，像李商隐《夜雨寄北》那样；要么找回一个历史的空间，像杜牧《赤壁》那样。

一一六　诗之无趣，是因为想象力的贫弱。想象力贫弱的人，即与创作无缘。

一一七　写诗不可黏着事实，在事实层面上兜圈子。故苏东坡说："赋诗必此诗，定非知诗人。"滕伟明夜宿竹海，事实索然无味，只因中夜客房又添数人，忽发奇想曰："此中大似旧聊斋……中夜有客破壁来。"这才是诗。

一一八　想象不怕离奇。关键在于，一个离奇反常乃至荒谬的设计，要给它一个前提，使之变得合理，并产生奇趣，故古人有"反常合道"之说。

一一九　"柳絮飞来片片红"，多么荒诞的诗句，然而，给它一个前提——"夕阳返照桃花坞"，则化腐朽为神奇，是多么的有趣。据说，这是金农的杰作。

一二〇　为什么要填词？请给我以理由。或曰：清真是这样写的，白石是这样写的，玉田是这样写的。夫子哂之。或曰：因为有一个曲调管着。夫子喟然叹曰：吾与汝也！

一二一　歌词须有好句。所谓好句，并非精心雕琢之句，而是听众一听不忘之句，如"有一位老人在中国的南海边画了一个圈""我爱你爱着你，就像老鼠爱大米"，听众一听不忘，歌词就达到了目的。

一二二　填词的不二法门是：后找词牌。先得好句，所谓"立片言以据要，乃一篇之警策"（陆机）。这也往往会成为作品的生长点。比如在川大怀人，我先将附近的九眼桥、合江亭作成一个对子："亭合双江成锦水，桥分九眼到斜晖"，一看是《浣溪沙》的句子，再上下展开，足成一词（《浣溪沙·九眼桥望合江亭》）。

一二三　有人请教词体特征，夏敬观说："风正一帆悬"是诗，"悬一帆风正"是词。而领字的产生，无非歌唱的需要。李煜是在词中运用领字第一人，柳永是将领字大量运用于慢词的第一人，是以其词可歌。

一二四　慢词的诀窍是，以领字为关纽，它使句群保持着一气贯注到押韵处的语气。柳永、辛弃疾词都将这一点发挥到了极致，以辛为例："落日楼头，断鸿声里，江南游子。把吴钩看了，栏杆拍遍，无人会，登临意。"（《水龙吟·登建康赏心亭》）

一二五　李子词云："有风吹过芭蕉树，风吹过，那道山梁。某年某日露为霜，木梓走墟场。某年某日天无雨，瓦灯下，安放婚床。"（《风入松》）这两遍"风吹过"、两遍"某年某日"，充满了歌词的神韵。你说它是创调吗，它正传统。你说它传统吗，它又和流行歌曲接轨，翻出梦窗手心，一首词复活了一个词调。

一二六　故词有写来看的和写来唱的两种，究以后一种为好。

一二七　鲁迅的"我以为一切好诗，到唐已被做完"的说法，原是过情语，不能较真，岂能较真。不过鲁迅又何尝把话说死，他接着还有话："此后倘非能翻出如来掌心之'齐天大圣'，大可不必动手。"要是能够翻出如来掌心呢，言外之意还是清楚的。

一二八　五四运动以后，曾经有一段时间，人们认为诗词乃至汉字已走到尽头。又有一段时间，人们认为毛泽东诗词就是传统诗词最后的辉煌。事实证明，这其实是低估了汉字与诗词的生命力，也低估了后人对汉字、对诗词接受的程度及驾驭之能力。

一二九　有人是不承认新诗的，有人认为汉语诗歌就只能像唐诗宋词那样。我想，这只会限制他的成就。新诗重视原创的精神和陌生化的手法，是值得旧诗作者借鉴的。

一三〇　应该重新审视和梳理诗词语言的审美，时人李子说，如今楼顶不容易上去，"登楼"和思乡怀人已经扯不到一块；"貂裘"，没几个诗人花得起这钱，还侵犯动物福利；"唾壶"早已更新换代了，兼之不大卫生，此类情趣理当扬弃，代之以新的审美因子。

一三一　新诗比旧诗更重原创性，从内容到形式，任何模拟都无所遁形。而诗词写作，在艺术上有太多惯例、模式、套话、现成思路和"创造性模仿"。

一三二　杜甫示宗武诗："汝啼吾手战，吾笑汝身长。"纯用口语，十字百端交集，曲尽天伦，曲尽人情。非佳句而何。张人俐写集市"街把人挤扁，人把街拉长"，风趣亦如之。

一三三　七言句较五言句表现力更丰富，铸单句可，铸复句更佳。七字句的好处是贴近口语，不足是一览无余。杨万里铸句以活法，"语未了便转"，如"时有微凉不是风"，一句中有两分句，一个四字句加一个三字句，就不那么一览无余，比较耐人寻味。

一三四　有举轻若重，有举重若轻，到底哪一样好呢，周恩来说：还是举重若轻好。诗亦如之。宛老悼亡云："妥灵祭罢儿孙哭，从此人间一见难。"都永别了，却只说"一见难"，重事轻说，浅貌深衷，沉痛深至，即含蓄。

一三五　诗的结构，起承转合，本质上是一种内在韵律。郭沫若说："内在韵律便是'情绪的自然消涨'……这种韵律非常微妙，不曾达到诗的堂奥的人简直不会懂。这便说它是'音乐的精神'也可以，但是不能说它便是音乐。"

一三六　在唐诗中，尤其是唐人绝句中，唱叹之音是不绝于耳的，而且由内在韵律固化为一种写作模式。简言之就是一句唱，一句接，"承接之间，开与合相关，反与正相依，正与逆相应，一呼一吸，宫商自谐"（**杨载**）。一呼一吸，乃自然的、生理的节律，这正是内在韵律的很好的描述。

一三七　胡应麟《诗薮》开篇即云："绝句之构，独主风神。"这个"风神"，就是"风调"。这个"风"，并非可意会不可言传，它就是风诗的"风"、风人的"风"。质言之，即民歌也。"风神""风调"非他，民歌之神髓也。明王世懋云："绝句源出于《乐府》，贵有风人之致，其声可歌，其趣在有意无意之间。"此言得之。

一三八　古人说，有诗人之诗，有学人之诗。区别在于：诗人之诗出乎其性，学人之诗出乎其学。

一三九　原来绝句短小，着不得学问力气，故文人学士，较之妇人女子，并无优势，而民间作者，往往天机清妙，复接地气，故措语天真，有文人学士不能道其只字者。

一四〇　写作的最高追求是传世。好诗的重要属性是可传。若能被人口口相传，像李白《静夜思》、杜甫《绝句》，要说它不好，便是妄议。若读过一遍，不想读第二遍，要说它好，便是瞎吹。

一四一　"一去二三里，烟村四五家；楼台六七座，八九十枝花。"北宋理学家邵雍作也。流沙河羡之欲死，云："我若能有一首——一句也好，流传到千年后，便做阿鼻地狱之鬼，也要纵声欢笑，笑活转来，再笑，直到又笑死去。"此可为知者道，难与俗人言也。

一四二　运用通感，是诗的诀窍之一。为什么要通感？因为诗拒绝迟钝。而通感成立的依据，乃在于世界万物之间是普遍联系的。

一四三　为什么强调空间感？我的回答是，时间艺术需要找补。画不像诗那样意味深长，诗不像画那样一目了然。然而，诗画在一定条件下也能相互转化。比方说，一个诗人的兴趣偏于空间显现，他的诗就会呈现出画意。这就是诗的找补。

一四四　公共题材必须发人所未发。比如同学会，是很多人都写的题材。江油丁稚鸿笔下的"同窗聚会无高下，尽是呼名叫字人"，突然触着，把别人熟视无睹的，而又确是同学会的一个重要特点写出来了，所以为佳。

一四五　还不能说当代诗词已经超越唐宋。只有一点是绝对超越，大大超越，那就是作品的数量，可能是一个天文数字。但大家心知肚明，数量是不解决问题的。

一四六　　有两种好法，有一种叫想得到的好，有一种叫想不到的好。想得到的好，是锦上添花，说到底还是重复。想不到的好，才是翻出手心，才是雪中送炭，才能增值。我以为，当代诗词作者都应该追求想不到的好。

一四七　　想得到的好即一般的好，你写得出，我也写得出。诗写得一般的好，并不困难，打开任何一本诗刊，你所看到的，大多是想得到的好。如果有一首诗突然让人跳起来，大为雀跃，那么，这首诗一定是写出了想不到的好。

一四八　　写诗，尤其编诗，不能贪多务得，因为全部的诗是分母，想不到的好才是分子，分母越大，所得分数越低，分子越大，所得分数越高。所以编集只有一字诀：删。

一四九　　代表作是人无我有之作，叹为观止之作，必有想不到的好。

一五〇　　如果一本诗集，从头到尾，所有的诗都停留在想得到的好，没有一首想不到的好。我就要在这本书上盖上一个章，文曰"不藏书"。"不藏书"是舒芜发明的名词。

一五一　　我认为评价一个诗人，要看他最好的诗写到多好。好比跳高，要以跳得最高的一次记录成绩。

一五二　　代表作是一提到诗人，就会被想起的作品。如提到李白就会想起《蜀道难》，提到杜甫就会想起"三吏""三别"，提到岑参就会想起《白雪歌》，提到白居易就会想到《长恨歌》，等等。有些诗人没有代表作。提到诗人，想不起作品，这是很吃亏的。

一五三　影响大的诗集，往往是薄本本，如"诗三百"（《诗经》）、《唐诗三百首》《毛主席诗词》《散宜生诗》，等等。在一个时代的诗选中，小家往往占尽便宜。因为入选的那一两首诗，往往就是他的全部家当，却可能很拔尖，影响之大，或"孤篇横绝，竟为大家"。后人吐槽李白最厉害的一句话，是王世贞说的："百首以后，青莲较易厌。"王世懋则说："平生闭目摇手不读《长庆集》"，以其收诗之多也。有人一见面就说，在下写诗已上千首。我一听心想，该"闭目摇手"了。

一五四　巴蜀诗人刘君惠指出：一切趋时应景之作，或赓韵酬答，累牍连篇；或感濡沫而发颂声，或俨华缨而参曲宴，虽雕绘满眼，乃以言餂人，无采风之义，不在迪人之职。至于浮华交会，闻风慕悦，嘘枯吹生，因缘攀附，以行卷为贽敬，比诗歌于商品。皆所不取。这样诗歌主张对于当代诗词，可以纠偏，可以补弊，令人心悦而诚服。

一五五　书写当下，并非狭隘地美刺见事，而是须有当代的思想意识。胸次宽者平台大，取材广者命意新。既知大俗之雅，敢题糕字；复知大雅之俗，不作送往劳来。余谓当代诗词必与既往割席者，正在于此。

一五六　对于当代诗词，我主张三条，一曰书写当下，二曰衔接传统，三曰诗风独到。有了书写当下、衔接传统这两条，允称小好；加上诗风独到这一条，堪称大好。

跋 [1]

钟振振

文学研究最基础的工作，是对文学作品的阅读。而文艺评论实包含着三个要素：一，文本解读。二，艺术分析。三，审美判断。

首先，我们要读懂作者在"说什么"。这就是"文本解读"。文本解读有两种不同的定位："作者定位"与"读者定位"。所谓"作者定位"，是指读者以作者为本位，不带任何先入为主的有色眼镜，尽可能做到客观、冷静，在作品文字所给定的弹性范围内，披文入情，力求对作品做出有可能最接近作者本意的解读。它关注的焦点，是作者的创作。所谓"读者定位"，是指读者以自我为本位，带有强烈的主观色彩，不关心作者

1　本文作者为南京师范大学中文系特聘教授，博士生导师。古文献整理研究所所长。兼任中国韵文学会会长，全球汉诗总会副会长，中华诗词学会顾问，中央电视台《诗词大会》总顾问。

想说的是什么，只关心"我"从作品中读到了什么。这种定位，理论后盾是西方的"接受美学"与"读者反应批评"，在中国古典传统则是"六经注我"，"作者未必然，读者何必不然"。它关注的焦点，是读者的接受。作为一般读者，普通文学爱好者，爱怎么读就怎么读，这是他的自由，不容他人置喙。但作为学者，专业研究者，当我们在对具体作家具体作品创作的本身进行研究，而非对其作品的大众接受进行研究时，通常都采取"作者定位"。

　　然而，光读懂作者在"说什么"还不够。还要探讨作者"怎样说"，审视其写作技术，这就是"艺术分析"。然而，光读懂作者在"说什么"，弄明白作者"怎样说"，也还不是我们的终极目的。最终，我们还必须对该作品做出评价：它"说得怎样"？"说"得好还是不好？好到什么程度，不好到什么程度？这就是"审美判断"。文学之区别于其他文字著述的本质属性，在语言艺术之审美。其他文字著述，或求真，或求真且善，至于其语言运用，辞达而已，作者说得清楚，读者看得明白，目的便达到了。而文学作品则不仅求真，求善，更求其美。因此，将文学等同于其他各类文字著述，阅读文学作品仅求其真、其善，而不提升到审美的层次，即无异于对蒙娜丽莎作人体解剖，真正是煞风景了。

　　总的来说，在古典文学的各类文体中，"诗词"是篇幅最短小，语言最精炼，技术含量最高，从而被人们公认为最难读懂，最难鉴赏的一类文体。一般读者不必说了，一般学者也不必说了，即便是资深的专家，乃至于大师级的学者，对具体诗词作品的文本阅读，误解的现象也时有发生；对某些诗词作品的艺术分析与审美判断，也未必切中肯綮，甚或不免于隔靴搔痒。

笔者这样说，并非信口雌黄，而是以事实为根据的。三十多年前，笔者还在攻读博士学位，承蒙上海辞书出版社信赖，诚邀笔者作为《唐宋词鉴赏辞典》的总审订者之一，与上海古籍出版社原副总编辑陈振鹏先生共同审订了该书的全稿。该书是上海辞书出版社继《唐诗鉴赏辞典》开创体例并获得巨大成功、巨大社会效益之后编辑的第二部鉴赏辞典，约稿规格是很高的。撰稿人当中，不乏当时诗词研究界的著名专家学者乃至大师级的学者。但即便如此，书稿在文本解读、艺术分析与审美判断这三个方面，还是存在着大量的失误。笔者前后花了一年多时间，细细审读，写下了数千条具体的审读、修改意见。这些意见，绝大多数都经陈振鹏先生裁决认可，由他亲自操刀对原稿做了订正；或反馈给作者，请他们自行修改。

在笔者的审读印象中，鉴赏文字质量最高，几乎无懈可击的撰稿人为数并不太多。而在这为数不多的撰稿人当中，笔者印象最深刻的一位便是周啸天先生。当时啸天研究生毕业不久，尚未成名，笔者与他素昧平生，缘悭一面，亦无通讯往来。但每读其文，辄击节叹赏，钦服不已。笔者在与《唐诗鉴赏辞典》《唐宋词鉴赏辞典》的责任编辑汤高才先生闲谈时，对啸天所撰鉴赏文章曾做过大意如下的评价：别人没有读懂的诗词，啸天读懂了；别人虽然读懂了，但没能读出其好处来，而啸天读出来了；别人虽然读懂了，也读出好处来了，但下笔数千言，刺刺不能自休，却说不到位，而啸天的鉴赏文章，既一语破的，文字又简净明快，绝不拖沓，行于所当行，止于所不可不止。高才先生对此评价深为赞同，并说他在《唐诗鉴赏辞典》的组稿过程中就已发现啸天的长才，因此一约再约，以致在此两部鉴赏辞典中，啸天所撰稿件篇数独多。高才先生实在是一个爱才的前辈，真能识英雄于风尘之中，不拘一格用人才啊！

三十年后，啸天应四川人民出版社之约，将其所撰写的重要诗论精编为《诗心与佛心》一书出版，乃重述当年所见如此，今日所见依然如此的评价，以为跋语。如此精彩的诗歌评论，必将得到广大读者的宝重，其传世是必然的！

2021 年 8 月 23 日于南京仙鹤山庄寓所之酉卯斋